Knut Hamsun

Die großen Erzählungen

Knut Hamsun

Die großen Erzählungen

LangenMüller

»Schwärmer«, »Die Nachbarstadt«: deutsch von Jutta und Theodor Knust; »Vagabundentage«: deutsch von Hermann Kiy; »Die Königin von Saba«, »Mein Skyßpferd«, »Weihnachten in der Berghütte«, »Johannes Treu«, »Weihnachtsschmaus«, »Die Dame vom Tivoli«, »Auf der Straße«, »Schiffer Reiersen vom ›Südstern‹«, »Geheimes Weh«: nach der Übersetzung von Ernst Brausewetter

Besuchen Sie uns im Internet unter:
www.langen-mueller-verlag.de

Umschlaggestaltung: Wolfgang Heinzel
Umschlagbild: artothek
Herstellung und Satz: VerlagsService Dr. Helmut Neuberger
& Karl Schaumann GmbH, Heimstetten
Gesetzt aus der 10,35/13,75 Punkt GaramondBQ
auf Apple Macintosh in Quark XPress
Druck und Binden: GGP Media GmbH, Pößneck
Printed in Germany
ISBN 3-7844-2890-8

Inhalt

Schwärmer

1

Marie van Loos, die Wirtschafterin vom Pfarrhof, stand am Küchenfenster und blickte die Straße hinauf. Sie konnte die beiden dort oben an der Hecke genau erkennen; es war tatsächlich ihr Verlobter, der Telegrafenbeamte Rolandsen, mit der Küsterstochter Olga. In diesem Frühjahr war es schon das zweite Mal, daß sie sie zusammen sah. Was hatte das zu bedeuten? Hätte Marie van Loos nicht gerade so viel zu tun gehabt, wäre sie unverzüglich die Straße hinaufgegangen, um eine Erklärung von den beiden zu verlangen. Aber dazu hatte sie jetzt keine Zeit. Überall auf dem weitläufigen Pfarrhof herrschte rege Geschäftigkeit, denn jeden Augenblick konnte der neue Pastor mit seiner Frau eintreffen. Der kleine Ferdinand hielt am Dachfenster Ausschau über die Bucht, damit der Kaffee sofort bei der Ankunft bereit sei. Sie würden ihn sicher brauchen, da sie von der Dampferstation Rosengaard vier Seemeilen weit im Boot gefahren waren.

Auf den Feldern lag noch Eis und Schnee; aber es war Mai und schönes Wetter, und da sind die Tage im Nord-

land schon hell und lang. Elstern und Krähen bauten an ihren Nestern, und auf den nackten Hügelhängen grünte das junge Gras. Selbst die Weide im Garten, die noch im Schnee stand, begann auszuschlagen.
Nun blieb nur noch abzuwarten, wie der neue Pastor sich anlassen würde. Die ganze Gemeinde war gespannt darauf. Eigentlich kam er ja nur als Hilfsprediger her – solange, bis der zuständige Pfarrer ernannt war; aber in dieser Gemeinde mit der armen Fischerbevölkerung und der beschwerlichen Reise zur Filialkirche alle vier Wochen konnte das lange dauern. Denn sicher würde sich kein Pastor um solch eine Pfarre reißen.
Man sprach bereits davon, daß die neuen Predigersleute reich seien und nicht jeden Schilling umzudrehen brauchten, ehe sie ihn ausgaben. Hatten sie doch schon im voraus eine Wirtschafterin und zwei Mädchen eingestellt und auch auf dem Hof nicht mit Kräften gespart, sondern zwei Knechte gedungen; dazu kam noch der kleine geweckte Ferdinand, der allen zur Hand gehen sollte. Die Gemeinde empfand es als einen Segen, ihren Pastor in so gesicherten Verhältnissen zu wissen. Da würde er wohl nicht so genau auf die Opfer und Gerechtsamen sehen, sondern eher noch selber den Armen etwas schenken. Alle waren sehr gespannt, die Kirchendiener genau wie die andern Fischer, die in ihren hohen Stiefeln zu den Bootsschuppen hinuntergingen, Tabak kauten, spuckten und sich unterhielten.
Jetzt endlich kam der lange Rolandsen gemächlich die Straße herunter; er hatte sich von Olga verabschiedet, und Marie van Loos trat vom Küchenfenster zurück. Das

würde sie ihm später schon heimzahlen: Es kam nicht selten vor, daß Marie mit Ove Rolandsen abrechnen mußte. Sie war holländischer Herkunft, sprach Bergener Mundart und verfügte über eine solche Zungenfertigkeit, daß ihr Verlobter sie mit dem Spitznamen Fräulein von Teufellos bedachte. Der lange Rolandsen war überhaupt ein peinlich witziger und verwegener Bursche.
Wohin wollte er denn jetzt? Hatte er etwa die Absicht, die Pastorenfamilie zu empfangen? Anscheinend war er – wie so häufig – nicht mehr ganz nüchtern; er kam daher, einen Zweig Weidenkätzchen im Knopfloch, den Hut ein bißchen schief; und in so einem Aufzug wollte er sich da einfinden! Die Kirchendiener unten bei den Schuppen hätten es lieber gesehen, wenn er in diesem wichtigen Augenblick geblieben wäre, wo er gewesen war.
Wie kam ein Mensch überhaupt dazu, so auszusehen wie er? Die große Nase war viel zu unbescheiden für sein geringes Amt im Leben; außerdem ließ er sich den ganzen Winter über die Haare nicht schneiden, was seinem Kopf von Woche zu Woche mehr Künstlerisches verlieh. Und seine Verlobte pflegte gehässigerweise zu sagen, er sehe aus wie ein Maler, der als Fotograf geendet habe. Er zählte jetzt vierunddreißig Jahre, hatte die Schule besucht und war immer noch Junggeselle. Zur Gitarre sang er mit tiefer Stimme die Lieder der Gegend, und wie rührend sie auch sein mochten, er lachte darüber, daß ihm die Tränen über die Backen rollten. So großartig spielte er sich auf. Er war Vorsteher der Telegrafenstation und schon seit zehn Jahren in der gleichen Stellung. Rolandsen war groß

und kräftig gebaut und nahm es, falls sich eine Gelegenheit bot, mit einer Rauferei nicht so genau.
Jetzt gab es dem kleinen Ferdinand einen Ruck. Von seinem Dachfenster aus sah er den Bug von Kaufmann Macks weißem Privatboot um die Landspitze biegen; im nächsten Augenblick war er mit drei waghalsigen Sätzen die Treppe herunter und rief in die Küche: Sie sind da! Allmächtiger! Schon? schrien die Mädchen aufgeregt. Doch die Wirtschafterin verlor nicht die Fassung. Sie war bereits bei der vorigen Pfarrersfamilie gewesen und verstand ihre Sache, praktisch und tüchtig wie sie war. Den Kaffee aufbrühen! sagte sie nur. Der kleine Ferdinand rannte mit seiner Neuigkeit weiter zu den Knechten. Die ließen alles stehen und liegen, schlüpften hastig in ihre Sonntagsjacken und eilten zum Schuppen hinunter. Da standen nun im ganzen zehn Mann, um die Fremden in Empfang zu nehmen.
Guten Tag! rief der Prediger vom Boot her, lächelte ein wenig und nahm den weichen Hut ab. Alle Männer am Strande entblößten ehrfürchtig die Köpfe, und die Kirchendiener verbeugten sich so tief, daß ihnen die Haarsträhnen in die Augen fielen. Der lange Rolandsen tat des Guten nicht ganz so viel; aufgerichtet stand er da und zog nur tief den Hut.
Der Prediger war ein jüngerer Mann mit Sommersprossen und rötlichem Vollbart, der seine Nasenlöcher förmlich zustopfte. Seine Frau lag seekrank und elend in der Kajüte. Da wären wir, sagte der Prediger durch die Türöffnung und half seiner Frau heraus. Beide steckten in altmodischen dicken Kleidern, in denen sie sich sonder-

bar ausnahmen. Sicher war das nur irgendwelches Überzeug, das sie sich für die Reise geliehen hatten, um es über die guten Kleider zu ziehen. Der Hut der Frau hatte sich in den Nacken geschoben, und ein blasses Gesicht mit großen Augen blickte den Männern gerade entgegen. Der Kirchendiener Levion watete hinaus und trug sie an Land; der Prediger kam allein zurecht.

Mein Name ist Rolandsen, Telegrafenbeamter, sagte der lange Rolandsen und trat vor. Er war ziemlich betrunken und hatte glasige Augen, doch als Mann von Lebensart war er dennoch recht sicher in seinem Auftreten. Ho, Rolandsen, dieser Teufelskerl! Keiner hatte es je erlebt, daß er sich schlecht benahm, wenn es galt, mit vornehmen Leuten umzugehen und schöne Worte zu machen. Wenn ich nun Bescheid wüßte, fuhr er, zum Prediger gewandt, fort, würde ich Ihnen alle vorstellen. Ich nehme an, diese beiden da sind die Kirchendiener. Und dort die zwei Ihre Knechte. Das ist Ferdinand. Der Prediger und seine Frau nickten allen zu, guten Tag, guten Tag, sie würden einander ja wohl bald kennenlernen. Ja, und nun wäre nur noch das Gepäck an Land zu bringen. Der Kirchendiener Levion blickte zur Kajüte und wollte schon wieder hinauswaten. Keine Kinder? fragte er.

Alle Augen waren auf die Pastorsleute gerichtet. Doch die sagten nichts.

Ob keine Kinder da sind? wiederholte der Kirchendiener. Nein, erwiderte der Steuermann vom Boot her.

Das Gesicht der Pastorin war rot geworden. Der Prediger sagte: Nein, nur wir … Ihr müßt nachher hinaufkommen, Leute, damit ich euch bezahlen kann.

Natürlich war er reich. Das war ein Mann, der den Armen ihren Lohn nicht vorenthielt; der vorige Pfarrer hatte nie einen Dienst bezahlt, sondern immer nur schönen Dank »einstweilen« gesagt.

Sie gingen den Strand hinauf, und Rolandsen wies den Weg. Er hielt sich immer am Straßenrand und watete im Schnee, um den andern Platz zu lassen. Dabei störte es ihn nicht, daß er nur leichte, elegante Schuhe anhatte; auch die Jacke trug er in dem kühlen Maiwind offen.

Das ist also die Kirche! sagte der Prediger.

Sie scheint alt zu sein. Ein Ofen ist wohl nicht darin? fragte die Frau. Das kann ich gar nicht sagen, erwiderte Rolandsen; aber ich glaube nicht.

Der Prediger stutzte. Das war wohl kein Kirchgänger, den er da vor sich hatte, sondern im Gegenteil einer, der keinen großen Unterschied zwischen Werk- und Feiertag machte. Und der Prediger wurde dem fremden Mann gegenüber ein wenig zurückhaltender. Die Wirtschafterin stand auf der Treppe; und wieder stellte Rolandsen vor. Als er das getan hatte, grüßte er und wollte gehen. Warte einen Augenblick, Ove! flüsterte Marie van Loos. Doch Rolandsen wartete nicht, sondern grüßte abermals und ging rückwärts die Treppe hinunter. Der Prediger fand, er sei ein seltsamer Bursche. Die Pfarrersfrau war bereits im Haus. Sie erholte sich von der Seekrankheit und begann die Zimmer zu besichtigen. Sie wünschte, daß der hellste und schönste Raum das Arbeitszimmer des Pastors werde; und für sich selbst behielt sie das Stübchen, in dem Marie van Loos gewohnt hatte.

2

Nein, Rolandsen wartete nicht. Er kannte Jungfer van Loos und wußte, was da bevorstand. Und er tat sehr ungern etwas anderes, als was er selber wollte.

Oben auf der Straße begegnete er einem Fischer aus der Gemeinde, der den Empfang der Pastorsleute versäumt hatte. Es war Enok, der religiös erweckte, sanftmütige Mann, der immer mit niedergeschlagenen Augen ging und wegen eines Ohrenleidens ein Tuch um den Kopf trug. Du bist zu spät aufgestanden, sagte Rolandsen im Vorbeigehen.

Ist er denn schon da?

Ja, er ist da. Ich habe ihm die Hand gedrückt. Und dann, über die Schulter: Du wirst noch an meine Worte denken, Enok. Ich beneide ihn um seine Frau!

Da hatte er sich gerade den Rechten ausgesucht. Enok würde schon dafür sorgen, daß diese frivolen und leichtsinnigen Worte herumkamen.

Rolandsen ging immer weiter am Wald entlang und kam zum Fluß. Hier lag Macks Fischleimfabrik, in der ein paar Mädchen beschäftigt waren; Rolandsen trieb gern einen kleinen Spaß mit ihnen, wenn er vorbeikam. Darin war er der reinste Teufelskerl, das mußte man schon sagen. Außerdem war er heute guter Laune und blieb länger stehen als gewöhnlich. Die Mädchen merkten gleich, daß er betrunken und prächtiger Stimmung war.

Na, Ragna, was glaubst du, warum ich so oft hierherkomme? fragte Rolandsen.

Das weiß ich doch nicht, erwiderte Ragna.

Du denkst natürlich, mich treibt der alte Laban.
Die Mädchen lachten:
Er sagt Laban und meint Adam!
Mir liegt dein Seelenheil am Herzen, sagte Rolandsen. Hüte dich vor den Fischerburschen hier, das sind üble Verführer.
Nicht schlimmer als Sie selbst, sagte ein anderes Mädchen. Sie haben ja schon zwei Kinder. Sie sollten sich schämen!
So etwas kannst natürlich nur du sagen, Nicoline. Du bist schon immer ein Nagel zu meinem Sarg gewesen und hast mir das Herz zerrissen, das weißt du genau. Aber dich, Ragna, dich will ich ohne Erbarmen retten.
Das können Sie ja bei Fräulein van Loos machen, erwiderte Ragna. Rolandsen nickte. Das hatte er schon vorher herausgefunden und berechnet. Ho, der Teufelsrolandsen wußte schon, weshalb er jeden Tag diesen Weg zur Fabrik machte, herumschnüffelte und die Mädchen ausfragte.
Nimm doch den Deckel nicht ab, Pernille! rief er. Bist du toll?
Pernille wurde rot. Fredrik hat gesagt, das soll umgerührt werden, erwiderte sie.
Jedesmal, wenn du den Deckel hebst, dampft Hitze ab, sagte Rolandsen.
Doch als Fredrik Mack, der Sohn des Kaufmanns, kurz darauf dazukam, schlug Rolandsen wieder seinen gewöhnlichen Schwerenöterton an.
Warst du das nicht, Pernille, die ein Jahr beim Amtsvorsteher gedient hat? Man sagt, du seist dort eine reine Fu-

rie gewesen, und das einzige, was du nicht entzweigeschlagen hättest, seien die Federbetten.

Alle, die herumstanden, lachten. Gerade Pernille war das sanftmütigste Wesen der Welt. Außerdem war sie verwachsen, und als Tochter vom Bälgetreter in der Kirche ging eine fromme Ruhe von ihr aus.

Als Rolandsen seinen Weg fortsetzte, traf er abermals die Küsterstochter Olga. Sie war wohl im Kaufladen gewesen. Doch jetzt machte sie, daß sie so schnell wie möglich weiterkam, denn es wäre eine Schande gewesen, wenn es so ausgesehen hätte, als habe sie auf ihn gewartet. Doch Rolandsen bildete sich das auch gar nicht ein; er wußte ganz genau, wenn er dem jungen Mädchen nicht gerade von Angesicht zu Angesicht entgegentrat, beeilte sie sich, ihm aus dem Weg zu gehen. Und ihm war es im Grunde auch gleichgültig, ganz und gar. Denn keineswegs war sie es, die ihn beschäftigte.

Als er in die Telegrafenstation kam, setzte er eine unnahbare Miene auf, um der Zudringlichkeit des Hilfstelegrafisten zu entgehen, der gern mit ihm plaudern wollte; er war im Augenblick ein recht unzugänglicher Kollege. Er schloß sich in sein abgelegenes Zimmer ein, das außer ihm sonst nur noch eine alte Frau betrat.

Hier lebte er; das war seine Welt. Denn Rolandsen bestand nicht nur aus lauter Leichtsinn und Alkohol; er war auch ein Grübler und Erfinder; in seinem Zimmer roch es nach Säuren, Flüssigkeiten und Arzneien. Der Geruch davon drang bis auf den Gang hinaus und stieg jedem Fremden sofort in die Nase. Rolandsen ließ immer wieder durchblicken, daß er alle diese Medikamente einzig und allein dazu benutze, den Branntweingeruch zu übertäuben. Doch das hatte er sich nur ausgedacht, um recht geheimnisvoll zu erscheinen. In Wirklichkeit brauchte er die Flüssigkeiten in den Gläsern und Krügen für seine Experimente. Er hatte eine Möglichkeit entdeckt, Fischleim auf chemischem Wege herzustellen, und wollte mit seinem neuen Verfahren Kaufmann Mack aus dem Feld schlagen. Denn Macks Fabrik arbeitete mit erheblichen Kosten, der Transport war sehr unbequem, und seine Rohstoffe standen nur in der Fischfangzeit zur Verfügung; obendrein war der Leiter des Betriebes – sein Sohn Fredrik – kein Fachmann. Rolandsen dagegen konnte aus den verschiedensten Dingen Leim herstellen, auch aus den Abfällen, die Mack wegwarf; und außerdem hatte er dabei gleich ein Verfahren entwickelt, noch aus den letzten Rückständen einen besonderen Farbstoff zu gewinnen.

Wenn der Telegrafenbeamte Rolandsen nicht dauernd mit Armut und Mittellosigkeit zu kämpfen gehabt hätte, dann wäre die Erfindung nun schon eine Tatsache. Aber kein Mensch konnte sich in diesem Ort Geld beschaffen, ohne Kaufmann Mack in Anspruch zu nehmen, und zu ihm wagte Rolandsen aus gutem Grund nicht zu gehen. Er hatte eines Tages angedeutet, daß die Leimgewinnung in der Fabrik oben am Wasserfall zu teuer sei; aber Mack, als der große, gewandte Mann, der er war, hatte nur abgewinkt und gesagt, die Fabrik sei eine Goldgrube. Rolandsen brannte darauf, das Resultat seiner Versuche vorweisen zu können. Er hatte Proben seiner

Ergebnisse an Chemiker im Inland wie im Ausland geschickt und Gewißheit darüber erhalten, daß es ein vielversprechender Anfang sei. Aber weiter kam er nicht. Noch stand es ihm bevor, der Welt die reine, klare Flüssigkeit vorzulegen und sie in allen Ländern zum Patent anzumelden.

Heute hatte er sich nicht umsonst bei den Bootsschuppen eingefunden, um die Pastorsfamilie zu empfangen. Dieser Bursche Rolandsen hatte seine Hintergedanken dabei. War der Pfarrer nämlich wirklich reich, dann konnte er wohl einiges Geld an eine große und sichere Erfindung wenden. Wagt es kein anderer, werde ich es wagen! würde der Pfarrer sicher meinen. Rolandsen war voller Hoffnung.

Ach, Ove Rolandsen hoffte so leicht; immer war er gleich Feuer und Flamme. Aber wiederum vermochte er auch, Enttäuschungen hinzunehmen, das mußte man ihm lassen; er war stark und stolz und nicht unterzukriegen. Da war zum Beispiel die Angelegenheit mit Macks Tochter Elise; auch die hatte ihn nicht untergekriegt. Elise war groß und schön, braunhäutig mit roten Lippen und dreiundzwanzig Jahre alt. Man sagte, daß Kapitän Henriksen von der Küstenlinie sie heimlich verehre; aber die Jahre kamen und gingen, und nichts ereignete sich. Woran mochte das liegen? Schon vor drei Jahren, als Elise Mack erst zwanzig zählte, war Rolandsen rein närrisch nach ihr gewesen und hatte ihr sein Herz zu Füßen gelegt. Sie war liebenswürdig genug, es zu übersehen. Das hätte Rolandsen eine Warnung sein sollen, und er hätte sich zurückziehen müssen; aber das

tat er nicht, im Gegenteil, voriges Jahr begann er ganz offen darüber zu reden. Sie hatte dem eingebildeten Burschen erst ins Gesicht lachen müssen, ehe es ihr gelang, ihm den Abstand zwischen ihnen klarzumachen. Wartete nicht sogar Kapitän Henriksen seit Jahren auf ihr Jawort? So war es gekommen, daß Rolandsen davonlief und sich spornstreichs mit Marie van Loos verlobte. Er war nicht der Mann, der wegen einer Abweisung, selbst von höchster Seite, in den Tod ging.
Doch nun war abermals Frühling. Und für dieses weite Herz war der Frühling kaum zu ertragen. Er trieb nicht nur die Schöpfung zum Äußersten, nein, er blies auch mit würzigen Winden in unschuldige Nasenlöcher.

3

Träge treibt der Frühlingshering vom Meer herein. Die Netzmeister liegen in ihren Booten und suchen die See mit den Ferngläsern ab, solange es Tag ist. Dort, wo die Vögel in Scharen angelockt werden, sich hin und wieder hinabstürzen und ins Wasser stoßen, sind Heringszüge zu vermuten; im tiefen Wasser kann man sie bereits mit dem Wurfnetz fischen; aber es geht darum, ob sie auch ins flachere Wasser treiben, in die Buchten und Fjorde, wo man sie mit dem Großnetz absperren kann. Erst dann nämlich kommt Leben und Bewegung unter die Leute an der Küste; mit lauten Rufen strömen die Handelsfahrzeuge zusammen. Und es kann einen Verdienst geben wie Sand am Meer.

Der Fischer ist ein Spieler. Er legt Netz oder Angel aus und wartet auf den Zug; er wirft sein Großnetz aus und läßt das Schicksal walten. Oft folgt ein Verlust auf den andern, die Geräte treiben ab, versinken oder gehen im Sturm entzwei; er aber rüstet sich von neuem aus, und das Spiel geht weiter. Manchmal zieht er auf weiten Wegen in Gegenden, wo andere Glück gehabt haben sollen; er rackert sich ab und rudert wochenlang über schwierige Meeresstrecken und kommt schließlich doch zu spät: Das Spiel ist bereits aus. Doch dann und wann kann auch das große Los mitten auf seinem Wege liegen und auf ihn warten; und dann füllt es ihm das Boot mit Talern. Niemand weiß, wen es trifft, doch alle haben Grund zu hoffen …

Kaufmann Mack war bereit; er hatte das Großnetz schon im Boot, und sein Meister nahm den Fernstecher nicht von den Augen. Mack hatte eine Galjaß und zwei Jollen in der Bucht liegen, eben erst gelöscht und gewaschen nach der Klippfischfahrt zu den Lofoten; nun wollte er Heringe laden, wenn es so weit sein würde, denn in seinem Hafenschuppen standen lauter leere Tonnen. Außerdem beabsichtigte er, alle Heringe aufzukaufen, die zu haben waren; deshalb hatte er sich auch mit Bargeld versehen, um zuzugreifen, ehe die Preise anzogen.

Mitte Mai machte Macks Schleppnetz den ersten Fang. Er war nicht groß, nur ein halbes Hundert Tonnen; aber es sprach sich bald herum, und einige Tage später lag auch eine fremde Fischermannschaft an der Stelle. Hier schienen gute Aussichten zu sein.

Da wurde eines Nachts in Macks Kontor in der Fabrik

eingebrochen. Das war ein überaus gewagtes Verbrechen. Denn die Nächte waren jetzt vom Abend bis zum Morgen leuchtend hell, und alles, was geschah, konnte auf weite Entfernung hin gesehen werden. Der Dieb hatte zwei Türen aufgebrochen und zweihundert Taler gestohlen.

Ein solch unerhörtes Ereignis war in der Gemeinde kaum zu fassen. Selbst die älteren Leute konnten sich nicht erinnern, je etwas Ähnliches erlebt zu haben. Bei den ärmlichen Verhältnissen der Bewohner nahm der eine oder andere wohl mal etwas zu essen weg oder versuchte eine kleine Betrügerei, aber ein Diebstahl von diesem Ausmaß war noch nicht vorgekommen. Deshalb wurde auch sofort die fremde Netzmannschaft verdächtigt und verhört.

Aber die Fischer konnten beweisen, daß sie in der Nacht des Einbruchs alle eine Stunde Fahrt von der Fabrik entfernt, weit draußen bei der abgelegenen Fischersiedlung nach Heringen Ausschau gehalten hatten.

Das erbitterte Kaufmann Mack aufs tiefste. Es mußte also einer aus der Gemeinde die Tat begangen haben.

Kaufmann Mack war es nicht so sehr um das Geld zu tun, und er sagte auch ganz offen, wie dumm der Dieb gewesen sei, daß er nicht mehr genommen habe. Doch daß jemand aus dem eigenen Dorf ihn bestahl, das kränkte den großen Herrn und Gönner aller. Bestritt er nicht mit den Steuern seiner verschiedenen Betriebe die Hälfte aller Gemeindelasten? Und hatte jemals einer, der ohne sein Verschulden in Not geraten war, Macks Kontor ohne Hilfe verlassen?

Der Kaufmann setzte für die Aufklärung des Diebstahls eine Belohnung aus. Denn beinah täglich kamen neue Fischerboote in den Ort, und all diese fremden Menschen mußten ja einen sonderbaren Eindruck von Kaufmann Macks Verhältnis zu seinen Leuten bekommen, wenn sie erfuhren, daß man ihn bestohlen hatte. Großspurig, wie dieser Handelskönig nun einmal war, setzte er die Belohnung auf vierhundert Taler fest. Alle Welt sollte sehen, daß es ihm auf eine runde Summe nicht ankam.

Auch der neue Pfarrer erfuhr die Geschichte von dem Einbruch und benutzte am Dreifaltigkeitssonntag, als das Evangelium von Nikodemus berichtete, der bei Nacht zu Jesus gekommen war, die Gelegenheit, den Dieb in der Predigt anzuprangern. Da kommen sie in der Nacht zu uns, sagte er, brechen unsere Türen auf und rauben uns unser Vermögen. Nikodemus fügte niemandem Schaden zu; zwar wählte auch er die Nacht für seinen Gang, weil er ein ängstlicher Mensch war; aber er tat es um seiner Seele willen. Und was geschieht heute? Ach, die Welt ist voll ausgekochter Frechheit, und man benutzt die Nacht für Raub und Sünde. Den Schuldigen soll es treffen, hinweg mit ihm!

Der neue Pfarrer erwies sich als Kampfhahn. Erst dreimal hatte er gepredigt und doch schon manchen Sünder des Kirchspiels bekehrt. Sobald er auf der Kanzel stand, war er bleich und seltsam wie ein Rasender. In der Gemeinde gab es Leute, die bereits am ersten Sonntag genug hatten und nicht wiederzukommen wagten. Ja sogar Marie van Loos war erschüttert, dieses Reibeisen von einer Jungfer, die ihr Leben lang spitz und scharf gewesen war. Die beiden Mädchen, die ihr unterstanden, bemerkten die Verwandlung mit Freude.

In die Bucht waren jetzt viele Leute gekommen. Und mancher von ihnen mochte Kaufmann Mack die Schande wohl gönnen, die ihm widerfahren war. Mack wurde gar zu mächtig mit seinen beiden großen Geschäften, seinem Schleppnetz, seiner Fabrik und seinen vielen Fahrzeugen; die Fischer aus den Randgemeinden hielten zu ihren eignen Händlern, die umgänglich und leutselig waren und von denen keiner wie Mack weiße Kragen oder Handschuhe aus Hirschleder trug. Dieser Diebstahl war ganz heilsam für seinen Dünkel. Und der gute Mack sollte lieber nicht allzusehr mit den Talern herumwerfen; er würde sein Geld noch gut zum Heringskauf gebrauchen können – falls der Hering kam. So reich war er wohl doch nicht, daß er Geld besaß wie Sterne am Himmel. Der Teufel mochte wissen, ob er den Diebstahl nicht vielleicht selber begangen hatte – oder sein Sohn Fredrik, bloß um sich den Anschein zu geben, als könnte er es sich leisten, Geld wie Heu zu verlieren, während er in Wirklichkeit im Druck saß. Der Klatsch ging landauf und meerab. Und Mack begriff, daß er ihm den Wind aus den Segeln nehmen mußte. In der Bucht lagen jetzt Männer aus fünf Gemeinden, die ihre Eindrücke mit nach Haus zu ihren Familien und Kaufleuten nehmen würden. Und deshalb wollte er dafür sorgen, daß es sich wieder einmal herumsprach, wer Mack auf Rosengaard war.

Das nächste Mal, als er zur Fabrik mußte, mietete er sich daher einen Dampfer. Die Fabrik lag eine Meile von der

Haltestelle entfernt, und die Fahrt kostete ihn viel Geld; aber auf Geld sah Mack nie. In der Bucht gab es große Aufregung, als das Schiff mit Mack und seiner Tochter Elise hereinrauschte. Er war sozusagen Herr des Dampfers und stand, obwohl es Sommer war, im Pelz und mit einer ungeheuer breiten roten Schärpe um den Leib an Bord. Als Vater und Tochter an Land gesetzt waren, drehte das Schiff sofort um und fuhr zurück; jeder konnte sehen, daß es nur diesen einen Auftrag gehabt hatte. Und da beugten sich auch viele unter den Fremden vor Macks Macht.

Doch Mack tat noch mehr. Er konnte die Schande des Einbruchs nicht verwinden. Und so ließ er eine neue Bekanntmachung anschlagen und versprach auch dem Dieb die vierhundert Taler Belohnung, wenn er sich nur meldete. Einen solch großspurigen Edelmut hatte man noch nicht erlebt. Mußte jetzt nicht jeder einsehen, daß es Mack nicht darum ging, das lumpige gestohlene Geld zurückzubekommen? Aber der Klatsch erstarb immer noch nicht: War jener der Dieb, den man dafür hielt, so würde er sich nun erst recht nicht melden! Ganz bestimmt nicht!

Mack befand sich in einer üblen Zwangslage. Sein Ansehen geriet ins Wanken. Zwanzig Jahre lang war er der große Mack gewesen, und keiner hatte ihm diesen Platz streitig gemacht; und jetzt schien es, als grüßten ihn einige von den Leuten nicht mehr so achtungsvoll und ehrerbietig wie früher. Und dabei war er doch – obendrein durch Kauf – Ritter eines königlichen Ordens. Was war er immer für ein Herr gewesen! Er gab in der Gemeinde den Ton an, die Fischer folgten ihm blindlings, und die Händler in den Außenbezirken und auf den Inseln ahmten ihn nach. Mack hatte ein Magenleiden, das wohl von seiner vornehmen, fürstlichen Lebensweise herrührte; und sobald es ein wenig kühl wurde, trug er deshalb eine breite rote Schärpe um den Leib. Sogleich banden sich auch die kleinen Händler auf den Inseln eine rote Schärpe um den Magen, diese lächerlichen Emporkömmlinge, die Mack aus Gnade leben ließ. Auch sie wollten als Leute von Welt gelten, die so gut und üppig aßen, daß ihr Magen darunter litt. Mack kam mit knarrenden Schuhen in die Kirche und schritt mit großspurigem Lärm durch das ganze Schiff; auch das machten ihm die Leute nach. Sie stellten ihre Schuhe ins Wasser und ließen sie dann bis zum Sonntag knochentrocken werden, damit sie laut durch die Kirche knarren konnten.

4

Rolandsen saß in seinem Zimmer und experimentierte. Von seinem Fenster aus sah er, wie sich im Wald ein bestimmter Ast an einem bestimmten Baum auf und nieder bewegte. Jemand mußte den Baum schütteln, aber das Laub war schon zu dicht, als daß er mehr erkennen konnte. So experimentierte Rolandsen weiter. Doch er kam heute mit der Arbeit nicht recht voran. Er nahm seine Gitarre vor und begann jene amüsanten Klagelieder zu spielen, aber auch das machte ihm keine Freude. Der Frühling lag ihm im Blut.

Elise Mack war angekommen, er hatte sie gestern abend getroffen. Doch er war stolz und hochnäsig gewesen und hatte sich aufgespielt; es schien, als ob sie ihn mit ein paar Nettigkeiten erfreuen wollte, aber er war nicht darauf eingegangen.
Ich soll Sie von Ihren Kollegen auf Rosengaard grüßen, sagte sie. Doch Rolandsen unterhielt keine Freundschaften mit Telegrafenbeamten, er war kein »Kollege«. Sie wollte wohl nur wieder den Abstand zwischen sich und ihm betonen, hoho, das würde er ihr heimzahlen.
Sie könnten mir einmal ein wenig Gitarrespielen beibringen, sagte sie.
So etwas mußte einen nun wieder stutzig machen, und man hätte eigentlich darauf eingehen können; doch Rolandsen ging nicht darauf ein. Im Gegenteil, jetzt wollte er es ihr heimzahlen. Er sagte:
Gern. Sie können meine Gitarre jederzeit haben.
So behandelte er sie. Als ob ausgerechnet Elise Mack sich nicht tausend Gitarren leisten konnte.
Nein, danke, lehnte sie ab. Aber wir könnten vielleicht darauf üben.
Sie werden die Gitarre bekommen.
Da warf sie den Kopf in den Nacken und sagte:
Nein, ich verzichte, entschuldigen Sie bitte.
Seine kühle Überlegenheit hatte sie getroffen. Doch plötzlich war ihm nichts mehr an der Rache gelegen, und er murmelte:
Ich wollte Ihnen nur das einzige schenken, was ich besitze.
Tief zog er den Hut und ging davon.

Dann hatte sein Weg ihn zum Küsterhaus geführt. Er wollte Olga treffen. Jetzt war Frühling, und Rolandsen mußte eine Liebste haben; es war nicht leicht, ein so großes Herz zu bändigen. Er verfolgte übrigens besondere Absichten mit seinen Aufmerksamkeiten für Olga. Es ging das Gerücht, Fredrik Mack interessiere sich für die Küsterstochter, und Rolandsen wollte ihn unbedingt ausstechen. Fredrik war Elises Bruder, ein Korb würde dieser Familie nur guttun. Im übrigen war Olga es auch selber wert, daß man ihr nachstellte. Rolandsen hatte sie von klein auf heranwachsen sehen; bei ihr zu Haus war es immer recht dürftig hergegangen, so daß sie ihre Kleider sehr lange tragen mußte, ehe sie neue bekam; aber sie war ein hübsches, frisches Mädchen und ganz reizend in ihrer Schüchternheit.
Rolandsen war zweimal im Wald mit ihr zusammengetroffen. Das hatte er nur möglich machen können, indem er jeden Tag zu ihrem Vater kam und ihm Bücher zum Lesen brachte. Dem alten Mann lag gar nichts daran, denn er verstand nicht viel von Büchern; aber Rolandsen drängte sie ihm förmlich auf. Das sind die wichtigsten Bücher der Welt, versicherte er, die muß man unbedingt gelesen haben. Hier, bitte schön.
Er fragte den Küster, ob er nicht haarschneiden könne. Aber der Küster hatte noch nie in seinem Leben Haare geschnitten; Olga tue das immer.
Begeistert bat Rolandsen nun Olga, ihm das Haar zu schneiden. Sie wurde rot und ging rasch hinaus; das kann ich nicht, sagte sie. Aber Rolandsen holte sie wieder herein und wußte so viel schöne Worte zu machen,

daß sie schließlich nachgab. Wie möchten Sie es haben? fragte sie.
Wie Sie es mögen, erwiderte er. Wie könnte ich es anders wollen? Er wandte sich an den Küster, trieb ihn mit verzwickten Fragen in die Enge, bis es dem alten Mann zuviel wurde und er sich in die Küche zurückzog.
Nun zog Rolandsen alle Register und fing mächtig an zu tönen. Er sagte zu Olga:
Wenn Sie an einem Winterabend draußen im Dunkeln gewesen sind und dann in eine erleuchtete Stube treten, strömt das Licht von allen Seiten auf Ihr Antlitz.
Olga verstand zwar nicht, was er meinte, sagte aber ja.
Ja, sagte Rolandsen. Und ebenso geht es mir, wenn ich zu Ihnen komme.
Mehr soll ich wohl nicht wegschneiden? fragte Olga.
Doch, schneiden Sie ruhig noch etwas ab. Tun Sie, was Sie für richtig halten. Sehen Sie, vorhin glaubten Sie, Sie brauchten nur hinauszulaufen und sich zu verstecken, aber damit war mir nicht geholfen. Das war, als wollte der Blitz einen Funken auslöschen. Er wandte sich wild zu ihr um. Wenn Sie den Kopf stillhalten wollten, könnte ich viel besser schneiden, sagte sie.
Ich darf Sie also nicht ansehen. Hören Sie, Olga, sind Sie verlobt? Doch darauf war Olga nicht vorbereitet. Sie war ja noch nicht so alt und erfahren, daß sie nicht das eine oder andere aus der Fassung bringen konnte.
Ich? Nein, erwiderte sie nur. Jetzt ist es wohl richtig, glaube ich. Nur noch ein bißchen ausgleichen. Sie versuchte, ihn abzulenken, weil sie ihn im Verdacht hatte, betrunken zu sein.

Aber Rolandsen war nicht betrunken, er war nüchtern; er hatte die letzte Zeit tüchtig gearbeitet, die vielen fremden Fischer hatten dem Telegrafen allerlei zu tun gegeben. Nein, hören Sie bitte nicht auf, bat er, schneiden Sie ruhig noch ein-, zweimal rundherum, bitte!
Da lachte Olga:
Das hat doch keinen Sinn.
Ach, Ihre Augen sind wie Zwillingssterne, sagte er, und in Ihrem Lächeln sonnt sich mein Herz.
Sie nahm das Handtuch von seinen Schultern, bürstete ihn ab und las die Haare vom Fußboden auf. Er kniete hin, um ihr dabei zu helfen, ihre Hände begegneten sich. Sie war ein junges Mädchen, er spürte ihren Atem, und es überlief ihn heiß. Er griff nach ihrer Hand und bemerkte, daß ihr Kleid am Hals nur mit einer gewöhnlichen Sicherheitsnadel zugesteckt war. Das sah richtig ärmlich aus. Nicht – warum tun Sie das? sagte sie stammelnd. Nur so. Nein – es soll vielen Dank für Ihre Arbeit bedeuten. Wäre ich nicht fest verlobt, würde ich mich in Sie verlieben.
Sie erhob sich, das abgeschnittene Haar in den Händen; er blieb am Boden hocken.
Sie machen sich den Anzug schmutzig, sagte sie, während sie zur Tür hinausging.
Als der Küster hereinkam, tat Rolandsen wieder unbefangen; er strich sich über den kurzgeschnittenen Kopf und zog den Hut über die Ohren, um zu zeigen, wieviel er ihm jetzt zu groß sei. Plötzlich sah er auf die Uhr, sagte, er müsse ins Amt, und verabschiedete sich. Rolandsen ging zum Kaufladen.

Er wolle sich ein paar Broschen ansehen; es könnten ruhig die teuersten sein. Er suchte eine imitierte Kamee aus und bat, ihm die Zahlung zu stunden. Aber darauf ging man nicht ein, er sei von früher noch so viel schuldig. Da nahm er eine billige Glasnadel, die wie Achat aussah, bezahlte sie von seinen paar Schillingen und zog mit seinem Schatz davon.

Das war gestern abend gewesen …

Nun saß er hier in seinem Zimmer und konnte nicht arbeiten. Deshalb nahm er seinen Hut und ging hinaus, um zu sehen, wer dort im Walde wohl an dem Baum rüttle. Er lief genau in die Höhle des Löwen; Marie van Loos hatte ihn mit diesem Zeichen herausgelockt und wartete nun auf ihn. Er hätte seine Neugier bezähmen sollen. Guten Tag, sagte sie. Wie siehst du denn mit deinen Haaren aus? Ich pflege mir im Frühling das Haar zu schneiden, erwiderte er. Voriges Jahr habe ich es dir geschnitten. Dies Jahr war ich wohl nicht gut genug dazu? Ich habe keine Lust, mich mit dir zu streiten, sagte er.

Nein?

Nein. Und außerdem solltest du dich nicht hier hinstellen und den ganzen Wald durcheinanderschütteln, daß alle Welt dich sieht.

Und du solltest dich nicht hinstellen und dumme Späße machen, sagte sie.

Ich an deiner Stelle würde lieber mit dem Ölzweig des Friedens winken, fuhr Rolandsen fort.

Hast du dir das Haar selbst geschnitten?

Nein, Olga hat es mir geschnitten.

Olga, die vielleicht einmal Fredrik Macks Frau werden

würde, hatte ihm das Haar geschnitten. Das brauchte er keineswegs zu verheimlichen; im Gegenteil – er würde es gehörig ausposaunen.
Olga, sagst du?
Sicher. Weshalb? Ihr Vater konnte es nicht.
Du wirst es noch so weit treiben, daß es eines Tages aus ist zwischen uns, sagte Marie van Loos.
Eine Weile stand er da und überlegte.
Das wäre vielleicht das beste, antwortete er dann.
Was sagst du? rief sie.
Was ich sage? Daß dich der Frühling anscheinend völlig närrisch gemacht hat, mehr nicht. Sieh mich an; ist an mir vielleicht irgendein Zeichen des Frühlings zu bemerken?
Du bist auch ein Mannsbild, erwiderte sie nur. Aber diese Tändelei mit Olga paßt mir nicht.
Stimmt es, daß der Pfarrer reich ist? fragte er plötzlich.
Marie van Loos wischte sich über die Augen, und gleich war sie wieder nüchtern und beherzt.
Reich? Mir scheint, der ist arm wie eine Kirchenmaus.
Rolandsen begrub abermals eine Hoffnung.
Du solltest bloß mal seine Wäsche sehen – und erst die von seiner Frau! Unterröcke hat sie, die … Aber er ist ein Pfarrer, wie man so bald keinen zweiten findet. Hast du ihn schon gehört?
Nein.
Einer der besten Prediger, die ich kenne, sagte Marie van Loos. Weißt du genau, daß er nicht reich ist?
Jedenfalls hat er sich beim Kaufmann Kredit geben lassen.

Einen Augenblick verfinsterte sich die Welt um Rolandsen, und er wollte gehen.
Bleibst du nicht mehr? fragte sie.
Nein, was wolltest du denn überhaupt von mir?
Was ich von dir wollte? Ihre scharfe Zunge war von den Predigten des neuen Pfarrers halbwegs gebändigt worden, und sie hatte versucht, sich in Sanftmut zu üben. Doch jetzt brach ihre alte Natur wieder durch.
Ich wollte dir bloß sagen, begann sie, daß du es zu weit treibst. Na schön, meinte Rolandsen.
Und daß du mir bitter unrecht tust.
Das mag auch sein, gab er zu.
Und daß ich es nicht mehr aushalte, daß ich Schluß mit dir mache. Wieder überlegte Rolandsen eine Weile. Dann sagte er:
Zu Anfang hatte ich geglaubt, daß das von Dauer sein würde mit uns beiden. Auf der andern Seite - ich bin nicht der liebe Gott, ich kann es auch nicht ändern. Tu, was dir paßt!
Das soll ein Wort sein! sagte sie hitzig.
Das erste Mal hier im Wald war dir das nicht so egal. Da kreischtest du so nett vor Freude, als ich dich küßte.
Ich habe nicht gekreischt, protestierte sie.
Und ich liebte dich von ganzem Herzen und glaubte, du seist eine ganz Feine und Besondere. Wahrhaftig, das glaubte ich.
Über mich brauchst du dir den Kopf nicht zu zerbrechen, sagte sie erbittert; aber was soll nun mit dir werden?
Mit mir? Das weiß ich nicht. Es interessiert mich auch nicht.

Du bildest dir doch nicht ein, daß das mit Olga etwas wird? Es heißt, Fredrik Mack wolle sie heiraten.
Sieh mal an, dachte Rolandsen; alle Welt weiß es schon. Tief in Gedanken ging er den Weg zur Straße hinunter, und Marie van Loos folgte ihm.
Das kurze Haar steht dir gut, sagte sie. Aber es ist schlecht geschnitten. Ganz ungleichmäßig.
Kannst du mir nicht dreihundert Taler leihen? fragte er.
Dreihundert Taler?
Ja, auf sechs Monate.
Selbst wenn ich es könnte, würde ich sie dir nicht leihen. Es ist doch aus zwischen uns.
Er nickte: Das soll ein Wort sein!
Doch als sie bis zum Tor des Pfarrhofs gekommen waren, wo Rolandsen umkehren mußte, sagte sie: Leider kann ich dir keine dreihundert Taler geben. Sie reichte ihm die Hand. Leb wohl einstweilen, ich trau mich nicht, länger hier stehenzubleiben. Nach ein paar Schritten drehte sie sich noch einmal um. Hast du nichts mehr, wo ich dir Namen einsticken soll?
Ich wüßte nicht was, entgegnete er. Ich habe mir inzwischen noch nichts Neues angeschafft.
Sie ging. Rolandsen fühlte sich erleichtert und dachte: Na, hoffentlich war es das letzte Mal!
Am Zaunpfahl hing ein Anschlag von Kaufmann Mack. Rolandsen las: Vierhundert Taler für die Aufklärung des Diebstahls; auch der Täter erhält die Belohnung, falls er sich meldet.
Vierhundert Taler! dachte Rolandsen.

5

Nein, die neuen Pfarrersleute waren nicht reich, ganz im Gegenteil. Die bedauernswerte junge Frau war von Haus aus an das sorglose Leben reicher Leute gewöhnt und brauchte daher so viele Dienstboten. Sie hatte nichts zu tun und nie gelernt, einen Haushalt zu führen; deshalb steckte ihr Kopf stets voller Kindereien. Sie war wahrhaftig ein süßes kleines Hauskreuz.
Du lieber Himmel, wie unverdrossen hatte der gute Pfarrer mit seiner Frau im Kampf gelegen, um ihr ein wenig Ordnung, ein wenig Umsicht beizubringen. Vier Jahre lang hatte er sich vergeblich bemüht. Er hob Fäden und Papier vom Boden auf, sorgte dafür, daß alle Dinge wieder an Ort und Stelle kamen, schloß die Türen hinter ihr, sah nach den Öfen und schraubte die Klappen zu. Wenn seine Frau ausging, nahm er sich Zimmer für Zimmer vor, um nachzusehen, in welchem Zustand sie sie hinterlassen hatte: Da lagen Haarnadeln herum, Taschentücher, Kämme voller Haare, und die Stühle waren mit Kleidungsstücken bedeckt. Das grämte den Pfarrer, und er brachte alles in Ordnung. In der kleinen möblierten Kammer seiner Junggesellenzeit hatte er sich heimischer gefühlt als jetzt.
Anfangs hatte sein Bitten und Schelten einigen Erfolg gehabt; seine Frau sah ein, daß er recht habe, und versprach, sich zu bessern. Dann stand sie wohl am nächsten Morgen einmal zeitig auf und kehrte das Unterste zuoberst; das Kind war ermahnt worden, vernünftig und erwachsen zu sein, und legte nun einen Übereifer an den

Tag, der jedoch alsbald erlahmte. Und wenige Tage später war der alte Schlendrian wieder eingerissen. Sie wunderte sich indessen keineswegs über die neue Unordnung, sondern war im Gegenteil erstaunt, als ihr Mann wieder mit seiner ewigen Nörgelei begann. Die Schale ist mir aus der Hand gefallen und zerschlagen, sagte sie; aber sie war ja nicht teuer.

Ja, und die Scherben liegen seit heute morgen noch da, erwiderte er. Eines Tages kam seine Frau und teilte ihm mit, das Mädchen Oline müsse weg: Oline hatte sich beklagt, daß die Pfarrersfrau alles mögliche aus der Küche herausschleppe und es dann stehen und liegen lasse, wo sie es gerade benutzt habe.

Das alles verbitterte den Pfarrer, und allmählich war er es leid, ihr dauernd Vorwürfe zu machen. Er kümmerte sich selber um Ordnung im Haus und räumte mit verkniffenem Mund und so wenig Worten wie möglich Hunderte von Dingen hinter ihr auf. Seine Frau äußerte sich gar nicht dazu; sie war es gewöhnt, daß immer jemand für sie Ordnung machte.

Manchmal allerdings fand ihr Mann, daß sie eigentlich zu bedauern sei. Mager und schlecht gekleidet, ging sie stets freundlich einher und jammerte nie über ihre Armut, obwohl sie gewohnt war, gut zu leben. Sie konnte dasitzen und nähen, ihre Kleider ändern und dabei vergnügt wie ein junges Mädchen vor sich hinsummen. Doch plötzlich machte sich das Kind in ihr wieder geltend; sie warf die Näherei hin, ließ alles kunterbunt durcheinander liegen und ging spazieren. Die aufgetrennten Kleider aber lagen ein paar Tage auf Tischen und Stühlen herum. Wohin sie ging? Von zu Haus hatte sie die Angewohnheit, in den Geschäften herumzustöbern, und es machte ihr Spaß, irgend etwas einzukaufen. Immer fand sie Verwendung für ein Stückchen Stoff, ein Ende Band, Kämme aller Art, Riechwasser, Zahnpulver, Metallbehälter für Streichhölzer oder ein Pfeifchen, um darauf zu blasen. Sie sollte lieber einmal ein einziges ordentliches Stück kaufen, dachte der Pfarrer, selbst wenn es noch so teuer wäre und ich mich in Schulden stürzen müßte. Ich könnte versuchen, eine kleine Kirchengeschichte für das Volk zu schreiben und sie mit dem Erlös bezahlen.

Und die Jahre gingen dahin. Oft gab es Reibereien, aber die Eheleute liebten sich trotzdem, und wenn der Pfarrer sich nicht allzuoft einmischte, ging es sogar ausgezeichnet mit den beiden. Leider hatte er die üble Angewohnheit, seine Augen überall zu haben, selbst wenn er in seinem Amtszimmer saß. Gestern mußte er feststellen, daß die Betten draußen im Garten hingen, als es anfing zu regnen. Lohnt es, darum Krach zu machen? dachte er. Plötzlich sah er seine Frau nach Hause kommen; sie war im Dorf gewesen und hatte es nun wegen des Regens sehr eilig. Sie wird die Betten bestimmt nicht mitnehmen! dachte er. Und richtig, sie lief in ihr Zimmer hinauf. Der Pfarrer rief in die Küche, aber es war keins der Mädchen da. Da ging er selber hinaus und brachte die Decken in Sicherheit.

Damit hätte es sein Bewenden haben können. Doch der Pfarrer, dieser ewige Nörgler, vermochte den Mund nicht zu halten. Am Abend vermißte seine Frau die Betten. Sie wurden geholt.

Die sind ja ganz naß, sagte sie.
Sie wären noch nasser, wenn ich mich nicht darum gekümmert hätte, entgegnete der Pfarrer.
Sogleich schlug seine Frau einen andern Ton an: Hast du sie hereingeholt? Das hättest du aber wirklich nicht zu tun brauchen; ich hätte den Mädchen schon Bescheid gesagt.
Der Pfarrer lächelte bitter: Dann hingen sie jetzt noch draußen.
Nun war seine Frau gekränkt. Wegen der paar Regentropfen brauchst du wirklich nicht so viel Aufhebens zu machen. Aber du bist schon seit Tagen so. An allem hast du etwas auszusetzen!
Ich wünschte, das wäre nicht nötig, erwiderte der Pfarrer. Oder meinst du vielleicht, daß eine Waschschüssel hier aufs Bett gehört? Die mußte ich da hinstellen, weil ich nicht weiß, wohin damit.
Wenn du einen Waschtisch hättest, wäre der auch noch mit lauter Kram bepackt, sagte er.
Doch da verlor seine Frau die Geduld. Mein Gott, wie ungerecht du immer bist, du mußt krank sein. Ach, ich halte das nicht aus! Und sie ließ sich auf einen Stuhl fallen und starrte vor sich hin.
Aber sie hielt es aus. Einen Augenblick später war alles vergessen; ihr gutes Herz verzieh die Kränkung, und ihre glückliche und leichte Natur gewann wieder die Oberhand.
Der Pfarrer aber zog sich immer häufiger in sein Amtszimmer zurück, wo die Unordnung des Hauses sich nicht bemerkbar machte. Er war zäh und ausdauernd

und ein richtiges Arbeitspferd. Er hatte die Kirchendiener über den Lebenswandel der Gemeindemitglieder ausgefragt, und was er da zu hören bekam, war alles andere als erfreulich. Deshalb schrieb er bald an den einen, bald an den andern in der Gemeinde drohende und ermahnende Briefe. Half das nichts, dann suchte er die Sünder selber auf. Allmählich wurde er ein gefürchteter Mann, denn er schonte keinen. So war er zum Beispiel dahintergekommen, daß einer seiner Gehilfen, Levion mit Namen, eine Schwester hatte, die den Fischerburschen leichtfertig zu Gefallen war; auch an sie schrieb er. Dann ließ er ihren Bruder wegen eines Botenganges kommen und schickte ihn mit dem Brief und folgendem Bescheid zu ihr: Sag ihr, ich hätte ein wachsames Auge auf sie …

Eines Tages kam Kaufmann Mack und wurde vom Pfarrer ins Zimmer geführt. Der Besuch war kurz, aber bedeutungsvoll; Mack wollte dem Pfarrer eine Hilfeleistung anbieten, falls irgend jemand in der Gemeinde Not litte. Der Pfarrer bedankte sich und war von Herzen froh. Hätte er es nicht schon vorher gewußt, so wäre es ihm jetzt völlig klargeworden, daß Mack auf Rosengaard seine Hand über alle hielt. Der alte Herr war so vornehm und mächtig; sogar der Pfarrersfrau, die doch aus der Stadt kam, imponierte er; er war ein großer Mann, und die Steine in der Nadel, die er im Hemd trug, waren bestimmt echt. Mit den Fischen steht es ganz gut, sagte Mack; ich habe wieder einen Fang gemacht. Na, nichts Bedeutendes, nur an die zwanzig Tonnen, aber immerhin eine ganz hübsche Zugabe. Und deshalb dachte ich,

man solle auch seine Pflichten den andern gegenüber nicht vergessen.
Das ist recht! stimmte der Pfarrer zu. So sollte es immer sein! Aber zwanzig Tonnen, ist denn das ein kleiner Fang? Ich bin so unwissend in solchen Dingen.
Nun, zwei-, dreitausend Tonnen sind besser.
Zwei-, dreitausend! sagte die Frau. Das ist ja kaum auszudenken. Aber was ich nicht selber fange, kaufe ich von andern, fuhr Mack fort. Gestern hat eine Netzmannschaft vor den Schären draußen einen guten Fang gemacht; den habe ich gleich aufgekauft. Ich will alle meine Fahrzeuge mit Heringen beladen.
Sie haben ein großes Unternehmen, sagte der Pfarrer.
Mack gab zu, daß es sich jetzt groß anlasse. Eigentlich sei es ein altes ererbtes Geschäft, aber er habe es ausgebaut und neue Betriebe eingerichtet; das tue er alles für seine Kinder.
Lieber Himmel! Wie viele Werkstätten, Fabriken und Läden müssen Sie dann wohl haben? fragte die Pfarrersfrau enthusiastisch. Mack lachte: Das weiß ich wirklich nicht auswendig, gnädige Frau. Ich müßte sie erst zählen.
Bei dieser Unterhaltung vergaß Mack für eine Weile seine Sorgen und Kümmernisse, denn er hörte es nicht ungern, nach seinen Geschäften gefragt zu werden.
Ich wünschte, wir wohnten in der Nähe Ihrer großen Bäckerei auf Rosengaard, sagte die Pfarrersfrau und dachte dabei an ihren Haushalt. Wir können kein ordentliches Brot bei uns backen.
Auf dem Hof des Amtsvorstehers ist doch ein Bäcker.
Ja, aber der hat selten Brot.

Er trinkt leider sehr, sagte der Pfarrer: Ich habe ihm aber schon einen Brief geschrieben.

Einen Augenblick saß Mack schweigend da. Dann werde ich hier bei der Filiale eine Bäckerei einrichten, erklärte er. Er war allmächtig; er tat, was er wollte. Ein Wort von ihm, und schon gab es im Ort eine Bäckerei.

Nein, wirklich! rief die Pfarrersfrau mit erstaunten Augen aus. Sie sollen Ihr Brot haben, gnädige Frau. Ich telegrafiere sofort wegen der Leute. Es wird nicht lange dauern, nur ein paar Wochen. Der Pfarrer sagte nichts dazu. Konnte denn die Wirtschafterin mit all den Mädchen kein vernünftiges Brot backen? Nun würde man wieder mehr Geld ausgeben müssen.

Ich muß Ihnen noch danken, daß Sie mir freundlicherweise Kredit in Ihrem Geschäft eingeräumt haben, sagte der Pfarrer.

Ja, sagte auch seine Frau.

Das ist doch selbstverständlich, entgegnete Mack. Es steht alles zu Ihrer Verfügung.

Ist es nicht sehr schwer, so große Macht über alles zu haben? fragte die Pfarrersfrau.

So groß ist meine Macht gar nicht, erwiderte Mack. Ich bin zum Beispiel nicht imstande, diesen Spitzbuben zu finden.

Es ist aber auch zu toll mit dieser Geschichte, rief der Pfarrer aus. Sie versprechen dem Dieb die höchste Belohnung, ein Vermögen geradezu, und er meldet sich nicht.

Mack schüttelte den Kopf.

Die schwärzeste Undankbarkeit ist da, ausgerechnet Sie zu bestehlen, sagte die Pfarrersfrau.

Mack ging darauf ein: Da Sie es nun einmal ausgesprochen haben, gnädige Frau – ich hätte es auch nicht erwartet. Wahrhaftig nein! Ich weiß nicht, ob ich das um meine Leute verdient habe.
Gewiß, aber man stiehlt nur dort, wo es etwas zu stehlen gibt, bemerkte der Pfarrer. Der Einbrecher wußte genau, an wen er sich halten mußte.
Damit hatte der Pfarrer in aller Naivität ins Schwarze getroffen. Mack wurde es immer behaglicher zumute. Wenn man die Sache so betrachtete wie der Pfarrer, wog die Schande nicht mehr so schwer.
Aber die Leute klatschen, sagte er. Das schadet meinem Ruf und macht mir Kummer. Es sind jetzt so viele Fremde hier in der Gegend, die tragen alles herum.
Und meine Tochter Elise nimmt sich das so zu Herzen. Na ja, sagte er, während er sich erhob, aber das gibt sich wohl wieder. Also, wie gesagt, Herr Pfarrer, sollten Sie einmal irgendwo in der Gemeinde Not vorfinden, dann lassen Sie es mich freundlicherweise wissen.
Mack ging. Er hatte den besten Eindruck von den Pfarrersleuten gewonnen und wollte sie überall empfehlen. Das würde ihnen sicher nicht schaden. Oder vielleicht doch? Sollte das Geschwätz der Leute schon Unheil angerichtet haben? Gestern hatte ihm sein Sohn Fredrik erzählt, ein betrunkener Fischer habe ihm vom Boot aus zugerufen: Hast du dich schon gemeldet und dir die Belohnung verdient?

6

Nun wurden die Tage warm; die gefangenen Heringe mußten in den Netzen bleiben, um nicht zu verderben, und konnten nur bei Regenwetter oder in den kühleren Nächten geborgen werden. Es gab jetzt auch keine Fische mehr, das Jahr war schon zu weit fortgeschritten, und manche Netzmannschaft zog wieder weg. Zu Hause wartete die Frühjahrsbestellung und erforderte die Hilfe aller Männer.

Die Nächte waren hell und voll Sonne. So recht ein Wetter zum Lustwandeln und Schwärmen. Die jungen Leute zogen nachts über die Straßen, sangen und schlugen mit Weidenzweigen in die Luft. Und von allen Inseln und Schären hörte man die Schreie der Lummen- und Austernfischer, der Möwen und Eidergänse. Und der Seehund steckte seinen triefnassen Kopf aus dem Wasser, sah sich um und tauchte wieder zurück in seine Welt.

Auch Ove Rolandsen schwärmte auf seine Art. Man sollte es bei einem Mann in seinem Alter kaum für möglich halten, aber bisweilen hörte man ihn wahrhaftig nachts in seinem Zimmer singen und Gitarre spielen. Er tat es jedoch nicht aus überschäumender Lebenslust, sondern im Gegenteil, um sich zu zerstreuen und von seinen Grübeleien abzulenken. Denn er war sehr im Druck und zerbrach sich den Kopf, damit er einen Ausweg fände. Marie van Loos war natürlich doch wiedergekommen; sie nahm die Liebe nicht auf die leichte Schulter, sondern hielt die Verlobung mit aller Macht aufrecht. Andererseits war Ove Rolandsen ja nicht der liebe Gott;

er vermochte sein Herz, das ihm im Frühling davonflatterte, nicht zu bändigen. Und es war bitter, eine Braut zu haben, die eine deutliche Absage nicht verstehen wollte. Rolandsen war wieder zum Küsterhaus hinuntergegangen, und Olga saß vor der Tür. Doch jetzt zahlte man hundertfünfzig Schilling für die Tonne Heringe, und das brachte gute Zeiten; es war viel Geld in die Gemeinde gekommen, und Olga war dadurch gleichsam im Wert gestiegen. Oder woran lag es sonst, daß sie kaum aufsah und die Stricknadeln gleich wieder weiterklappern ließ? War Rolandsen etwa ein Mann, auf den man ruhig verzichten konnte?
Er sagte: Sie haben eben aufgeschaut. Ihre Blicke sind wie Pfeile, die mich verwunden.
Ich verstehe Sie nicht, erwiderte Olga.
Ach! Glauben Sie denn, ich verstünde mich? Ich habe die Besinnung verloren. Da stehe ich nun und mache es Ihnen nur leichter, mich für die Nacht, die nun kommen soll, noch mehr in Verwirrung zu bringen.
Dann sollten Sie nicht hier stehen, sagte Olga.
Heute nacht vernahm ich in meinem Innern eine Stimme. Unsagbar! Kurz und gut, ich entschloß mich zu einer wichtigen Entscheidung, falls Sie glauben, mir zuraten zu können.
Ich? Was sollte ich damit zu tun haben?
Ach! sagte Rolandsen. Sie sind heute richtig grausam. Sie sitzen nur da und schlagen um sich. Außerdem werden Sie bald Ihr Haar nicht mehr bändigen können, so dicht ist es.
Olga schwieg.

Wissen Sie, daß ich die Tochter von Bälgetreter Börre haben könnte?
Olga sah auf und brach in helles Gelächter aus.
Sie sollten wirklich nicht darüber spotten. Das nimmt mich nur noch mehr für Sie ein.
Sie sind rein verrückt! sagte Olga leise und wurde rot.
Mitunter denke ich: Vielleicht lacht sie mich gerade deshalb aus, um mich noch toller zu machen. Man sticht ja auch Enten und Gänsen ein wenig in den Kopf, bevor man sie schlachtet, weil sie dann anschwellen und doppelt lecker sind.
Gekränkt erwiderte Olga: Das tu ich nicht, bilden Sie sich das nur nicht ein. Und sie stand auf und wollte hineingehen.
Wenn Sie hineingehen, komme ich schnell mit und frage Ihren Vater, ob er die Bücher gelesen hat, fragte Rolandsen.
Vater ist nicht zu Hause.
Na schön. Ihn wollte ich auch gar nicht sprechen. Aber Sie, Olga, warum sind Sie heute nur so grausam und unzugänglich? Es gelingt mir nicht, ein freundliches Wort von Ihnen zu erhalten. Sie übersehen mich einfach.
Olga lachte wieder.
Also Börre hat eine Tochter, sagte Rolandsen; Pernille heißt sie; ich habe mich danach erkundigt. Ihr Vater tritt die Orgelbälge in der Kirche.
Brauchen Sie denn an jedem Finger einen Schatz? fragte Olga geradezu.
Meine Verlobte ist Marie van Loos, erwiderte er; aber wir

haben Schluß miteinander gemacht. Sie können sie ruhig fragen. Sie reist sicher bald ab.

Ja, Mutter, ich komme jetzt, rief Olga durchs Fenster hinein.

Ihre Mutter hat Sie gar nicht gerufen; sie hat Sie nur angesehen.

Ja, aber ich weiß, was sie will.

Ach so! Ich gehe ja auch schon. Sehen Sie, Olga, Sie wissen auch, was ich will; aber mir antworten Sie nicht: Ja, ich komme jetzt.

Sie öffnete die Tür. Nun hatte sie bestimmt den Eindruck, daß er nicht mehr der überlegene Rolandsen sei, und das mußte er wieder ein wenig wettmachen. Hatte er es denn nötig, sich geschlagen zu geben? Plötzlich fing er an vom Tod zu reden und Witzchen darüber zu machen; er werde jetzt wohl sterben, aber das finde er nicht schlimm. Nur die Beerdigung wolle er auf seine Weise haben. Er werde dazu selber eine Glocke konstruieren; den Klöppel solle der Schenkelknochen eines Ochsen bilden – weil er doch so töricht gewesen sei. Und der Pfarrer müsse die kürzeste Ansprache der Welt halten; er solle nur den Fuß aufs Grab setzen und sagen: Ich erkläre dich für tot und erledigt!

Doch Olga zeigte sich gelangweilt, denn sie war nicht mehr schüchtern wie früher. Sie trug jetzt sogar eine rote Seidenschleife am Halsausschnitt und sah aus wie eine Dame; auch die Sicherheitsnadel war verschwunden.

Ich muß mich noch besser ins rechte Licht setzen, dachte Rolandsen und sagte: Ich hatte eigentlich erwartet, es würde etwas aus uns. Meine frühere Verlobte vom Pfarr-

hof hat meine gesamte Wäsche mit Anfangsbuchstaben versehen, es ist eine wahre Pracht – auf allem, was ich habe, steht schon Olga Rolandsen. Ich finde, das ist ein Zeichen des Himmels. Aber jetzt muß ich mich verabschieden und Ihnen für den heutigen Tag danken.
Und Rolandsen schwenkte den Hut und ging. So überlegen schloß er. Das müßte doch sonderbar zugehen, wenn sie jetzt nicht ein wenig über ihn nachgrübelte.
Was mochte nur geschehen sein? Sogar die Küsterstochter hatte ihn abgewiesen. Schön! Aber sah dabei nicht manches nach Spiegelfechterei aus? Weshalb saß sie sonst vor der Tür, wenn nicht deshalb, weil sie ihn hatte kommen sehen? Und weshalb hatte sie sich wie eine feine Dame mit dem roten Seidenband geschmückt?
Aber schon ein paar Abende später sollte Rolandsens Dünkel einen schweren Stoß erhalten. Er saß an seinem Fenster und sah Olga in Macks Laden gehen. Sie blieb bis zum späten Abend dort, und auf dem Heimweg wurde sie von Fredrik und Elise begleitet. Jetzt hätte der stolze Rolandsen gelassen eine kleine Melodie vor sich hinsummen oder gleichgültig mit den Fingern trommeln und über sich nachdenken sollen; doch statt dessen griff er nach seinem Hut und stürzte in den Wald. Er machte einen großen Bogen und erreichte die Straße weit vor den dreien. Hier hielt er inne, um wieder zu Atem zu kommen. Dann ging er ihnen entgegen.
Aber die andern brauchten übermäßig viel Zeit; Rolandsen sah und hörte sie nicht. Er pfiff und sang vor sich hin, als ob sie irgendwo im Walde säßen und ihn beobachteten. Endlich erblickte er sie; für die späte Stunde

gingen sie unverschämt langsam und beeilten sich keineswegs, nach Haus zu kommen. Der große Rolandsen schritt ihnen entgegen, einen langen Grashalm im Munde und einen Weidenzweig im Knopfloch; beide Herren grüßten, als sie sich begegneten, und die Damen nickten.

Sie sind ja so erhitzt, sagte Fredrik; wo waren Sie denn?

Über die Schulter weg rief Rolandsen: Das liegt an der Jahreszeit; ich läute den Frühling ein.

Bloß jetzt kein dummes Zeug reden! Nur ja größte Sicherheit zur Schau tragen! Hoho, wie gelassen und gleichgültig war er an ihnen vorbeigeschlendert! Er hatte sogar die Kraft aufgebracht, Elise von oben bis unten zu mustern. Doch kaum waren sie außer Sicht, da schlich er in den Wald und war gar nicht mehr großartig, sondern erregt und niedergeschlagen. Nicht wegen Olga, die bedeutete ihm nichts; dabei fiel ihm die Brosche ein; er zog sie aus der Tasche, brach sie mitten durch und warf sie weg. Aber Macks Tochter Elise war groß und braun, und wenn sie lächelte, sah man ihre weißen Zähne ein wenig. Gott hatte sie ihm über den Weg geführt.

Und sie hatte kein Wort gesagt; vielleicht fuhr sie morgen schon wieder nach Hause.

Und alle Hoffnung war zunichte.

Vor der Telegrafenstation aber stand Marie van Loos und wartete auf ihn. Er hatte ihr schon mehrmals gesagt, vorbei sei vorbei, und sie solle lieber abreisen. Und sie hatte entgegnet, darum brauche er sie nicht zweimal zu bitten; leb wohl. Doch jetzt stand sie wieder hier und wartete auf ihn.

Ich bringe dir den versprochenen Tabaksbeutel, sagte sie.
Ein Tabaksbeutel? So etwas benutze ich nicht, erwiderte er.
Na schön, dann laß es, sagte sie und zog die Hand wieder zurück. Doch um sie zu besänftigen, beherrschte er sich und sagte: Den haben Sie aber bestimmt nicht mir versprochen. Überlegen Sie einmal, vielleicht dem Pfarrer. Einem verheirateten Mann.
Sie begriff nicht, daß dieser kleine Scherz ihn Mühe gekostet hatte, und konnte sich nicht enthalten zu sagen: Ich habe die Damen auf der Straße gesehen; denen bist du wohl nachgelaufen?
Und was geht Sie das an?
Ove!
Weshalb reisen Sie nicht ab? Sie sehen doch, daß es keinen Sinn hat. Es hätte schon Sinn, wenn du nur nicht so eine Perle wärest und dauernd mit den Frauenzimmern zusammenstecktest.
Wollen Sie mich denn ganz und gar zum Narren machen? schrie er. Gute Nacht.
Marie van Loos rief hinter ihm her: Reizend, was man alles über dich zu Ohren kriegt!
So etwas von kleinlicher Engherzigkeit! Konnte sie denn den echten Liebeskummer einer armen Seele nicht mit in Kauf nehmen? Kurz, Rolandsen ging hinauf in die Station, setzte sich an die Taste und bat einen Kollegen im Amt Rosengaard, ihm bei nächster Gelegenheit ein Fäßchen Kognak zu schicken. Diese endlose Geschichte hatte ja doch keinen Sinn.

7

Diesmal nahm Elise Mack sich Zeit. Sie war nur deshalb aus Rosengaard herübergekommen, um es ihrem Vater während seines Aufenthalts in der Fabrik ein wenig behaglich zu machen. Wenn es nach ihr gegangen wäre, hätte sie gewiß keinen Fuß in dieses Dorf gesetzt.
Mit den Jahren war Elise Mack immer vornehmer geworden; sie trug rote, weiße und gelbe Kleider, und man begann, sie gnädiges Fräulein anzureden, obwohl ihr Vater weder Pfarrer noch Arzt war. Sie stand wie die Sonne und die Sterne über allen.
Elise Mack begab sich zur Station, um einige Telegramme aufzugeben. Rolandsen sprach nur das Nötigste und beging nicht den Fehler, ihr vertraulich zuzunicken oder sie zu fragen, wie es gehe. Er machte keinen einzigen Fehler.
Hier steht zweimal hintereinander Straußenfeder. Soll das so sein? Zweimal? sagte sie. Darf ich mal sehen? Gott ja, Sie haben recht.
Könnten Sie mir bitte eine Feder leihen?
Während sie den Handschuh auszog und schrieb, sprach sie weiter: Es ist an einen Kaufmann in der Stadt; der hätte sich schön lustig gemacht. So ist es wohl in Ordnung?
Ja, jetzt ist es gut.
Und Sie sind immer noch hier, sagte sie und blieb auf dem Stuhl sitzen, Jahr für Jahr treffe ich Sie wieder.
Rolandsen wußte genau, warum er sich nicht von dieser Station fortmeldete. Es gab etwas, was ihn Jahr um Jahr

hier festhielt. Irgendwo muß man ja sein, erwiderte er. Sie könnten doch nach Rosengaard kommen. Wäre das nicht besser?
Eine ganz leichte Röte ergoß sich über ihre Wangen; vielleicht hätte sie das lieber nicht sagen sollen.
Eine so große Station werde ich nicht bekommen.
Nein, dafür sind Sie wohl noch zu jung.
Er lächelte ein wenig kläglich: Es ist jedenfalls sehr liebenswürdig von Ihnen, das für den Grund zu halten.
Wenn Sie dort hinkämen – es gibt mehr Menschen bei uns. Der Arzt wohnt nebenan und der Buchhalter und alle Angestellten aus dem Geschäft. Und dann kommen immer seltsame Schiffer oder andere Leute an Land.
Kapitän Henriksen von der Küstenlinie? dachte Rolandsen.
Weshalb sonst diese Gnade? War er vielleicht heute ein anderer als gestern? Er wußte doch, daß seine törichte Liebe ganz aussichtslos war; daran gab es wohl keinen Zweifel. Als sie ging, reichte sie ihm die Hand, ohne vorher den Handschuh wieder angezogen zu haben. Und als sie die Treppe hinunterschritt, raschelte es von Seide. Rolandsen ließ sich erschöpft und gebeugt an seinem Tisch nieder und gab die Telegramme durch. Doch in seiner Brust gärte es von wunderbaren Gefühlen. Die Wärme der samtweichen Hand hatte sich in ihn ergossen. Wenn man es recht bedachte, stand es gar nicht so jämmerlich um ihn; mit der Erfindung ließ sich viel Geld verdienen, wenn er nur endlich dreihundert Taler bekäme. Er war ein illiquider Millionär. Aber eines Tages würde sich wohl ein Ausweg finden.

Der Pfarrersfrau kam, um an ihren Vater zu telegrafieren. Der vorige Besuch hatte Rolandsen aufgerichtet; er fühlte sich nicht mehr als Taugenichts, sondern wähnte sich auf gleicher Stufe mit den vornehmen Herren; er unterhielt sich ein bißchen mit der gnädigen Frau, sagte ein paar höfliche Worte. Auch sie blieb länger als unbedingt nötig und forderte ihn auf, doch einmal im Pfarrhaus hereinzuschauen.

Gegen Abend traf er sie noch einmal auf der Straße vor der Telegrafenstation; sie ging nicht einfach vorbei, sondern blieb stehen und plauderte mit ihm. Das hielt sie wohl für richtig, sonst wäre sie ja nicht stehengeblieben.

Sie spielen doch Gitarre? fragte sie.

Ja. Wenn Sie einen Augenblick warten mögen, würde ich Ihnen zeigen, was ich kann.

Und Rolandsen ging hinein, die Gitarre zu holen.

Die Pfarrersfrau wartete. Auch daran fand sie wohl nichts, sonst hätte sie es ja nicht getan.

Rolandsen sang von der Herzallerliebsten und ihrem treuen Schatz; die Lieder waren nichts Besonderes, doch er hatte eine kräftige, schöne Stimme.

Er verfolgte bestimmte Absichten, als er die Pfarrersfrau zu veranlassen suchte, mitten auf der Straße stehenzubleiben; es war ja möglich, daß noch jemand um diese Zeit hier spazierenging. Schließlich war das doch schon geschehen. Aber wenn die Pfarrerin es eilig gehabt hätte, wäre sie jetzt übel dran gewesen; denn es verging geraume Zeit, und sie plauderten immer noch. Er sprach nicht wie ihr Mann, der Pfarrer; es klang wie aus einer andern Gegend der Welt, und wenn er seine herrlichen

Phrasen hervorsprudelte, rundeten sich ihre Augen wie bei einem lauschenden kleinen Mädchen.

Ja, ja, Gott sei mit Ihnen! sagte sie, als sie ging. Das ist er auch, erwiderte er.

Sie stutzte. Sind Sie dessen gewiß? Wieso?

Er hat doch allen Grund dazu. Allerdings ist er der Gott aller Geschöpfe; aber daran ist wohl weiter nichts Besonderes, Gott über Tiere und Berge zu sein. Erst wir Menschen machen ihn wirklich zu dem, was er ist. Warum sollte er also nicht mit uns sein?

Und nachdem Rolandsen diese prächtige Rede vorgetragen hatte, sah er ganz zufrieden aus. Die Pfarrersfrau grübelte über ihn nach, als sie ging. Hoho, nicht umsonst hatte die kleine Kugel, die er zwischen den Schultern trug, eine große Erfindung gemacht.

Aber jetzt war der Kognak gekommen. Rolandsen hatte das Fäßchen eigenhändig vom Bootsschuppen heraufgetragen; er machte keinen Umweg mit seiner Last und trug sie am hellichten Tage unterm Arm. So mutig war sein Herz. Und nun kam eine Zeit, die Rolandsen für alle Widerwärtigkeiten entschädigte. Es gab Nächte, da er auftrumpfte und König auf allen Wegen war; er fegte sie leer und machte sie ungangbar für die fremden Fischer, die, wie es ihr gutes Recht war, den Mädchen nachliefen. Am Sonntag fand sich eine ganze Fischermannschaft in der Kirche ein, alle ziemlich betrunken. Nach dem Gottesdienst trieben sie sich auf der Straße herum und gingen nicht wieder an Bord; sie hatten Schnaps bei sich, tranken, wurden immer vergnügter und belästigten die Passanten. Der Pfarrer war auf die Straße hinausgegangen und hatte mit ihnen geredet, aber nicht das mindeste ausgerichtet; später war der Amtsvorsteher gekommen und hatte sich eigens die Dienstmütze mit der goldenen Kordel aufgesetzt. Darauf begaben sich einige von den Leuten an Bord, doch drei Mann, darunter der lange Ulrik, wollten das Feld nicht räumen. Man würde schon merken, daß sie an Land seien, riefen sie; die Mädchen gehörten ihnen. Ulrik sei dabei, und ob man nicht wisse, welchen Ruf der von den Lofoten bis zur Finnmark habe. Kommt nur her!

Aus der Gemeinde fand sich eine Menge Burschen ein; sie standen am Weg oder lagen unter den Bäumen im Wald, je nachdem, wie es um ihre Kampfeslust bestellt war, und starrten gebannt auf den langen Ulrik, der sich mächtig aufspielte.

Ich muß euch jetzt bitten, an Bord zu gehen, sagte der Amtsvorsteher. Sonst bin ich gezwungen, andere Saiten aufzuziehen.

Gehen Sie nur wieder, Sie mit Ihrer Mütze! erwiderte Ulrik.

Der Amtsvorsteher überlegte, ob er ein paar Männer holen sollte, um den verrückten Kerl festzunehmen.

Hüte dich vor Widersetzlichkeit! Ich habe die Dienstmütze auf! sagte der Amtsvorsteher.

Da gröhlten Ulrik und seine Gefährten so, daß ihnen ganz schlecht wurde und sie sich den Bauch halten mußten. Ein dreister Fischerjunge traute sich in ihre Nähe; er bekam eins über den Schädel und wurde übel zugerichtet.

Jetzt der nächste! sagte Ulrik.

Ein Seil! schrie der Vorsteher, als er Blut sah. Holt doch einer von euch ein Seil! Er muß festgenommen werden. Wie viele seid ihr denn? protzte Ulrik. Und die drei Fahrensleute lachten sich wieder halbtot.
Doch nun kam der große Rolandsen die Straße herauf; er schlenderte langsam näher und hatte einen ziemlich starren Blick. Er war auf seiner gewohnten Runde über die Straßen. Er begrüßte den Amtsvorsteher und stellte sich neben ihn.
Da ist ja Rolandsen! rief Ulrik. Guckt euch den mal an, Jungens! Der Amtsvorsteher sagte: Dieser verrückte Kerl! Eben hat er einen blutig geschlagen. Aber jetzt wollen wir ihn mit einem Seil festnehmen.
Einem Seil?
Der Vorsteher nickte: Ich sehe mir das nicht länger mit an.
Das ist doch Unsinn, sagte Rolandsen; was wollen Sie schon mit einem Seil anfangen? Ich kann mich ja mal um ihn kümmern.
Ulrik kam näher, grüßte lauernd und versetzte Rolandsen dabei einen Stoß. Er spürte, daß er etwas Hartes und Schweres berührt hatte, zog sich zurück, gröhlte jedoch weiter: Guten Tag, Telegrafist Rolandsen! Ich tituliere dich mit vollem Namen und nach Verdienst, damit du weißt, wer du bist.
Mehr geschah einstweilen nicht. Rolandsen wollte sich diese Gelegenheit zu einer Schlägerei jedoch auf keinen Fall entgehen lassen und ärgerte sich, daß er so schwer aus der Ruhe zu bringen war und nicht gleich den ersten Stoß vergolten hatte. So mußte er also dem Fahrens-

mann zunächst einmal Widerpart geben, um die Sache im Gange zu halten. Sie faselten dummes Zeug, wie Betrunkene es nun einmal tun, und schnitten beide gewaltig auf.

Wenn der eine sagte: Komm bloß her, ich will dich schon einseifen, so erwiderte der andere: Komm du doch, ich schlag dich platt, daß du in einen Briefumschlag paßt.

Und die Menge ringsum fand, daß auf beiden Seiten sehr gut geredet wurde. Der Amtsvorsteher aber sah, wie Zorn und Befriedigung immer stärker in dem Telegrafenbeamten aufblühten und daß er beim Sprechen lächelte.

Plötzlich versetzte Ulrik ihm einen Nasenstüber, und das genügte Rolandsen; begeistert legte er sich ins Zeug. Er stürzte sich auf den Fischer und bekam dessen Jacke zu fassen. Doch das war ein Fehlgriff; er hielt die Joppe in der Hand, und es hatte schließlich keinen Sinn, an ihr seinen Zorn auszulassen. Er machte ein paar Sprünge, grinste und zeigte vor Wohlbehagen die Zähne. Und dann kam es. Als Ulrik es mit einem Stoß vor den Kopf versuchte, war Rolandsen sofort über die Kampfart seines Gegners im Bilde. Doch Rolandsen war Meister in einer andern Technik: ein harter Schlag mit der flachen Hand gegen eine Seite der Kinnlade. Das ruft eine ungeheure Erschütterung im Kopf hervor; alles dreht sich, und man stürzt zu Boden. Dabei bricht nichts, und es fließt kein Blut, nur ein bißchen aus Nase und Mund. Und eine ganze Weile bleibt man dann unbeweglich liegen.

Genau so traf es den langen Ulrik; er taumelte weit weg, über die ganze Breite der Straße. Die Beine gaben unter ihm nach, klappten zusammen wie bei einem Toten; und in seinem Kopf wirbelte es. Rolandsen beherrschte die Sprache der Raufbolde recht gut. Jetzt der nächste! sagte er und schien sich dabei sehr wohl zu fühlen; er merkte nicht einmal, daß sein Hemd am Hals aufgerissen war. Aber die nächsten waren Ulriks Kumpane, die nun still und verblüfft dastanden und sich nicht mehr den Bauch vor Lachen hielten. Ihr seid ja Säuglinge! schrie Rolandsen ihnen zu; soll ich euch auch noch einwickeln?

Der Amtsvorsteher mahnte die beiden Fahrensleute zur Vernunft; sie sollten ihren Kameraden auflesen und an Bord in Sicherheit bringen.

Ihnen habe ich zu danken, sagte er zu Rolandsen.

Aber als Rolandsen sah, wie die drei Fischer sich die Straße hinunter entfernten, war das so wenig nach seinem Sinn, daß er ihnen nachrief: Kommt morgen abend wieder! Werft eine Scheibe bei mir ein, damit ich Bescheid weiß! Pfui, ihr Säuglinge!

Wie gewöhnlich tat er wieder zuviel des Guten: Er schwatzte und prahlte weiter. Aber die Zuschauer entfernten sich. Plötzlich kam eine Dame auf Rolandsen zu, blickte ihn mit glänzenden Augen an und gab ihm die Hand. Es war die Pfarrersfrau. Auch sie hatte die Angelegenheit verfolgt.

Das war wirklich großartig, sagte sie. Der wird sich's merken.

Sie sah, daß sein Hemd offenstand. Die Sonne hatte einen braunen Ring um seinen Hals gebrannt, und darunter war er nackt und weiß. Er zog sein Hemd zusammen und grüßte. Es war ihm nicht unwillkommen, daß die Pfarrersfrau sich im Beisein anderer mit ihm abgab; und deshalb blähte er sich mächtig auf; er fand, es sei ratsam, eine Weile freundlich mit diesem Kind zu sprechen.

Es ist schade um die Augen, mit denen Sie mich ansehen, sagte er. Das ließ sie rot werden.

Er fragte: Sie entbehren gewiß die Stadt?

Aber nein, erwiderte sie; hier ist es auch schön. Wissen Sie, könnten Sie nicht mitkommen und heute unser Gast sein?

Er sagte, das gehe leider nicht; im Dienst sei der Sonntag wie der Montag. Aber vielen Dank für die Einladung. – Es gibt etwas, worum ich den Pfarrer beneide – das sind Sie.

Wie bitte …?

Bei allem schuldigen Respekt, ich kann nicht anders, als ihn um Sie beneiden.

So, jetzt war's gesagt. Man fand sicher so bald keinen zweiten, der es wie er verstand, ein wenig Freude zu bereiten.

Sie sind ein Spaßvogel, entgegnete sie, als sie sich wieder erholt hatte.

Auf dem Heimweg dachte Rolandsen, daß es alles in allem heute ein guter Tag gewesen sei. In seinem Rausch und der Siegerstimmung kam es ihm in den Sinn, daß die junge Pfarrersfrau sich doch eigentlich recht oft mit ihm abgab; und plötzlich versuchte er sich im Ränkeschmieden: Sie könnte gut Marie van Loos entlassen und seine harten Fesseln sprengen. Er durfte das natürlich nicht so offen verlangen; aber es gab ja noch andere Möglichkeiten. Wer weiß, vielleicht erwies sie ihm gern diesen Dienst, da sie nun so gute Freunde waren.

8

In der Nacht wurden die Pfarrersleute von Gesang geweckt. So etwas war noch nicht vorgekommen. Der Gesang drang unten vom Hof herauf. Die Sonne stand über der Erde; die Möwen waren erwacht; es war drei Uhr.

Mir ist, als hörte ich Gesang, rief der Pfarrer zu seiner Frau hinüber. Ja, hier unter meinem Fenster.

Sie lauschte. Sie erkannte die Stimme des wilden Rolandsen und hörte seine Gitarre. Das war doch wirklich gar zu unverschämt, ausgerechnet vor ihrem Fenster von seiner holden Maid zu singen. Der Pfarrerin wurde heiß vor Erregung.

Der Pfarrer kam herein und schaute aus dem Fenster. Das ist Rolandsen, wie ich sehe, sagte er mit gerunzelter Stirn. Er hat neulich ein Fäßchen Kognak bekommen. Es ist ein Skandal mit diesem Mann.

Aber seine Frau wollte den kleinen Zwischenfall nicht so tragisch nehmen; dieser prächtige Telegrafist konnte raufen wie ein Hafenarbeiter und singen wie ein gottbegnadeter Jüngling; er brachte viel Abwechslung in das stille Leben und die kleinen Schicksale.

Das soll wahrscheinlich ein Ständchen sein, sagte sie lachend.
Das dir aber nicht gut gelten kann, erwiderte der Pfarrer. Oder ... was meinst du?
Immer mußte er sich über etwas aufregen! Sie entgegnete: Nun, das ist doch halb so schlimm. Vielleicht ein kleiner Spaß von ihm! Doch bei sich dachte die gute Frau, daß sie Rolandsen nie wieder schöne Augen machen und ihn zu solchen Torheiten verleiten wollte.
Da fängt er wahrhaftig ein neues Lied an! rief der Pfarrer aus. Unverzüglich und so, wie er war, trat er ans Fenster und klopfte an die Scheibe.
Rolandsen blickte auf. Das war der Pfarrer selber, der dort stand, der leibhaftige Pfarrer! Der Gesang verstummte. Rolandsen tat sehr verlegen, zögerte einen Augenblick verwirrt und ging dann vom Hof.
Der Pfarrer sagte: So, den habe ich weggebracht! Er war sehr zufrieden, daß sein bloßes Erscheinen eine solche Wirkung hatte. Und morgen bekommt er einen Brief von mir, fuhr er fort; ich habe ihn wegen seines anstößigen Lebens schon lange aufs Korn genommen. Soll ich es ihm nicht lieber sagen, daß wir seinen nächtlichen Gesang nicht haben wollen?
Ohne den Vorschlag seiner Frau zu beachten, fuhr der Pfarrer fort: Und dann gehe ich zu ihm und rede mit ihm! Das sagte er so nachdrücklich, als müsse Gott weiß was passieren, wenn er zu Rolandsen ging.
Er kehrte in sein Zimmer zurück, legte sich wieder hin und überlegte. Er wollte diesen leichtsinnigen Narren, der sich so großspurig aufführte und die ganze Ge-

meinde mit seinem lockeren Lebenswandel unsicher machte, nun nicht länger schonen. Für ihn gab es keine Unterschiede; er schrieb jedem einen Brief, ohne Ansehen der Person. Er wußte sich Respekt zu verschaffen und wollte dieser dunklen Gemeinde schon heimleuchten. Immer noch machte er sich Gedanken über die Schwester seines Gehilfen Levion. Sie hatte sich nicht gebessert, und deshalb wollte der Pfarrer ihren Bruder nicht mehr als Kirchendiener behalten. Außerdem war noch so eine haarsträubende Geschichte dazugekommen. Levion war durch den Tod seiner Frau heimgesucht worden; und als der Gute sie zu Grabe tragen wollte, fiel ihm ein, daß er Fredrik Mack ein geschlachtetes Kalb versprochen hatte. Die Tage waren nicht mehr so kühl, daß er das Fleisch hätte liegenlassen können, und so nahm er das Kalb gleich mit; es war ohnehin ein Weg. Der Pastor hörte durch Enok, diesen tief demütigen Mann mit dem Ohrenleiden, von der Sache und nahm sich Levion sofort nach der Beerdigung vor.

Ich kann dich nicht länger als Kirchendiener behalten, sagte er. Es herrscht Zuchtlosigkeit in deinem Haus. Du liegst da und schläfst, während des Nachts ein Mann zu deiner Schwester kommt und mit ihr sündigt.

Leider, erwiderte der Gehilfe, oft geht es eben nicht anders. Und noch etwas: Du trägst dein Weib zu Grabe und nimmst dabei ein totes Kalb mit. Ist das nicht eine Schande?

Der Fischerbauer sah den Pfarrer völlig verständnislos an und fand, er sei ungerecht. Seine selige Frau war fleißig

gewesen; sie wäre die erste, die ihm geraten hätte, das Kalb gleich mitzunehmen.
Wenn der Herr Pfarrer es so genau nimmt, wird er kaum einen anständigen Gehilfen finden, entgegnete Levion.
Das laß meine Sorge sein, erwiderte der Pfarrer. Du bist jedenfalls entlassen.
Levion schaute auf seine Schwester hinunter. Es war unleugbar eine Schande, die ihm da widerfahren war; die Nachbarn würden sich daran weiden.
Der Pfarrer war empört. Kannst du denn um Gottes willen deine Schwester nicht dazu bringen, den Mann zu heiraten?
Glaubt der Herr Pfarrer, ich hätte das nicht schon versucht? entgegnete Levion. Aber sie weiß ja nicht genau, wer es ist.
Dem Pfarrer blieb der Mund offen stehen: Was weiß sie nicht ...? Und als er endlich begriff, schlug er die Hände über dem Kopf zusammen. Dann nickte er nur kurz: Wie gesagt, ich suche mir einen andern Kirchendiener.
Und wen?
Es geht dich zwar nichts an. Aber wahrscheinlich wird es Enok sein. Der Bauer wurde nachdenklich. Er kannte diesen Menschen; er hatte noch etwas mit ihm abzurechnen. Ach, Enok! sagte er nur und ging.
Enok vermochte dieses Amt wohl auszufüllen. Er war ein Mann von tiefem Gemüt, der den Kopf keineswegs hoch trug, sondern ihn im Gegenteil auf die Brust senkte und viel grübelte. Man sagte ihm nach, er sei auf See ein schlechter Kamerad; vor vielen Jahren sollte er dabei

ertappt worden sein, wie er die Leinen von andern aufholte. Aber das war wohl nur Neid und Verleumdung. Rein äußerlich sah er nicht aus wie ein Graf; dieses Tuch um die Ohren verunstaltete ihn. Überdies hatte er die Angewohnheit, sobald er unterwegs jemandem begegnete, zuerst das eine, dann das andere Nasenloch mit dem Finger zuzuhalten und auszuschneuzen. Aber Gott sah nicht auf solche Äußerlichkeiten, und dieser sein geringer Diener Enok hatte dabei sicher nur die löbliche Absicht, den Leuten mit geputzter Nase entgegenzutreten. Wenn er kam, sagte er: Friede! und wenn er ging: Bleibt in Frieden! Alles, was er tat, war von Grund auf durchdacht. Selbst das große Haumesser, das ihm vom Gürtel herabhing, trug er mit dankbarer Miene, als ob er sagen wollte: Leider gibt es viele, die nicht einmal ein Messer haben, mit dem sie schneiden können.

Am letzten Opfertag hatte Enok durch seine große Gabe Aufsehen erregt; es lag ein Schein auf dem Altar. Hatte er in letzter Zeit so viel Geld verdient? Es war wohl so, daß eine höhere Macht ihr Scherflein zu seinen Schillingen legte. Er hatte keine Schulden in Macks Laden; die zum Trocknen aufgehängten Fische waren noch unberührt; und seine Familie war gut gekleidet. Und Enok hielt auf Zucht in seinem Haus. Er hatte einen Sohn, der ein Muster an Sanftmut und gutem Betragen war. Der Junge hatte bei den Lofoten gefischt, und deshalb hätte er das Recht gehabt, mit einem tätowierten Anker auf der Hand nach Hause zu kommen; aber das tat er nicht. Sein Vater hatte ihn frühzeitig Demut und Gottesfurcht gelehrt. Es ruhte ein solcher Segen darauf, still und gebeugt einherzuwandeln, fand Enok …

Während der Pfarrer so dalag und nachdachte, rückte der Morgen weiter vor. Dieser leidige Rolandsen hatte ihm die Nacht verdorben; also stand er bereits um sechs Uhr auf und entdeckte, daß seine Frau sich in aller Stille angekleidet hatte und schon ausgegangen war.

Im Laufe des Vormittags begab sie sich zu dem Telegrafenbeamten Rolandsen und sagte: Sie dürfen nachts nicht mehr bei uns singen. Ich sehe ein, daß ich mich toll benommen habe, erwiderte er. Ich hatte geglaubt, Marie van Loos schlafe in dem Zimmer.

Sie haben also für sie gesungen?

Ja. Ein kleines bescheidenes Liedchen in der Morgenstunde.

Es ist jetzt mein Zimmer, sagte die Pfarrersfrau.

Beim vorigen Pfarrer hat die Wirtschafterin dort geschlafen.

Die Frau erwiderte nichts. Ihre Augen waren stumpf und matt geworden.

Ja, ja, danke, sagte sie, als sie ging; es war zwar nett zu hören, aber Sie dürfen es nicht wieder tun.

Das verspreche ich Ihnen. Hätte ich geahnt … ich würde natürlich niemals wagen …

Rolandsen schien in die Erde sinken zu wollen.

Als die Pfarrerin heimkam, sagte sie: Ich bin heute richtig müde.

Kein Wunder, erwiderte der Pfarrer. Du konntst ja wegen dieses Schreihalses nicht schlafen.

Es wird das beste sein, wenn die Wirtschafterin geht, sagte seine Frau.
Die Wirtschafterin?
Ja, er ist doch mit ihr verlobt. Und eher werden wir wohl nachts keine Ruhe haben.
Er bekommt heute einen Brief von mir.
Das Einfachste wäre doch, wenn die Wirtschafterin ginge.
Der Pfarrer dachte, daß dies keineswegs das Einfachste sei, denn es würde nur unnötige Ausgaben verursachen, eine neue Wirtschafterin zu finden. Außerdem war Marie van Loos sehr tüchtig; ohne sie ginge alles durcheinander. Er erinnerte sich, wie es im Anfang seiner Ehe war, als seine Frau den Haushalt selber führte; das würde er nie vergessen.
Und wen wolltest du an ihrer Stelle nehmen? fragte er.
Sie erwiderte: Ich kann ihre Arbeit gut selber machen.
Da lachte der Pfarrer bitter und sagte: Das wäre das richtige!
Verletzt und beleidigt brach seine Frau aus: Ich habe ja jetzt auch die ganze Zeit mitarbeiten und den Haushalt führen müssen. Ohne die Wirtschafterin wird kaum mehr zu tun sein.
Der Pfarrer schwieg. Es hatte keinen Sinn, darüber zu streiten, weiß Gott nicht! Die Wirtschafterin muß bleiben, sagte er.
Seine Frau aber saß da mit einem Paar Schuhe, daß es ein Jammer war; und ehe er ging, sagte er: Wir müssen dir jetzt wirklich als erstes ein Paar Schuhe besorgen.
Ach, es ist ja Sommer, erwiderte sie.

9

Die letzten Boote lagen segelbereit in der Bucht, der Fischfang war beendet. Aber das Meer war noch reich an Heringen, besonders längs der Küste, und deshalb sanken die Preise. Kaufmann Mack hatte so viel Hering gekauft, wie er nur bekommen konnte, und keiner hatte gehört, daß er mit der Bezahlung im Rückstand war; nur die letzte Netzmannschaft hatte er gebeten, so lange zu warten, bis er um Geld nach Bergen telegrafiert hätte. Und sofort begannen die Leute zu tuscheln: Aha, er ist im Druck!

Doch Kaufmann Mack war mächtig wie zuvor. Neben seinen übrigen Geschäften hatte er der Pfarrerin eine Bäckerei versprochen – schön, die Handwerker waren gekommen, die Grundmauern waren gelegt, und die Arbeit schritt voran. Der Pfarrersfrau machte es richtig Spaß, hinzugehen und zuzugucken, wie ihre Bäckerei wuchs. Nun sollte der eigentliche Bau beginnen, und dazu brauchte Mack andere Arbeiter; auch nach ihnen sei telegrafiert worden, sagte er.

Doch jetzt nahm sich der Bäcker auf dem Hof des Amtsvorstehers zusammen. Was der Brief des Pfarrers nicht vermocht hatte, das erreichte Mack mit seinem Fundament. Brot soll es wohl geben, wenn die Leute welches haben wollen, sagte der Bäcker. Aber es war allen klar, daß der arme Mann sich vergeblich bemühte; denn nun würde er von Mack an die Wand gedrückt werden.

Rolandsen saß in seinem Zimmer und verfertigte einen seltsamen Anschlag, den er mit seinem Namen unterzeichnete. Immer wieder las er ihn durch und fand ihn in Ordnung. Dann steckte er ihn in die Tasche, nahm seinen Hut und ging die Straße entlang, die zu Macks Kontor in der Fabrik hinunterführte.

Rolandsen hatte fest damit gerechnet, daß Marie van Loos abfuhr; doch das tat sie keineswegs, denn die Pfarrersfrau hatte ihr nicht gekündigt. Rolandsen hatte sich getäuscht, wenn er glaubte, die Pfarrerin werde ihm diesen Dienst erweisen; nun gewann seine Vernunft wieder die Oberhand, und er dachte: Bleiben wir auf der Erde, wir haben also niemand betört.

Und nun hatte Rolandsen einen ernsten und strafenden Brief vom Pfarrer erhalten. Er verheimlichte nicht, was ihm da widerfahren war, sondern erzählte es Groß und Klein. Diesen Brief habe er verdient, sagte er, und er habe ihm gutgetan; seit seiner Konfirmation habe sich kein Pfarrer mehr seiner angenommen. Ja, er müsse sogar sagen, daß der Pfarrer noch viele solcher Briefe schreiben und manch einen damit erfreuen und aufrichten möge.

Doch niemand fand, daß Rolandsen gerade jetzt besonders erfreut aussah, im Gegenteil, er grübelte mehr denn je und schien sich mit einem schwierigen Gedanken herumzuschlagen. Soll ich es tun, oder soll ich es nicht tun? murmelte er manchmal. Als ihn nun seine verflossene Verlobte Marie van Loos heute morgen abgepaßt und ihm wegen der dummen Serenade im Pfarrhof wieder die Hölle heiß gemacht hatte, war er mit den bedeutungsschweren Worten von ihr gegangen: Ich *tu* es!

Rolandsen trat in Macks Kontor und grüßte. Er war völlig nüchtern. Vater und Sohn standen zu beiden Seiten

des Pultes und schrieben. Der alte Mack bot dem Besucher einen Stuhl an, doch Rolandsen setzte sich nicht.
Ich wollte nur mitteilen, daß ich den Einbruch bei Ihnen begangen habe, sagte er.
Vater und Sohn starrten ihn an.
Es läßt mir keine Ruhe, fuhr Rolandsen fort. Und es wäre unrecht, noch länger zu schweigen; es ist sowieso schon schlimm genug. Laß uns allein! sagte der alte Mack.
Fredrik ging hinaus.
Mack fragte: Wissen Sie auch genau, was Sie da reden?
Ich habe es getan! schrie Rolandsen mit einer Stimme, die nicht nur zum Singen taugte.
Eine Weile verging. Mack zwinkerte mit den Augen und überlegte. Sie haben es also getan, sagen Sie?
Ja.
Mack überlegte wieder. Sein schlauer Kopf hatte schon mehr als eine Aufgabe gelöst; er war an einen raschen Überschlag gewöhnt. Werden Sie auch morgen noch zu Ihrem Wort stehen?
Ja. Ich will meine Tat nun nicht länger verheimlichen. Ich habe einen Brief vom Pfarrer erhalten; seidem bin ich wie umgewandelt.
Schenkte Mack den Worten des Telegrafenbeamten nun Glauben? Oder ging er nur der Form halber darauf ein?
Wann haben Sie den Diebstahl begangen? fragte er.
Rolandsen nannte die Nacht.
Und wie haben Sie das angestellt?
Rolandsen setzte es ihm genau auseinander.
Bei dem Geld lagen Papiere im Kasten. Haben Sie die gesehen?

Ja. Es waren noch irgendwelche Papiere dabei.
Eins davon haben Sie mitgenommen. Wo ist das?
Ein Papier? Nein, das habe ich nicht.
Es war die Police meiner Lebensversicherung.
Ach, ja richtig! Jetzt entsinne ich mich. Die habe ich leider verbrannt.
So, verbrannt haben Sie die? Das war sehr unklug von Ihnen! Es hat mir viel Umstände gemacht, eine neue zu bekommen.
Rolandsen sagte: Ich war so aufgeregt, daß ich keinen klaren Gedanken fassen konnte. Ich bitte Sie um Verzeihung für alles.
Da war doch auch noch ein anderer Kasten mit mehreren tausend Talern; weshalb haben Sie denn die nicht genommen?
Den habe ich nicht gesehen.
Mack war mit seinem Überschlag fertig. Ob der Telegrafenbeamte die Tat nun begangen hatte oder nicht; für ihn war er der beste Einbrecher, den er sich nur vorstellen konnte. Er würde die Angelegenheit bestimmt nicht totschweigen, im Gegenteil, es schien, als habe er vor, alles an die große Glocke zu hängen. Die Mannschaften der letzten Fischerboote würden nun die Neuigkeit weitertragen und sie den Handelsleuten längs der Küste überbringen. Mack durfte sich als gerettet ansehen.
Ich habe bisher noch nicht gehört, daß Sie schon einmal irgendwo bei den Leuten … ich meine, daß Sie solche Sachen machen, sagte er.
Bei den Fischern nicht! erwiderte Rolandsen. Er nehme keine kleinen Nester aus. Er gehe lieber gleich zur Bank.

Da hatte es Mack! Er sagte nur noch seufzend: Aber ausgerechnet bei mir!
Rolandsen entgegnete: Ich hatte mir Mut und Unverschämtheit angetrunken. Leider geschah es im Rausch.
Es war nicht unmöglich, daß das Geständnis doch ehrlich war. Der verrückte Telegrafist führte ein wüstes Leben und hatte keine großen Einnahmen; und auch der Kognak aus Rosengaard kostete Geld.
Leider muß ich noch etwas gestehen, sagte Rolandsen; ich kann Ihnen das Geld nicht zurückgeben.
Mack machte ein gleichgültiges Gesicht. Das spielt keine Rolle, erwiderte er. Mich bekümmert nur das üble Gerede, in das Sie mich und meine Familie gebracht haben. Dagegen gedenke ich etwas zu unternehmen.
Und was?
Ich werde Ihren Anschlag am Zaun des Pfarrhofs abreißen und statt dessen einen von mir anbringen.
Da sah man wieder, wie unbesonnen dieser Mensch war. Nein, das verlange ich nicht, sagte Mack. Es wird für Sie Armen ohnehin hart genug werden. Aber geben Sie mir hier eine schriftliche Erklärung. Und Mack wies mit einer Kopfbewegung auf Fredriks Platz.
Während Rolandsen schrieb, saß Mack nachdenklich da. Diese Sache hatte sich zum Guten gewendet. Es würde zwar einiges kosten, aber das war kein verlorenes Geld; sein Ruf würde jetzt durchs ganze Land dringen.
Mack las die Erklärung und sagte: Ja, das genügt mir. Nun, ich habe selbstverständlich nicht vor, Gebrauch davon zu machen.
Das steht in Ihrem Belieben, erwiderte Rolandsen.

Ich werde auch von dieser Unterredung nichts verlauten lassen. Es bleibt alles unter uns.
Aber ich werde darüber reden, sagte Rolandsen. In dem Brief des Pfarrers steht ausdrücklich, man müsse bekennen.
Mack schloß seinen feuerfesten Schrank auf und nahm eine Anzahl Banknoten heraus. Jetzt konnte er zeigen, wer er war. Und es wußte wohl niemand, daß unten in der Bucht ein fremdes Fischerboot gerade auf dieses Geld wartete, ohne das es nicht heimsegeln wollte.
Mack zählte vierhundert Taler ab und sagte: Das soll keine Beleidigung sein, aber ich bin gewohnt, zu meinem Wort zu stehen. Diese vierhundert Taler gehören Ihnen.
Rolandsen ging zur Tür. Ich verdiene Ihre Verachtung! sagte er. Meine Verachtung! rief Mack aus. Ich will Ihnen einmal etwas sagen …
Ihr Edelmut beschämt mich so. Sie verlangen nicht, daß ich bestraft werde. Im Gegenteil, Sie wollen mich noch belohnen.
Doch nur mit dem Verlust von zweihundert gestohlenen Talern konnte Mack noch keinen Staat machen, es mußte schon eine doppelt so hohe Belohnung für den Dieb sein, damit die Sache den rechten Glanz erhielt. Mack sagte: Sie sind jetzt ein unglücklicher Mann, Rolandsen; Sie verlieren Ihre Stellung. Für mich bedeutet dieses Geld keinen Verlust, aber für Sie kann es in der ersten Zeit von Nutzen sein. Ich bitte Sie, das zu bedenken.
Das kann ich nicht, sagte Rolandsen.

Da nahm Mack die Scheine und steckte sie ihm in die Jackentasche. Dann betrachten Sie es wenigstens als ein Darlehen, bat Rolandsen. Und der ritterliche Handelskönig ging darauf ein und erwiderte: Gut, als Darlehen! Doch er wußte genau, daß er dieses Geld nie wiedersehen würde.

Rolandsen knickte zusammen, als trüge er die schwerste Last seines Lebens. Es war ein Jammer, das mit anzusehen.

Nun machen Sie aber, daß Sie wieder auf die rechte Bahn kommen! sagte Mack aufmunternd. Dieser Fehltritt braucht ja nicht unwiderruflich zu sein.

Rolandsen dankte in tiefster Demut für alles und ging. Ich bin ein Einbrecher! sagte er, als er an den Fabrikmädchen vorbeiging, und bekannte auch ihnen seine Tat.

Er schlug den Weg zum Pfarrhof ein. Hier riß er Macks Anschlag ab und heftete seinen an dessen Stelle. Darauf stand, er und kein anderer sei der Dieb. Und morgen war Sonntag; viele Kirchgänger würden daran vorüberkommen.

10

Es schien, als wollte Rolandsen sich wirklich bessern. Nachdem die ganze Gemeinde den Anschlag gelesen hatte, hielt er sich allem fern und vermied die Begegnung mit den Leuten. Das wirkte versöhnlich. Der gestrauchelte Telegrafenbeamte verharrte also wenigstens nicht gedankenlos in seiner Lasterhaftigkeit. In Wirklichkeit war es jedoch so, daß Rolandsen keine Zeit mehr hatte, sich müßig auf der Straße herumzutreiben; er entfaltete nachts in seinem Zimmer eine rastlose Tätigkeit. Da standen Mengen von großen und kleinen Medizinflaschen mit Proben, die er in Kisten verpacken und nach Ost und West senden wollte. Auch der Telegrafenapparat war von früh bis spät im Gange. Rolandsen mußte fertig sein, bevor er seines Amtes enthoben wurde.

Auch im Pfarrhof war Rolandsens Schande bekanntgeworden, und alle Leute bemitleideten Marie van Loos, weil sie so einen Verlobten hatte. Der Pfarrer nahm sie in sein Amtszimmer und redete lange mit milden Worten auf sie ein.

Marie van Loos könne doch den Telegrafenbeamten nun nicht länger halten; sie solle gleich zu ihm gehen und allem ein Ende bereiten. Sie fand Rolandsen niedergeschlagen und bekümmert; doch das rührte sie nicht. Du machst ja schöne Geschichten, sagte sie.

Ich habe gehofft, daß Sie kämen, damit ich Gelegenheit hätte, Sie um Gnade zu bitten, erwiderte er.

Gnade? Na hör mal! Eins will ich dir sagen, Ove, ich war geradezu erschlagen, als ich das hörte. Und ich möchte auf dieser Welt nichts mehr mit dir zu tun haben. Ich bin ja schließlich kein Dieb oder Gauner, sondern gehe ehrlich durchs Leben. Und habe ich dich nicht immer gewarnt? Aber du hast meine Worte in den Wind geschlagen. Schickt es sich vielleicht für einen Mann, der verlobt ist, zu fremden Frauenzimmern zu laufen und sich bei ihnen lieb Kind zu machen? Und hinterher stiehlst du den Leuten das Geld und mußt es öffentlich an einem Zaunpfahl bekennen! Ich möchte vor Scham aus der Haut fahren, so aufgeregt bin ich. Halt ja den Mund, ich kenne dich, du bist und bleibst verstockt. Meine Liebe war aufrichtig, aber du hast wie ein Schuft an mir gehandelt und mein Leben mit einem Diebstahl besudelt. Spare dir deine Worte, sie sind umsonst. Gott sei Dank wissen alle Leute, wie du mich verlockt und mißbraucht hast. Der Pfarrer sagt, ich solle nur sofort abreisen, so nötig er mich auch braucht. Versuch jetzt bloß nicht, Ausflüchte zu machen, Ove; denn du bist ein Sünder vor Gott und den Menschen und, rundheraus gesagt, ein trüber Auswurf. Und wenn ich immer noch Ove zu dir sage, meine ich das gar nicht so, und du brauchst dir nicht einzubilden, daß ich wieder gut mit dir sein möchte. Denn wir kennen uns nicht mehr, und ich sage um alles in der Welt nicht wieder du zu Ihnen. Ich weiß genau, daß keiner mehr für dich getan haben könnte als ich; aber du bist vor Leichtsinn gegen mich übergeflossen und hast mich früh und spät mißbraucht. Leider bin ich auch nicht ohne Schuld, denn ich habe dir immer durch die Finger gesehen und die Augen nicht offengehalten.

Kläglich stand der Mann nun da und konnte sich nicht verteidigen. So verstört wie heute hatte er sie noch nie erlebt. Seine Missetat erschütterte sie gewaltig. Als sie schloß, war sie ganz matt.

Ich will mich bessern, sagte er.

Du? Dich bessern? entgegnete sie und lachte höhnisch auf. Außerdem nützte das auch nichts mehr. Du kannst die Tat nicht ungeschehen machen, und sintemal ich aus einer rechtschaffenen Familie stamme, will ich mich nicht an dir beschmutzen. Ich sag's akkurat, wie's ist. Übermorgen reise ich mit dem Postschiff ab; aber ich will nicht, daß du zum Bootsschuppen kommst und Abschied von mir nimmst; der Pfarrer meint das auch. Ich sage dir heute auf ewig Lebewohl. Und Dank für die schönen Stunden, die wir miteinander verbracht haben; an die schlechten will ich jetzt nicht denken.

Energisch drehte sie sich um und ging. Dann sagte sie noch: Du kannst dich ja oberhalb der Bootsschuppen in den Wald legen und winken, wenn du's unbedingt willst. Aber mir ist das egal.

Gib mir doch die Hand! sagte er.

Nein. Du weißt selber am besten, was deine Rechte getan hat.

Rolandsen sah zu Boden. Aber wollen wir uns nicht wenigstens schreiben? fragte er. Nur ein paar Worte.

Um keinen Preis der Welt! Ich schreibe nicht. Du hast so oft den Teufel an die Wand gemalt, daß es aus sein solle zwischen uns; und jetzt bin ich dir wieder gut genug. Ich wohne in Bergen bei meinem Vater, falls du schreibst; aber ich bitte dich nicht darum.

Als Rolandsen die Treppe zu seinem Zimmer hinaufstieg, hatte er das deutliche Gefühl, nicht mehr verlobt zu sein. Merkwürdig, dachte er, seitdem ist erst eine Sekunde vergangen.

Es wurde ein arbeitsreicher Tag für ihn; er wollte die letzten Proben einpacken, um sie übermorgen mit dem Postschiff abzuschicken; und dann mußte er seine Habseligkeiten zum Umzug bereithalten; denn der mächtige Telegrafeninspekteur war auf dem Wege.

Natürlich würde Rolandsen fristlos entlassen werden. Zwar war dienstlich nichts gegen ihn einzuwenden, und Kaufmann Mack, der alles vermochte, würde ihn sicher schonen; aber die Gerechtigkeit mußte wohl ihren Lauf nehmen.

Die Wiesen waren grün, der Wald belaubt, und milde Nächte ruhten über dem Land. Die Bucht lag verlassen, da alle Netzmannschaften fort waren und auch Macks Kutter mit den Heringen nach Süden segelte. Es war Sommer.

Da die Tage so schön waren, besuchten sonntags viele die Kirche; es wimmelte von Menschen zu Wasser und zu Lande. Auch Schiffer aus Bergen und Haugesund waren dabei, die mit ihren Jollen an den Felsen lagen und Klippfisch trockneten. Jahr für Jahr kamen sie hierher und waren altbekannt. In der Kirche erschienen sie in vollem Staat; über den bunten Baumwollkitteln trugen sie Uhrketten, aus Haaren geflochten, und einige hatten sogar goldene Ringe in den Ohren und belebten so das Bild der Kirchgänger. Aber man hörte auch von einem bedauerlichen Waldbrand tiefer landeinwärts am Fjord, so daß die Sommerhitze nicht nur Gutes brachte.

Enok hatte sein Amt angetreten und war mit Ernst, Gründlichkeit und dem Tuch um die Ohren Gehilfe des Pfarrers geworden. Die Jugend machte sich über diesen Anblick lustig, doch die älteren Leute nahmen Anstoß daran: Die Chortür werde von einem richtigen Affen

verschandelt, beschwerten sie sich beim Pfarrer. Konnte Enok sich denn nicht Watte in die Ohren stopfen? Doch Enok erwiderte dem Pfarrer, er könne die Ohrenbinde nicht entbehren wegen der Schmerzen, die in seinem Kopf bohrten. Der abgesetzte Kirchendiener Levion aber stieß nur ein schadenfrohes Gelächter über seinen Nachfolger Enok aus und meinte, unter solch einer Ohrenbinde müsse man wohl mächtig schwitzen.
Seit seiner Amtsenthebung hatte Levion, dieser Taugenichts, Enok ständig mit Neid verfolgt. Keine Nacht war er zum Flundernstechen draußen, ohne sich genau vor Enoks Strand zu legen und gerade die Flundern zu stechen, die eigentlich Enok zugestanden hätten. Und brauchte er eine neue Dolle oder ein Stück Holz für eine Schöpfkelle, suchte er es bestimmt in Enoks Kiefernwald unten am Meer. Niemals ließ er Enok aus den Augen ...
Bald sprach es sich herum, daß Marie van Loos mit ihrem Verlobten gebrochen habe und wegen der Schande die Stelle im Pfarrhof aufgeben werde. Kaufmann Mack tat der verlassene Telegrafenbeamte leid, und er beschloß, einen kleinen Versuch zu machen, den Bruch wieder zu heilen. Eigenhändig riß er Rolandsens Geständnis vom Zaunpfahl und äußerte, es sei ganz und gar gegen seinen Willen aufgehängt worden. Darauf begab er sich in den Pfarrhof. Mack konnte sich sein Wohlwollen leisten; er hatte bereits gehört, welch überwältigenden Eindruck er mit der Behandlung des Diebes gemacht hatte. Jetzt grüßten ihn wieder alle wie in früheren Zeiten, ja, sie achteten ihn höher denn je. Es gab eben doch nur einen Mack an der ganzen Küste!

Doch sein Gang ins Pfarrhaus war vergeblich. Marie van Loos weinte zwar vor Rührung darüber, daß Mack selber kam; aber keiner vermochte sie dazu zu bringen, sich wieder mit Rolandsen auszusöhnen – um alles in der Welt nicht. Mack hatte den Eindruck, daß der Pfarrer an dieser Entschlossenheit schuld sei.

Als die Wirtschafterin zu den Bootsschuppen hinunterging, begleiteten sie der Pfarrer und seine Frau. Beide wünschten ihr gute Reise und blieben, bis sie ins Boot gestiegen war.

Ach Gott, jetzt liegt er gewiß oben im Wald und bereut alles! sagte Marie van Loos und zog ihr Taschentuch.

Das Boot stieß ab und glitt mit langen Ruderschlägen dahin. Da ist er! schrie die Wirtschafterin und stand halb auf. Es sah aus, als wolle sie an Land waten. Und dann begann sie aus Leibeskräften zum Wald hinaufzuwinken. Das Boot aber verschwand um die Landzunge.

Rolandsen ging, wie er es in letzter Zeit zu tun pflegte, durch den Wald nach Haus; erst hinter dem Pfarrhof benutzte er die Straße. Ja, jetzt waren alle Leimproben abgeschickt; er brauchte nur noch auf das Resultat zu warten. Das würde nicht mehr lange dauern. Und vor guter Laune schnippte er im Gehen mit den Fingern.

Ein Stück weiter saß die Küsterstochter Olga auf einem Stein am Straßenrand. Was wollte sie da? Rolandsen dachte: Sie kommt wohl vom Kaufmann und wartet auf jemand. Gleich darauf erschien Elise Mack. Sieh mal an, die beiden waren wohl unzertrennlich geworden? Auch Elise Mack setzte sich hin und schien zu warten. Eigentlich könnte man die Damen einmal durch niedergeschlagenes Wesen in Entzücken versetzen, sagte Rolandsen zu sich und verschwand eilig im Wald. Als unter seinen Füßen die dürren Zweige knackten, konnten ihn die Mädchen hören. Nun sollte man vielleicht ruhig wieder die Straße benutzen, dachte er, denn allzuviel Entzücken ist nicht notwendig. Und er verließ den Wald.

Aber es war doch keine Kleinigkeit, Elise Mack Auge in Auge zu begegnen. Sein Herz klopfte heftig; heiß stieg es in ihm auf, und er blieb stehen. Er hatte schon früher nichts bei ihr erreicht; und nun war noch dieses Verbrechen dazugekommen. Rücklings zog er sich wieder in den Wald zurück. Wenn er nur schon über die Rodung hinweg wäre! Dann hörten die dürren Zweige auf, und die Heide begann. Mit ein paar Sätzen sprang er über das Gestrüpp und suchte sein Heil in der Flucht. Plötzlich hielt er inne. Zum Teufel, wozu hüpfte er hier so herum? War er denn nicht Ove Rolandsen? Er, der große Rolandsen? Trotzig kehrte er zur Rodung zurück und trampelte auf die dürren Zweige, daß sie nur so krachten.

Als er auf die Straße kam, sah er die Damen noch immer dasitzen. Sie unterhielten sich, und Elise stocherte mit dem Sonnenschirm in der Erde herum. Wieder blieb Rolandsen stehen. Es gibt keine vorsichtigeren Menschen als Wagehälse. Ich bin doch ein Dieb, dachte er; wie kann ich dann so unverschämt sein, mich zu zeigen? Soll ich etwa grüßen und den Damen ein Nicken abzwingen? Und abermals verschwand er im Wald. Was war er doch immer noch für ein gefühlvoller Narr! Hatte er denn nicht an genug anderes zu denken? Noch ein paar Mo-

nate vielleicht, und er war ein reicher Herr. Zum Teufel mit der Liebe! Und er machte sich auf den Heimweg. Ich möchte wetten, sie sitzen immer noch da. Er drehte sich um und blickte zurück. Fredrik war nun auch dabei; alle drei kamen auf Rolandsen zu. Er eilte zurück, und das Herz schlug ihm bis zum Hals herauf. Wenn sie ihn nur nicht gesehen hatten! Sie blieben stehen, und er hörte Fredrik sagen: Pst, ich glaube, ich höre etwas.
Das ist wohl nichts weiter, erwiderte Elise.
Das sagt sie absichtlich, weil sie mich gesehen hat! dachte Rolandsen. Es überlief ihn kalt. Natürlich war er nichts weiter – noch nicht! Aber wartet nur ein paar Wochen! Und was war sie denn selber schon groß? Tochter des bekannten Mack auf Rosengaard – nichts weiter! Ruhet in Frieden!
Oben auf dem Dach der Telegrafenstation erhob sich auf einer eisernen Stange ein Wetterhahn. Rolandsen kam nach Hause, stieg aufs Dach und bog die Stange eigenhändig so, daß der Hahn hoch aufgereckt dort oben stand und aussah, als krähe er. So sollte er bleiben. Es war das Recht der Hähne, zu krähen.

11

Nun kamen Tage, an denen die Leute auf der Bärenhaut lagen: Nur zur Kurzweil fischten sie noch in den sonnenwarmen Nächten am heimatlichen Strand. Getreide und Kartoffeln wuchsen, und die Wiesen wogten; in jedem Zuber lagen Heringe, die Kühe und Ziegen gaben eimerweise Milch und wurden dennoch fett. Mack und seine Tochter Elise waren nach Hause gefahren, und Fredrik führte wieder allein das Zepter in Laden und Fabrik. Aber er führte es ziemlich schlecht, denn er war von Sehnsucht nach dem Meer erfüllt und brachte seine Tage nur sehr ungern mit diesem Landleben zu. Kapitän Henriksen von der Küstenlinie hatte halb und halb versprochen, ihm den Posten des Steuermanns auf seinem Schiff zu verschaffen; doch daraus schien nichts zu werden. Und nun ging es darum, ob der alte Mack dem Sohn wohl einen eigenen Dampfer kaufen konnte. Er tat zwar so und sprach oft davon, doch Fredrik sah ein, daß es wohl unmöglich sein würde. Fredrik wußte genau, wie die Dinge standen. Er hatte merkwürdig wenig von einem Seemann in sich; er war ein vorsichtiger und solider junger Mann, der in seinem täglichen Leben nur so viel tat, wie unbedingt getan werden mußte. Darin ging er nach seiner Mutter und war im Grunde kein echter Mack. Aber so sollte man eigentlich sein, wenn man auf dieser Welt mit Glanz bestehen wollte: nur nicht zu viel, lieber ein bißchen zu wenig, das reichte allemal. Denn wie war es schließlich Rolandsen ergangen, diesem waghalsigen Narren mit seinen ewigen Übertreibungen? Er wurde zum Dieb unter den Menschen und am Ende aus seiner Stellung geworfen. Jetzt lief er mit einem beladenen Gewissen herum, wetzte seine Anzüge immer mehr ab und hatte gerade noch beim Bälgetreter Börre eine kleine Kammer gefunden. So weit war es mit Ove Rolandsen gekommen. Denn Börre mochte in seiner Art ein ganz braver Mann sein, aber er war der Ärmste von allen, und sein Boot hatte die wenigsten Heringe. Und da außerdem seine Tochter Pernille ein mißgestaltetes Geschöpf war, wurde das Haus des Bälgetreters nicht sonderlich geschätzt. Ein besserer Mann konnte nicht bei ihm wohnen.

Es hieß, daß Rolandsen seine Stellung vielleicht behalten hätte, wenn er dem Telegrafeninspekteur ein wenig zerknirscht entgegengetreten wäre. Aber Rolandsen hatte einfach vorausgesetzt, er werde entlassen, und so hatte der Inspekteur gar keine Möglichkeit gehabt, Gnade vor Recht ergehen zu lassen. Und der alte Mack, der Vermittler, war nicht da.

Nur der Pfarrer war nicht unzufrieden mit Rolandsen. Ich habe gehört, daß er weniger trinkt als früher, sagte er; und ich halte ihn keinesfalls für hoffnungslos verloren. Er hat auch selbst zugegeben, daß er aufgrund meines Briefes den Diebstahl eingestanden habe. Mitunter erlebt man doch auch Freude an seiner Tätigkeit.

Johanni kam. Am Abend wurden auf allen Gipfeln Feuer angezündet; die Fischerjugend versammelte sich um die Scheiterhaufen, und über das Dorf hin hörte man das Spiel von Harmonika und Geigen. Das Feuer sollte möglichst nicht mit lodernden Flammen brennen, sondern nur tüchtig qualmen; so war es am schönsten. Deshalb warf man feuchtes Moos und Wacholder darauf, und dick und duftend stieg der Rauch empor.

Rolandsen war dickfellig genug, sich an diesem Volksfest zu beteiligen; er saß auf einem hohen Felsen, schlug die Gitarre und sang, daß es im Tale widerhallte. Als er zum Feuerstoß herunterkam, zeigte es sich, daß er betrunken

war wie ein Alk und den Mund recht vollnahm. Er war und blieb der alte.
Unten auf der Straße kam Olga an. Es war nicht ihre Absicht, hier stehenzubleiben, sie ging nur ganz zufällig vorbei. Sie hätte natürlich ebensogut einen andern Weg wählen können, aber Olga war so jung, und die Weisen der Harmonika lockten sie; ihre Nasenflügel bebten, eine Woge von Glück durchströmte sie, denn sie war verliebt. Im Lauf des Tages war sie im Laden gewesen, und da hatte Fredrik Mack zwar vorsichtige, aber doch so deutliche Worte gesprochen, daß sie ihn verstehen mußte. Nun konnte es ja sein, daß er vielleicht genau wie sie einen Spaziergang in der Abendstunde machte!
Sie begegnete der Pfarrersfrau. Die beiden gingen zusammen weiter und unterhielten sich über keinen geringeren als Fredrik Mack. Er war der Herr des Dorfes, selbst das Herz der Pfarrerin hatte sich ihm heimlich zugeneigt; er war so nett und vorsichtig und hielt mit der Zeit Schritt: Schließlich merkte die Pfarrersfrau, daß Olga in größter Verschämtheit neben ihr ging, und fragte: Du bist ja so still, Kind, hast du dich etwa in den jungen Mack verliebt? Ja, flüsterte Olga und brach in Tränen aus.
Die Pfarrerin blieb stehen. Olga, Olga! Und macht er sich denn auch etwas aus dir?
Ich glaube, ja.
Da wurden die Augen der Pfarrersfrau wieder matt und trübe und blickten leer in die Weite. Ja, ja, sagte sie und lächelte; Gott segne dich! Paß mal auf, es wird etwas daraus! Und sie verdoppelte ihre Freundlichkeit Olga gegenüber.

Als die Damen zum Pfarrhof kamen, lief der Pfarrer aufgeregt hin und her. Ein Waldbrand! rief er. Ich sah ihn von meinem Fenster aus! Und er sammelte Äxte, Hacken und Leute und bemannte sein Boot am Schuppen. Es brannte in Enoks Wald.

Doch noch vor dem Pfarrer und seinen Leuten war der abgesetzte Kirchendiener Levion da. Levion kam vom Angeln; wie gewöhnlich hatte er draußen vor Enoks Wald gelegen und ein bißchen abgekocht. Auf dem Heimweg sah er eine kleine helle Flamme im Wald hochschlagen, die größer wurde. Er nickte ein wenig und schien zu wissen, was diese Flamme bedeutete. Und da er am Pfarrbootsschuppen bereits geschäftige Menschen sah, begriff er, daß Hilfe unterwegs war; sofort wendete er sein Boot und ruderte zurück, um als erster zur Stelle zu sein. Das war ein schöner Zug von Levion, daß er allen Groll vergaß und seinem Feind zu Hilfe eilte.

Er landete und begab sich hinauf in den Wald, wo er das Feuer prasseln hörte. Doch Levion ließ sich Zeit und sah sich vor jedem Schritt gut um; gleich danach erblickte er Enok, der in großer Hast angerannt kam. Eine ungeheure Spannung bemächtigte sich Levions; er versteckte sich hinter einem Felsbrocken und hielt Ausschau. Enok kam näher; geradewegs ging er auf ein bestimmtes Ziel los, schaute weder links noch rechts, sondern eilte vorwärts. Hatte er seinen Widersacher entdeckt? Als er ganz nahe war, stieß Levion einen Ruf aus. Enok fuhr zusammen und blieb stehen. Und in seiner Verwirrung lächelte er und sagte:

Hier brennt es leider. So ein Unglück. Der andere ermannte sich und erwiderte: Das ist wohl Gottes Finger. Enok runzelte die Stirn. Was willst du eigentlich hier? fragte er. Da flackerte Levions ganzer Haß auf, und er sagte: Hoho, jetzt wird es dir heiß werden unter deiner Ohrenbinde!

Geh deiner Wege! versetzte Enok. Wahrscheinlich hast du den Brand gelegt.

Doch Levion rührte sich nicht. Enok schien es genau auf die Stelle am Felsblock abgesehen zu haben, wo Levion stand.

Hüte dich! schrie Levion. Ein Ohr fehlt dir schon, das andere kommt auch noch dran!

Du sollst machen, daß du fortkommst, sage ich! entgegnete Enok und versuchte, ihn wegzudrängen.

Levion knirschte mit den Zähnen vor Raserei. Du hast wohl vergessen, wie du im Fjord meine Angelleinen eingeholt hast und wie ich dir das Ohr abgerissen habe?

So kam es an den Tag, warum Enok stets eine Ohrenbinde trug: Er hatte nur ein Ohr. Die Nachbarn waren sich in die Haare geraten, und beide hatten Grund genug, über die Sache zu schweigen. Du bist ein halber Mörder, sagte Enok.

Man hörte das Pfarrboot ans Land rauschen; von der andern Seite kam das Prasseln des Feuers näher und näher. Enok drehte und wand sich und wollte Levion weghaben; er zog sein Haumesser; wozu hatte man schließlich solch ein prächtiges Ding?

Levion rollte die Augen und schrie: Probier es doch, mir

das Messer zu zeigen – hinter mir kommen Leute. Da sind sie schon!

Enok steckte das Messer wieder ein. Was hast du denn ausgerechnet hier zu suchen? Mach, daß du wegkommst! sagte er.

Und was hast du hier zu suchen?

Das geht dich gar nichts an. Ich habe etwas vor; ich habe da etwas versteckt. Und jetzt kommt das Feuer.

Doch Levion wollte keinen Finger breit weichen. Da kam der Pfarrer; er würde den Streit wohl hören; aber was kümmerte Levion sich noch um den Pfarrer?

Das Boot legte an, und alle Männer stürmten mit Äxten und Hacken herauf; der Pfarrer grüßte kurz und sagte: Diese Johannisfeuer sind ein übler Brauch; die Funken fliegen nach allen Seiten. Wo sollen wir anfangen, Enok?

Doch Enok gebärdete sich wie wild; da faßte ihn der Pfarrer und zog ihn weg, so daß er von Levion ablassen mußte.

Was haben wir für Wind? fragte der Pfarrer. Komm, zeig uns, wo man den Graben aufwerfen soll!

Doch Enok stand wie auf Nadeln, er durfte Levion nicht aus den Augen lassen und gab dem Pfarrer lauter verdrehte Antworten.

Nimm dir das Unglück nicht so zu Herzen! sagte der Pfarrer. Reiß dich zusammen! Das Feuer muß gelöscht werden! Und er faßte Enok wieder beim Arm.

Einige von den Leuten gingen dem Brand ein Stück entgegen und begannen von sich aus, einen Graben auszuheben. Levion stand noch immer auf der gleichen Stelle und keuchte; er stieß mit dem Fuß gegen eine

Steinplatte, die dicht neben dem Felsblock lag. Enok hat sicher gar nichts versteckt, er wollte mir bloß was vormachen, dachte er und schaute genauer hin. Als er noch ein wenig Erde unter der Platte beiseitescharrte, kam ein Tuch zum Vorschein. Das Tuch gehörte Enok, er hatte es früher als Ohrenbinde getragen; Levion hob es auf; es war ein Bündel. Er knotete das Tuch auseinander.

Geld war darin, viel Geld, Scheine! Und zwischen den Scheinen eine große weiße Urkunde. Jetzt packte es Levion. Gestohlenes Geld! dachte er. Er faltete das Papier auf und buchstabierte darin herum.

Da fiel Enoks Blick auf ihn; er stieß einen heiseren Schrei aus, riß sich vom Pfarrer los und stürmte auf Levion zu, das Haumesser in der Hand.

Enok! Enok! rief der Pastor und versuchte, ihn einzuholen. Er ist der Dieb! schrie Levion ihm entgegen.

Der Pfarrer dachte: Der Brand muß Enok völlig verstört haben; er ist doch sonst so ruhig. Steck das Messer weg! rief er ihm zu.

Levion wiederholte:

Da ist der Dieb, der bei Mack eingebrochen hat.

Was soll das heißen? fragte der Pfarrer verständnislos.

Enok sprang auf seinen Widersacher zu, um ihm das Bündel zu entreißen.

Das übergebe ich dem Pfarrer! rief Levion. Der Herr Pfarrer soll sehen, was er für einen Kirchendiener hat.

Enok sank an einem Baum zusammen. Sein Gesicht war grau. Der Pfarrer begriff nicht das mindeste von diesen Geldscheinen, diesem Tuch und der Urkunde.

Hier habe ich das gefunden, sagte Levion und zitterte am ganzen Leibe. Er hatte es unter einer Steinplatte versteckt. Auf dem Papier steht Macks Name.
Der Pfarrer las. Er wurde immer verstörter; er blickte Enok an und sagte: Ist das nicht die Versicherungspolice, die Mack vermißt?
Ja, und auch das Geld, das er vermißt, sagte Levion.
Enok riß sich zusammen. Dann hast du das wohl dorthin gelegt, sagte er.
Das Prasseln des Feuers rückte näher; es wurde immer heißer um die drei Männer, doch sie blieben stehen.
Ich weiß von nichts, sagte Enok wieder. Wahrscheinlich hat Levion mich reinlegen wollen.
Es sind zweihundert Taler, erwiderte Levion; habe ich vielleicht jemals zweihundert Taler besessen? Und dieses Tuch? Gehört das etwa nicht dir? Hast du das nicht um die Ohren gehabt?
Ja, wahrhaftig, ist das nicht dein Tuch? sagte auch der Pfarrer.
Enok schwieg.
Der Pfarrer zählte das Geld. Es sind keine zweihundert Taler, stellte er fest.
Er hat schon was davon verbraucht, erwiderte Levion.
Enok stand da und atmete schwer; immer wieder sagte er: Ich weiß von nichts. Aber eins kann ich dir sagen, Levion, du wirst noch an mich denken!
Vor dem Pfarrer drehte sich alles. Wenn Enok der Dieb war, dann hatte doch der Telegrafenbeamte Rolandsen den Brief von ihm nur dazu benutzt, um Schabernack zu treiben. Aber weshalb?

Die Hitze wurde zu groß; die drei Männer zogen sich an den Strand zurück, und das Feuer kam ihnen nach. Sie mußten ins Boot steigen, ja sogar vom Land abstoßen.

Jedenfalls ist das Macks Police, sagte der Pfarrer. Wir wollen die Sache melden. Rudere zurück, Levion!

Mit Enok war nichts anzufangen, er saß nur da und starrte vor sich hin. Ja, wir wollen uns melden, sagte er; damit bin ich ganz einverstanden.

Bedrückt fragte der Pfarrer: So, bist du das wirklich? Und unwillkürlich schloß er die Augen vor Entsetzen.

Dieser habgierige Enok, er war zu einfältig gewesen. Hob eine Versicherungsurkunde auf, von der er nichts verstand! Sie trug viele Stempel und lautete über eine große Summe, und er hatte gedacht, er könnte sie vielleicht später einmal an irgendeinem anderen Ort einlösen; jedenfalls schien es ihm nicht ratsam, das Papier wegzuwerfen.

Der Pfarrer wandte sich um und blickte nach dem Feuer zurück. Im Wald wurde gearbeitet, Bäume stürzten; ein hoher Wall hob sich dunkel auf. Viele Leute waren dazugekommen.

Das Feuer wird von selber aufhören, sagte Levion. Glaubst du? Wenn es an die Birken kommt, erlischt es.

Und das Boot mit den drei Männern fuhr tief in die Bucht hinein, bis zum Hof des Amtsvorstehers.

12

Als der Pfarrer abends nach Haus kam, hatte er geweint. Rings um ihn häuften sich die Sünden. Er war niedergeschlagen und voller Schmerz und Trauer. Jetzt konnte seine Frau nicht einmal die Schuhe bekommen, die sie so bitter nötig brauchte. Enoks großes Opfer auf dem Altar mußte zurückgegeben werden; es war gestohlen. Und dann würde der Pfarrer mit leeren Händen dastehen.
Er ging sofort zu seiner Frau hinauf. Schon in der Tür überkam ihn Verzweiflung und Widerwillen. Seine Frau nähte. Auf dem Boden waren Kleidungsstücke verstreut; eine Gabel und ein Wischtuch aus der Küche lagen zwischen Zeitungen und einer Häkelarbeit auf dem Bett. Einer ihrer Hausschuhe stand auf dem Tisch; und auf der Kommode lag ein Birkenzweig neben allerlei Grün und einem Feldstein.
Laß doch, sagte sie. Ich hätte den Hausschuh schon selbst weggeräumt, wenn ich mit Nähen fertig bin.
Daß du in so einem Durcheinander sitzen und arbeiten kannst!
Das kränkte die Pfarrerin, und sie gab keine Antwort.
Was soll denn der Feldstein hier? fragte er.
Nichts. Ich habe ihn bei Ebbe unten am Strand gefunden; er gefiel mir so gut.
Er nahm ein Bündel welkes Grün vom Spiegeltisch und legte es zwischen eine Zeitung.
Brauchst du denn das noch für irgend etwas? fragte er.
Nein, das ist zu alt. Es ist Sauerampfer, ich wollte Salat davon machen.

Das liegt schon über eine Woche hier, sagte er, jetzt sind Flecken auf der Politur.
Ja, siehst du. Man sollte keine polierten Möbel haben, die sind unpraktisch.
Da brach der Pfarrer in ein boshaftes Gelächter aus. Seine Frau warf die Näherei hin und stand auf.
Nie lasse er sie in Frieden leben, in seinem Unverstand werde er sie noch zu Tode quälen. Und nun entspann sich wieder eine dieser törichten und fruchtlosen Streitereien, die sich seit vier Jahren stets wiederholten.
Er sei in aller Demut hereingekommen, um sie zu bitten, noch ein wenig auf die Schuhe zu warten; doch sie habe es ihm unmöglich gemacht, sein Vorhaben auszuführen; die Galle laufe ihm über. Seit Marie van Loos abgereist sei und seine Frau die Wirtschaft selber führe, gehe es immer toller auf dem Pfarrhof zu.
Und weil wir gerade dabei sind: Kannst du nicht versuchen, in der Küche ein wenig Ordnung zu halten? sagte er.
Ordnung? Ich halte Ordnung! Geht es jetzt etwa schlechter als früher?
Gestern war die Abfalltonne voller Essen.
Du solltest dich nicht um alles kümmern, dann ginge es weit besser. Es war ein ganzer Haufen Sahnegrütze von Mittag darin. Ja, die Mädchen hatten so unappetitlich gegessen, da mochte ich sie nicht mehr aufheben.
Und Reisbrei auch.
Die Milch war beim Kochen zusammengelaufen. Dafür kann ich nichts.

Und vorgestern lag ein gekochtes Ei in der Abfalltonne. Auch hierbei hätte sich die Pfarrerin leicht rechtfertigen können. Doch sie schwieg.
Wir haben es eigentlich nicht so üppig, sagte der Pfarrer; und du weißt, daß wir die Eier kaufen müssen. Neulich bekam die Katze Eierkuchen.
Das war nur ein Rest, der von Mittag übriggeblieben war. Aber ich rate dir, wegen deiner schlechten Laune einmal zum Arzt zu gehen. Deine Ungerechtigkeit ist ja nicht auszuhalten. Und wie du immer mit der Katze auf dem Arm dastehst und ihr die Milch vor die Nase hältst! So etwas läßt du auch noch die Mädchen mit ansehen. Innerlich lachen sie schon über dich.
Die Mädchen lachen nicht, bloß du hast ewig etwas an mir auszusetzen.
Endlich ging der Pfarrer in sein Amtszimmer hinunter. Und seine Frau hatte Ruhe.
Am andern Morgen beim Frühstück sah man es der Pfarrerin nicht an, daß sie gelitten hatte und betrübt gewesen war. Aller Kummer war wie weggeblasen, und sie schien alles vergessen zu haben. Ihre sorglose Unbeständigkeit half ihr so gut, das Leben zu ertragen. Der Pfarrer war gerührt. Er hätte ja auch den Mund über diesen Haushaltskram halten können; die neue Wirtschafterin war gewiß schon unterwegs.
Leider kannst du deine Schuhe jetzt noch nicht bekommen, sagte er. Nein, nein, erwiderte sie nur.
Ich muß das Opfer von Enok zurückgeben; das Geld ist gestohlen.
Was!

Ja denk nur, er hat den Einbruch bei Mack begangen. Gestern hat er es dem Amtsvorsteher gestanden. Und der Pfarrer erzählte die ganze Geschichte.
Dann war es also gar nicht Rolandsen! sagte seine Frau. Dieser – dieser Possenreißer! Ein jämmerlicher Bursche! – Aber nun mußt du leider mit den Schuhen noch warten.
Ach, das macht doch nichts.
So war sie immer, gut und aufopfernd bis zum Äußersten. Und nie hatte der Pfarrer sie über seine Armut klagen hören.
Wenn du doch meine Schuhe tragen könntest! sagte er; ihm war ganz weich zumute.
Da lachte seine Frau von Herzen gerührt: Ja, und du meine, hahaha! Dabei warf sie seinen Teller auf die Erde, und er zerbrach; das kalte Kotelett fiel auch herunter. Warte, ich hole schnell einen andern, sagte sie und lief hinaus.
Keinen Ton über den Schaden! dachte der Pfarrer; nicht einmal eine Andeutung, daß es ihr leid tut!
Aber auch ein Teller kostet Geld.
Das Kotelett kannst du doch nicht mehr essen! rief die Pfarrerin, als sie wieder hereinkam.
Was soll man denn sonst damit machen?
Das kann ruhig die Katze haben.
So etwas darf ich mir einstweilen nicht leisten, sagte er, wieder umwölkt. Und es wäre abermals zum schönsten Streit gekommen, wenn die Frau nicht geschwiegen hätte. Jedenfalls war für beide wieder alle Freude dahin …

Tags darauf wurde eine andere Neuigkeit ruchbar: Rolandsen war verschwunden. Als er von dem Fund im Walde und von Enoks Geständnis vernahm, hatte er sehr verärgert gesagt: Zum Teufel auch! Mindestens einen Monat zu früh! Der Bälgetreter Börre hatte es gehört. Später am Abend war Rolandsen nirgends zu finden. Aber das Boot des Bälgetreters, das am Landeplatz des Pfarrhofs lag, war mit Rudern und Angelgerät und allem Zubehör verschwunden. Mack auf Rosengaard wurde sofort über den wahren Dieb benachrichtigt, beeilte sich jedoch merkwürdigerweise nicht, noch einmal einzugreifen. Der alte Mack wußte wohl, warum. Der Telegrafenbeamte Rolandsen hatte ihn um die Belohnung geprellt; und sie noch einmal herauszurücken, kam ihm wahrhaftig sehr ungelegen. Er war so sehr der große Mack, daß er es sich nicht leisten konnte, in dieser Ehrensache kleinlich zu sein; aber im Augenblick befand er sich in Schwierigkeiten. Seine vielen Betriebe erforderten hohe Ausgaben, und das Bargeld lief nicht mehr in Strömen ein. Beim Agenten in Bergen lag sein ungeheurer Heringsvorrat; doch die Preise waren zu niedrig, und er verkaufte nicht. Voller Ungeduld wartete Mack auf die Hundstage; dann war es vorbei mit dem Fischfang, und die Preise würden anziehen. Außerdem führte Rußland Krieg; dadurch würde in diesem großen Land der Ackerbau vernachlässigt werden und der Bedarf an Heringen bei der Bevölkerung steigen.

Mehrere Wochen lang zeigte Mack sich nicht in der Fabrik. Hatte er der Pfarrersfrau nicht eine Bäckerei versprochen? Was würde nun daraus? Die Grundmauer war errichtet und das Gelände planiert; aber das Haus wurde nicht gebaut. Wieder waren Gerüchte über Mack im Umlauf: Vielleicht reicht es nicht mehr zu der Bäckerei. Das ging so weit, daß der Bäcker auf dem Hof des Amtsvorstehers wieder zu trinken begann. Er wähnte sich in Sicherheit; eine Bäckerei ließ sich nicht in einer Woche bauen; also hatte er wieder Zeit zu bummeln. Der Pfarrer erfuhr von dem Rückfall des Mannes und wandte sich persönlich an ihn; aber es schien nichts zu helfen, er war zu sicher geworden.

Für den Pfarrer, dieses Arbeitspferd, gab es überhaupt viel zu tun; obwohl er sich nicht schonte, blieb doch immer noch irgendwelche Arbeit liegen. Nun war auch noch Enok, der eifrigste der Gehilfen, abtrünnig geworden. Bereits wenige Tage nach Enoks Niederlage war Levion gekommen und hatte große Lust, wieder in sein altes Amt eingesetzt zu werden.

Der Herr Pfarrer sieht jetzt wohl ein, daß es keinen besseren Kirchendiener gibt als mich.

Du stehst im Verdacht, den Waldbrand gelegt zu haben.

Das hat dieser Dieb und Gauner sich aus den Fingern gesogen! rief Levion aus.

Vielleicht. Aber du wirst auf keinen Fall wieder Kirchendiener.

Wer wird es denn diesmal sein?

Niemand. Ich werde allein fertig.

So war der Pfarrer, stark und hart, aber gerecht gegen jedermann. Denn er hatte gerade jetzt allen Grund, schonungslos auch gegen sich selber zu Felde zu ziehen. Die ewige Unbehaglichkeit zu Hause und die vielen Schwierigkeiten im Amt wollten schier seine Moral untergraben und ihn zum Abfall verleiten; dann und wann gingen seine Gedanken ganz unerlaubte Wege. Was würde es zum Beispiel ausmachen, wenn er mit Levion Frieden schlösse, der sich seinerseits wiederum ein wenig erkenntlich zeigen könnte? Oder: Mack auf Rosengaard hatte seine Hilfe für würdige Notleidende angeboten, nun wohl, war er, der Pfarrer, nicht der große Arme in der Gemeinde, und könnte er sich nicht wirklich wegen einer Familie, die unter Entbehrungen zu leiden hatte, an Mack wenden und die Unterstützung für sich behalten? Dann würde seine Frau endlich zu Schuhen kommen. Und er, der Pfarrer, könnte auch einiges gebrauchen, ein paar Bücher, philosophische Werke, denn die Plackerei des Alltags dörrte ihn aus, und er vermochte sich nicht weiterzubilden. Da hatte zum Beispiel Rolandsen, dieser gewaltige Maulheld, seiner Frau mit gutem Erfolg eingeredet, daß erst die Menschen Gott zu dem machten, was er ist. Mußte man da nicht immer wohlvorbereitet und in der Lage sein, solchen Leuten den Mund zu stopfen?

Endlich kam Mack. Und er kam wie gewöhnlich – groß und vornehm; seine Tochter Elise begleitete ihn. Sofort machte er dem Pfarrer einen Höflichkeitsbesuch; außerdem wollte er sich keineswegs um die Erfüllung seines Versprechens drücken. Die Pfarrersfrau fragte nach der Bäckerei. Mack bedauerte, daß er nicht schneller habe zu Werke gehen können; das habe seine guten Gründe: Die Bäckerei dürfe dieses Jahr noch nicht gebaut werden; die Mauern müßten sich erst setzen. Die Pfarrerin stieß einen Ruf der Enttäuschung aus; dem Pfarrer jedoch verursachte es ein wenig Freude. Es ist die Meinung der Fachleute, sagte Mack; da muß ich mich wohl fügen. Wenn im nächsten Frühjahr die Erde auftaut, können sich die Mauern unter Umständen um mehrere Zoll senken. Und was würde dann aus dem Haus werden?

Gewiß, sagte der Pfarrer; was würde dann daraus werden? Im übrigen war Mack keineswegs bedrückt, nicht im mindesten. Die Hundstage waren vorüber, der Heringsfang hatte gänzlich aufgehört, und ein Telegramm des Agenten hatte ihn sofort davon verständigt, daß die Preise anzögen. Mack konnte es sich nicht versagen, es den Pfarrersleuten mitzuteilen. Als Gegenleistung konnte der Pfarrer berichten, wo Rolandsen sich aufhielt: auf einer kleinen Insel vor der Küste, weit im Westen; dort hauste er wie ein Wilder. Ein Mann und eine Frau seien zum Pfarrer gekommen und hätten es ihm erzählt.

Unverzüglich schickte Mack ein Boot nach Rolandsen aus.

13

Es war so, daß Enoks Geständnis völlig überraschend für Rolandsen kam. Nun hatte es sich herausgestellt, daß er nicht der Dieb war, und er hätte Mack die vierhundert Taler zurückgeben müssen; doch er besaß sie nicht mehr. Deshalb nahm er das Boot des Bälgetreters mit Angelleinen und allem Zubehör und ruderte in die stille Nacht hinaus. Er wollte auf die Schären, und das waren anderthalb Meilen, zum Teil über das offene Meer. Er fuhr die ganze Nacht und suchte sich am Morgen eine passende Insel zum Landen aus. Allerlei Seevögel flatterten um ihn her.

Rolandsen war hungrig und wollte sich zunächst einmal eine ordentliche Menge Möweneier einverleiben. Aber es zeigte sich, daß bereits junge Vögel aus den Eiern geschlüpft waren. So ruderte er zum Fischen hinaus, und dabei hatte er mehr Glück. Tag für Tag lebte er nun von Fischen, sang, langweilte sich und herrschte über die Insel. Bei Regenwetter fand er Schutz unter einem hervorragenden Felsblock. Nachts schlief er im grünen Gras, und die Sonne ging nie unter.

Zwei Wochen verstrichen, drei Wochen, und Rolandsen wurde immer magerer bei dem kümmerlichen Leben, das er führte; doch sein Blick wurde hart vor lauter Entschlossenheit, und er wollte sich nicht ergeben. Er fürchtete nur, daß ihm jemand auf die Spur käme.

Vor einigen Nächten versuchte ein Boot mit einem Mann und einer Frau, die Daunen sammelten, auf der Insel zu landen; doch Rolandsen ließ das nicht zu. Er hatte sie schon von weitem gesehen und Zeit genug gehabt, wütend zu werden; jetzt fuchtelte er so unheimlich mit dem kleinen Bootsanker vom Bälgetreter herum, daß die Leute entsetzt davonruderten. Da lachte Rolandsen innerlich und war mit seinem ausgemergelten Gesicht wie der leibhaftige Teufel anzusehen.

Eines Morgens lärmten die Vögel mehr denn je und weckten Rolandsen sehr früh, fast noch bei Nacht. Er sah ein Boot kommen; und es war schon ganz nahe. Das Bedauerliche an Rolandsen war, daß ihn nichts so schnell aus der Ruhe zu bringen vermochte. So konnte sich das Boot ungehindert nähern und kam ihm doch gerade jetzt höchst ungelegen. Als ihn endlich der Zorn packte, war das Boot bereits gelandet, sonst hätte er noch etwas unternehmen und mit Steinen werfen können.

Zwei von Macks Leuten aus der Fabrik, Vater und Sohn, stiegen an Land. Guten Tag, sagte der Alte.

Was heißt hier Tag? erwiderte Rolandsen. Gleich hat deine letzte Stunde geschlagen.

Wieso? fragte der Mann und blickte nur noch halb so kühn zu seinem Sohn hinüber.

Weil ich dich erwürgen werde. Was hältst du davon?

Wir kommen in Macks Auftrag.

Natürlich kommst du in Macks Auftrag. Ich weiß genau, was er will.

Nun mischte sich auch der Junge ein und sagte: Und der Bälgetreter will sein Boot und seine Angelleinen wiederhaben.

Erbittert rief Rolandsen: Der? Ist der Kerl verrückt geworden? Was soll ich denn dann machen? Ich wohne hier auf einer öden Insel! Ich brauche ein Boot, um zu den Menschen zu kommen, und die Leinen zum Fischen, wenn ich am Leben bleiben will. Grüß ihn von mir und sag ihm das!

Und von dem neuen Telegrafenbeamten sollen wir ausrichten, daß wichtige Telegramme gekommen seien und auf Sie warteten.

Rolandsen machte einen Satz. Was? Schon? Er erkundigte sich nach einigen Dingen, auf die er Antwort erhielt, und erhob nun keinen Einspruch mehr, mit ihnen zurückzufahren. Der Junge ruderte das Boot des Bälgetreters, und Rolandsen saß in dem des Alten.

Vorn im Kahn stand ein Eßkorb, der die kühne Hoffnung in Rolandsen weckte, daß vielleicht Proviant darin sei. Er wollte schon fragen: Hast du etwas zu essen mit? Aber aus lauter Hochmut bezwang er sich und versuchte seinen Hunger zu übertönen.

Wie hat Mack denn erfahren, daß ich hier bin?

Es hat sich herumgesprochen. Ein Mann und eine Frau waren eines Nachts da; sie sind furchtbar erschrokken.

Ja, was hatten die denn hier zu suchen? ... Stell dir vor, ich habe einen neuen Fischplatz bei der Insel gefunden. Und jetzt muß ich weg!

Wie lange wollten Sie denn hierbleiben?

Das geht dich nichts an, entgegnete Rolandsen kurz. Er blickte wieder nach dem Korb; aber da er vor Hochmut fast platzte, sagte er nur: Ein ungewöhnlich häßlicher Korb. Der ist doch wahrhaftig für nichts zu gebrauchen. Was kann man da schon hineintun?

Wenn ich all das hätte, was schon in diesem Korb gewesen ist, das Fleisch, den Speck, die Butter und den Käse, dann wäre ich auf Jahre hinaus versorgt, erwiderte der Mann.

Rolandsen räusperte sich und spuckte ins Wasser.

Wann sind die Telegramme gekommen? fragte er.

Ach, schon vor einer ganzen Weile.

Auf halbem Wege legten sich die Boote nebeneinander, Vater und Sohn wollten ihre Mahlzeit halten. Rolandsen

blickte nach der andern Seite. Der Alte sagte: Falls Sie damit vorlieb nehmen wollen, wir haben etwas zu essen mit! Und sie stellten ihm den ganzen Korb hin.
Er wies sie mit der Hand ab und erwiderte: Ich habe erst vor einer halben Stunde gegessen, mich richtig gemästet. Unglaublich übrigens, wie gut gebacken dieses Brot ist! Nein, nein, danke; ich wollte es nur einmal ansehen und riechen. Und Rolandsen schwatzte weiter und blickte nach allen Seiten: Im Grunde leben wir hier im Norden doch recht üppig. Ich bin überzeugt, daß es keinen gibt, der nicht seinen Schinken hängen hat – und dann der viele Speck! Aber es ist so etwas Tierisches an dieser Lebensweise! Unwillig krümmte er sich vor Hunger und fuhr rasch fort: Wie lange ich dort geblieben wäre, wolltest du wissen? Natürlich bis zum Herbst; ich hätte mir die Sternschnuppen angesehen. Ich bin ein Freund von großen Ereignissen; es macht mir Spaß, zu sehen, wie die Himmelskörper in Stücke springen.
Das sind Dinge, von denen ich nichts verstehe.
Ganz einfach: Wenn der eine Stern den andern wild und rasend vom Himmel hinunterstößt.
Die beiden aber aßen und aßen, und Rolandsen brach wütend aus: Was ihr aber auch alles in euch hineinstopft! Genau wie die Schweine!
Jetzt sind wir fertig, sagte der Alte willfährig.
Die Boote trennten sich, und die Männer griffen wieder zu den Rudern. Rolandsen lehnte sich zurück, um zu schlafen.
Am Nachmittag kamen sie heim, und Rolandsen ging unverzüglich zur Station, um seine Telegramme zu ho-

len. Es waren erfreuliche Nachrichten wegen der Erfindung, ein hohes Angebot für das Patent aus Hamburg und ein noch höheres eines anderen Unternehmens über das Patentbüro. Und Rolandsen war so ein wunderlicher Kauz, daß er in den Wald lief und lange Zeit dort blieb, bevor er daran dachte, sich etwas zu essen zu besorgen. Die Erregung machte ihn zum Knaben, zu einem Kind mit gefalteten Händen.

14

Rolandsen ging in Macks Kontor. Wie ein Gerechtfertigter, ja wie ein Löwe ging er dieses Mal hin. Die Familie Mack würde wohl große Augen machen, wenn er da auftauchte; Elise würde ihn vielleicht beglückwünschen, und solch aufrichtige Freundlichkeit wäre Balsam für sein Herz.

Doch er täuschte sich. Er traf Elise im Gespräch mit ihrem Bruder vor der Fabrik; sie nahm wenig Notiz von ihm, kaum daß sie seinen Gruß erwiderte. Die beiden unterhielten sich ruhig weiter. Rolandsen wollte nicht stören und ging deshalb, ohne nach dem alten Mack zu fragen, zum Kontor hinauf. Er klopfte an die Tür. Sie war verschlossen. Er ging wieder hinunter und sagte: Ihr Vater hat nach mir geschickt. Wo finde ich ihn?

Die beiden überstürzten sich nicht mit der Antwort, sondern besprachen erst ihre Angelegenheit zu Ende; dann entgegnete Fredrik: Mein Vater ist oben an der Schleuse.

Das hätten sie mir auch gleich sagen können, dachte Ro-

landsen, statt mich unnötig ins Kontor hinaufgehen zu lassen.
Könnten Sie ihm wohl durch einen Boten Bescheid geben?
Fredrik sagte gleichgültig: Wenn mein Vater an der Schleuse ist, dann hat er wahrscheinlich dort zu tun.
Rolandsen sah die beiden verwundert an.
Sie müssen später wiederkommen, sagte Fredrik.
Und Rolandsen gab sich damit zufrieden, nickte nur und ging.
Doch dann biß er sich auf die Lippen und überlegte. Plötzlich drehte er sich um und sagte ohne jede Einleitung: Ich bin nicht hierher gekommen, um jemand anderen zu treffen als Ihren Vater, verstehen Sie?
Kommen Sie später wieder, versetzte Fredrik.
Und wenn ich zum zweiten Mal komme, so geschieht das nur, um zu erklären, daß ich ein drittes Mal nicht mehr kommen werde. Fredrik zuckte die Achseln.
Da ist Vater schon, sagte Elise.
Der alte Mack runzelte die Stirn, war kurz angebunden und trat vor Rolandsen ins Kontor. Er schien sehr ungnädig. Er sagte: Das letzte Mal habe ich Ihnen einen Stuhl angeboten, heute tue ich das nicht. Nein, nein, erwiderte Rolandsen. Er begriff diese Gereiztheit immer noch nicht.
Doch dem alten Mack lag nichts daran, hart zu sein. Dieser Mann, der gegen ihn gefehlt hatte, war in seiner Gewalt, aber hatte er, Mack, es denn nötig, davon Gebrauch zu machen? Er sagte: Sie wissen natürlich, was sich zugetragen hat?

Rolandsen erwiderte: Ich bin fort gewesen; hier mag manches vorgefallen sein, was Sie wissen und ich nicht.
Dann will ich Sie davon in Kenntnis setzen, sagte Mack und war jetzt wie ein kleiner Gott, der das Schicksal eines Menschen in seiner Hand hält. Stimmt es, daß Sie meine Lebensversicherungspolice verbrannt haben? fragte er.
Es ist vielmehr so, begann Rolandsen, wenn Sie mich ausfragen wollen …
Hier ist sie, sagte Mack und wies auf die Urkunde. Das Geld hat sich ebenfalls gefunden. Alles befand sich in einem Tuch, das nicht Ihnen gehört.
Rolandsen widersprach nicht.
Mack fuhr fort: Es gehört Enok.
Über diese Feierlichkeit mußte Rolandsen lächeln und sagte im Scherz: Sie werden noch erleben, daß Enok der Dieb ist.
Doch dieser Scherz behagte Mack durchaus nicht; er klang keineswegs demütig. Sie haben mich zum Narren gehalten, sagte er, und mich um vierhundert Taler geprellt.
Aber Rolandsen mit seinen wertvollen Telegrammen in der Tasche wollte immer noch nicht ganz ernsthaft werden. Das müßte man vielleicht etwas genauer prüfen, lächelte er.
Da wurde Macks Stimme scharf: Das letzte Mal habe ich Ihnen verziehen; diesmal tue ich es nicht.
Ich kann Ihnen das Geld zurückzahlen.
Nun brauste Mack auf: Es geht mir auch jetzt nicht um das Geld. Sie sind ein Betrüger, verstehen Sie?

Darf ich Ihnen etwas erklären?
Nein!
Das ist aber ungerecht, sagte Rolandsen und lächelte immer noch. Was wollen Sie denn dann von mir?
Ich will Sie verhaften lassen, erwiderte Mack.
Fredrik kam herein und stellte sich auf seinen Platz am Pult. Er hatte die letzten Worte gehört und sah seinen Vater erregt, was selten vorkam.
Rolandsen sagte, während er nach den Telegrammen in der Tasche griff: Aber wollen Sie denn das Geld nicht annehmen?
Nein, erwiderte der alte Mack; das können Sie der Behörde abliefern.
Rolandsen blieb stehen. Nun war er kein Löwe mehr; schließlich hatte er sich ja wirklich strafbar gemacht und konnte festgenommen werden. Da Mack ihn fragend ansah, so als wundere er sich darüber, daß er immer noch hier stehe, sagte Rolandsen: Ich warte darauf, verhaftet zu werden.
Verblüfft erwiderte Mack: Hier? Nein. Sie können nach Hause gehen und sich bereithalten.
Vielen Dank. Ich habe nämlich noch ein paar Telegramme abzuschicken.
Diese Worte besänftigten Mack; er war ja schließlich kein Menschenfresser. Sie können natürlich den heutigen Tag und auch morgen noch dazu benutzen, sich vorzubereiten, sagte er.
Rolandsen verbeugte sich und ging.
Elise stand immer noch draußen, und er mußte an ihr vorbei. Verspielt ist verspielt, daran war nichts zu ändern.

Sie rief ihm leise nach. Er drehte sich um und starrte sie verwirrt und fassungslos an. Ich wollte nur sagen, daß … es ist wohl nicht so gefährlich.
Er wußte nicht, was sie meinte, und konnte vor allem nicht begreifen, daß sie sich jetzt noch mit ihm abgab. Ich habe die Erlaubnis erhalten, nach Hause zu gehen; ich muß ein paar Telegramme abschicken, sagte er.
Sie kam näher; ihr Atem ging schwer; sie sah sich um und schien unsicher. Mein Vater war gewiß sehr böse mit Ihnen. Aber das gibt sich wohl wieder.
Rolandsen wurde ärgerlich. Hatte er denn selber keinerlei Rechte? Das kann Ihr Vater halten, wie er will, antwortete er.
Ach! Sie atmete noch immer schwer und sagte: Sie sehen mich an, als kennten Sie mich nicht.
Mitleid, nichts als Mitleid! Er erwiderte: Heute kennt man jemand, morgen kennt man ihn nicht immer ganz nach Wunsch.
Pause. Endlich sagte Elise: Sie müssen doch zugeben, daß das, was Sie taten … Nun, für Sie selber ist es ja am schlimmsten.
Und wenn es noch so schlimm ist, aber solche Überfälle mag ich nicht, von niemand! Ihr Vater kann mich verhaften lassen.
Ohne ein Wort wandte sie sich ab …
Er wartete zwei Tage, drei Tage, aber es kam niemand zum Haus des Bälgetreters, um ihn abzuholen. Er befand sich in äußerster Spannung. Seine Telegramme hatte er geschrieben und wollte sie in dem Augenblick abschicken, da er verhaftet wurde; er hatte vor, sein Pa-

tent für das höchste Angebot zu verkaufen. Inzwischen war er nicht müßig; er hielt die ausländischen Unternehmen mit Verhandlungen über dies und jenes hin, über den Ankauf des Wasserfalls oberhalb von Macks Fabrik, über die Sicherung des Wegerechts für den Transport. Alle diese Dinge hatte er einstweilen in Händen.

Doch es lag nicht in Macks Natur, einen Mitmenschen zu verfolgen. Inzwischen wehte der Wind in seinem Geschäft wieder günstig, und es war so, daß Mack immer, wenn ihm das Glück hold war, vor Wohlwollen überströmte. Ein Telegramm von seinem Agenten in Bergen hatte ihn davon unterrichtet, daß die Heringe nach Rußland verkauft worden seien. Wenn Mack Geld wünsche, stehe es ihm zur Verfügung. Jetzt war er also wieder obenauf.

Als über eine Woche verstrich und noch immer keine Veränderung eingetreten war, ging Rolandsen wieder zu Macks Kontor hinunter. Er war abgemagert vor Spannung und Ungewißheit und wollte eine Entscheidung haben.

Ich warte nun schon eine ganze Woche, und Sie lassen mich nicht festnehmen, sagte er.

Junger Mann, ich habe es mir ein wenig anders überlegt, erwiderte Mack nachsichtig.

Alter Mann, Sie sollen das gefälligst sofort entscheiden! sagte Rolandsen heftig. Meinen Sie, Sie könnten bis in alle Ewigkeit damit warten, nur um sich in Ihrer eigenen Gnade zu sonnen? Aber ich weiß mir zu helfen. Ich zeige mich selbst an.

Jedenfalls hätte ich heute eine andere Sprache von Ihnen erwartet. Ich will Ihnen zeigen, welche Sprache Sie erwarten können, rief Rolandsen hochmütig und warf seine Telegramme vor Mack auf das Pult. Seine Nase wirkte jetzt noch größer als früher, weil das Gesicht so mager geworden war.
Mack ließ den Blick über die Telegramme gleiten. Sie sind unter die Erfinder gegangen! sagte er. Doch je weiter er kam, desto mehr kniff er die Augen zusammen, um besser sehen zu können. Fischleim? fragte er schließlich. Dann las er die Telegramme der Reihe nach noch einmal. Das klingt ja recht vielversprechend, sagte er und blickte zu Rolandsen auf. Ist Ihnen wirklich dieser große Betrag für die Erfindung eines Fischleims geboten worden?
Ja.
Dann gratuliere ich Ihnen. Aber dann hätten Sie es doch erst recht nicht nötig, so unhöflich mit einem alten Mann umzugehen.
Sie haben natürlich recht. Aber die Spannung hat mich ziemlich mitgenommen. Erst wollen Sie mich verhaften lassen, und nun sitze ich da und warte immer noch darauf.
Ich will Ihnen erklären, wie alles kam: Ich hatte es durchaus vor, aber da hat sich jemand eingemischt …
Sie wissen doch, wie das mit den Frauen ist. Ich habe eine Tochter. Und die war dagegen.
Sonderbar, sagte Rolandsen.
Mack betrachtete abermals die Telegramme. Das ist ja großartig. Könnten Sie mich ein wenig in Ihre Erfindung einweihen?

Und Rolandsen weihte ihn ein.
Da sind wir also gewissermaßen Konkurrenten, bemerkte der alte Mack.
Nicht nur gewissermaßen. Von dem Augenblick an, da ich meine Antwort telegrafiere, sind wir das wirklich.
So? entgegnete Mack und stutzte. Was meinen Sie damit? Wollen Sie mit der Produktion beginnen?
Ja. Oberhalb Ihres Wasserfalls liegt noch ein anderer, ein sehr viel größerer. Dort braucht man keine Schleuse.
Der gehört Levion.
Ich habe ihn gekauft.
Mack runzelte die Stirn und wurde nachdenklich. Lassen wir es also darauf ankommen, sagte er.
Rolandsen erwiderte: Aber dann werden Sie den kürzeren ziehen. Doch diese Sprache empörte den großen Herrn; so etwas war er nicht gewöhnt und duldete er nicht. Sie vergessen erstaunlich oft, daß ich Sie in der Hand habe, sagte er.
Zeigen Sie mich ruhig an. Meine Zeit kommt später.
Ach, was können Sie schon groß machen?
Sie ruinieren! entgegnete Rolandsen.
Fredrik kam herein. Er sah sofort, daß es einen Wortstreit gegeben hatte, und es ärgerte ihn, daß der Vater nicht endlich Schluß machte mit diesem abgedankten großsprecherischen Telegrafenbeamten. Rolandsen sagte laut: Ich mache Ihnen ein Angebot: Wir beuten die Erfindung gemeinsam aus; wir bauen Ihre Fabrik um, und ich leite sie. Mein Angebot gilt vierundzwanzig Stunden! Darauf ging Rolandsen und ließ seine Telegramme da.

15

Der Herbst kam, der Wind blies durch den Wald, das Meer wurde gelb, und am Himmel erwachten die Sterne. Aber Ove Rolandsen hatte keine Zeit mehr, den Sternschnuppen zuzusehen, obwohl er mehr denn je ein Freund von großen Ereignissen war. In der letzten Zeit hatten viele Maurer und Zimmerleute an Macks Fabrik gearbeitet; hier wurde niedergerissen, dort aufgebaut – alles nach Rolandsens Anweisungen, der das Ganze leitete. Er hatte die Schwierigkeiten überwunden und war zu großer Würde gelangt.

Im Grunde habe ich immer etwas von dem Mann gehalten, sagte der alte Mack.

Ich nicht, erwiderte Elise stolz. Er kommt sich so wichtig vor und tut, als hätte er uns gerettet.

Ganz so schlimm ist es nun auch wieder nicht.

Wenn er grüßt, wartet er nicht einmal den Dank ab. Er geht einfach vorbei.

Er hat es eilig.

Und wie er sich in unsere Familie eingeschlichen hat! sagte Elise mit blassen Lippen. Wir mögen sein, wo wir wollen – immer ist er dabei. Aber wenn er sich mit mir auch nur das mindeste einbildet, dann täuscht er sich.

Elise reiste in die Stadt.

Und trotzdem ging alles seinen gewohnten Gang; man schien ohne sie auskommen zu können. Rolandsen hatte sich nämlich von dem Augenblick an, in dem er sich mit Mack zusammentat, vorgenommen, gute Arbeit zu leisten und nicht seine Zeit an Träume über andere

Dinge zu verschwenden. Man schwärmt im Sommer, und dann macht man zunächst einmal Schluß. Manche schwärmen allerdings ihr ganzes Leben lang und ändern sich nie. Da war zum Beispiel die Wirtschafterin Marie van Loos in Bergen. Rolandsen hatte einen Brief von ihr bekommen, in dem sie schrieb, daß sie durchaus nicht mehr auf ihn herabsehe, da er sich ja nicht mit einem Diebstahl beschmutzt, sondern nur Allotria getrieben habe. Und daß sie ihre Absage an ihn zurücknehme, wenn es nicht schon zu spät dazu sei. Im Oktober kam Elise Mack nach Haus. Es hieß, sie sei fest verlobt und habe Besuch von ihrem Bräutigam Hanrik Burnus Henriksen, dem Kapitän der Küstenlinie. Nun sollte im großen Saal von Rosengaard ein Ball stattfinden, und eine deutsche Kapelle, die auf dem Heimweg aus den Städten der Finnmark war, wurde gemietet und sollte musizieren. Die ganze Gemeinde war zum Ball geladen, Rolandsen so gut wie die andern; und Küsters Olga sollte als Fredriks zukünftige Frau vorgestellt werden. Nur von den Pfarrersleuten kam eine Absage. Der neue Pastor war nun ernannt worden und wurde jeden Tag erwartet. Und der gute Hilfsprediger sollte an einen Ort weiter im Norden, wo ein Amt ohne Verweser war. Er hatte nichts dagegen, wieder in anderer Erde zu pflügen und zu säen; hier war die Arbeit nicht immer glücklich gewesen. Eine erfolgreiche Tat allerdings konnte er vorweisen; er hatte es fertiggebracht, daß Levions Schwester sich auf denjenigen besann, der die Pflicht hatte, sie zu heiraten. Das war der Tischler des Ortes, ein Hausbesitzer, der zudem noch einige Schillinge im Sparstrumpf unterm Kopfkissen hatte. Als der Pfarrer sie vor dem Altar zusammengab, hatte er ein leises Gefühl der Befriedigung. Mit unverdrossenem Bemühen vermochte man eben doch hier und da die Sitten zu bessern.

ja, allmählich ging die Zeit dahin. Gottlob! dachte der Pfarrer. In seinem Haushalt herrschte nun wieder ein wenig Ordnung, die neue Wirtschafterin, alt und verläßlich, war gekommen, und er wollte sie mitnehmen und auch auf der neuen Stelle behalten. Der Pfarrer war ein streitbarer Mann gewesen; doch man schien deshalb keinen Groll gegen ihn zu hegen; als er am Pfarrlandeplatz ins Boot stieg, waren viele Leute da. Rolandsen ließ sich diese Gelegenheit, höflich zu sein, nicht entgehen; Macks Privatboot lag mit drei Mann Besatzung bereit und wartete auf ihn; doch er wollte nicht einsteigen, bevor die Pfarrersleute abgefahren waren. Trotz allem mußte sich der Pfarrer für diese Höflichkeit bedanken. Und wie der Kirchendiener Levion damals die Pfarrerin an Land getragen hatte, so trug er sie jetzt wieder an Bord. Auch Levion schienen bessere Tage bevorzustehen, da der Pfarrer ihm versprochen hatte, alles zu tun, damit er sein Amt als Kirchendiener wiedererhalte.

So kam alles in Ordnung.

Wenn Sie nicht nach Norden müßten und ich nach Süden, könnten wir zusammen fahren, sagte Rolandsen.

Ja, erwiderte der Pfarrer; aber wir wollen immer daran denken, lieber Rolandsen, wir ziehen nach Süden, wir ziehen nach Norden, doch einmal treffen wir uns alle am gleichen Ort! So legte er unverdrossen Zeugnis ab bis zum letzten Augenblick.

Seine Frau im Hinterschiff hatte immer noch dieselben erbärmlichen Schuhe an; sie waren zwar geflickt, aber dadurch nur noch unansehnlicher geworden. Doch die Frau war deshalb nicht betrübt; im Gegenteil, ihre Augen glänzten, und sie freute sich darauf, an einen neuen Ort zu kommen und zu sehen, was es dort alles gab. Mit Wehmut dachte sie jedoch an einen großen Feldstein, den in den Koffer zu packen der Pfarrer ihr glatt verboten hatte, obwohl er so hübsch war.

Dann stießen sie vom Land ab. Hüte und Taschentücher wurden geschwenkt, und Lebwohl tönte es vom Boot und vom Strand.

Nun ging Rolandsen an Bord. Er mußte noch heute abend auf Rosengaard sein; dort sollte eine Doppelverlobung gefeiert werden, und er wollte sich auch diese Gelegenheit, höflich zu sein, nicht entgehen lassen. Da Macks Boot keinen Wimpel am Mast trug, lieh er sich einen prachtvollen rotweißen Wimpel von einem Zehnruderboot und ließ ihn setzen, ehe er abfuhr.

Gegen Abend kam er an. Man sah, daß in dem großen Handelshaus ein Fest gefeiert wurde; in beiden Stockwerken waren die Fenster erleuchtet, und auf den Fahrzeugen im Hafen knatterten die Fahnen, obwohl es ganz dunkel war. Rolandsen sagte zu seinen Leuten: Geht ihr jetzt an Land und schickt mir statt dessen drei andere Männer; um Mitternacht will ich zurück in die Fabrik.

Rolandsen wurde gleich von Fredrik empfangen, der in bester Stimmung war; er hatte jetzt gute Aussichten auf den Steuermannsposten des Küstenschiffes, so daß er heiraten und es zu etwas bringen konnte. Auch der alte

Mack war zufrieden und trug den Orden, den der König ihm auf seiner Finnmarkenreise verliehen hatte. Nur Elise und Kapitän Henriksen waren nirgends zu sehen; aber die gurrten wohl allein irgendwo herum.
Rolandsen trank ein paar Glas, um den Dingen gefaßt und ruhigen Mutes entgegenzusehen. Er setzte sich zum alten Mack und sprach über verschiedene Geschäfte: Da war zum Beispiel der Farbstoff, den er erfunden hatte; zunächst schien es nichts Besonderes zu sein, aber vielleicht konnte er einmal zum Haupterzeugnis werden; er brauchte Maschinen und Destillierapparate. Elise kam dazu, sie blickte Rolandsen voll ins Gesicht, sagte laut guten Abend und nickte. Er stand auf und grüßte, doch sie ging rasch vorüber.
Sie hat es heute abend so eilig, sagte der alte Mack.
Und dann müssen wir fertig sein, bevor die Lofotenfischerei beginnt, fuhr Rolandsen fort und setzte sich wieder. Er war selber erstaunt, wie ruhig er blieb! Ich bin immer noch der Ansicht, daß wir einen kleinen Dampfer chartern sollten, den Fredrik führen könnte. Vielleicht erhält Fredrik jetzt einen andern Posten. Aber wir sprechen noch darüber; wir haben ja morgen Zeit genug.
Ich fahre Mitternacht zurück.
Aber nein! rief Mack.
Rolandsen stand auf und sagte kurz: Doch, um Mitternacht! So bestimmt und unbeugsam konnte er sein.
Ich hatte fest angenommen, Sie blieben über Nacht. Bei einem solchen Anlaß! Man darf doch wohl sagen, daß dies ein besonderer Anlaß ist.

Sie gingen umher, mischten sich unter die andern und plauderten hier und da ein wenig. Als Rolandsen Kapitän Henriksen begegnete, tranken sie miteinander wie gute Bekannte, obwohl sie sich noch nie gesehen hatten. Der Kapitän war ein freundlicher, ziemlich dicker Mann. Dann begann die Musik zu spielen; in drei Räumen war zum Essen gedeckt, und Rolandsen beeilte sich, einen Platz zu bekommen, wo niemand von der engsten Familie saß. Der alte Mack fand ihn dort auf seinem Rundgang und sagte: Ach, hier sitzen Sie? Na ja. Ich wollte sonst ...
Rolandsen erwiderte: Vielen Dank. Wir können Ihre Rede von hieraus auch hören.
Mack schüttelte den Kopf. Nein, ich halte keine Rede! Mit gedankenvoller Miene entfernte er sich; irgend etwas schien dazwischengekommen zu sein.
Die Mahlzeit nahm ihren Verlauf; es gab viel Wein und großen Lärm. Beim Kaffee schrieb Rolandsen ein Telegramm. Es war an Marie van Loos in Bergen gerichtet und besagte, daß es keineswegs zu spät sei: Komm mit nächster Gelegenheit herauf in den Norden. Dein Ove. Auch das war gut so; alles war gut, ganz großartig. Er brachte das Telegramm selber zur Station und blieb, bis es durchgegeben war. Dann ging er zurück. An den Tischen war es lebhafter geworden, man wechselte die Plätze, Elise kam zu ihm herüber und gab ihm die Hand. Sie entschuldigte sich, daß sie vorhin so rasch an ihm vorbeigegangen sei.
Wenn Sie wüßten, wie schön Sie heute abend wieder sind! sagte er und war überlegen und höflich.
Finden Sie?

Das habe ich immer gefunden. Ich gehöre doch zu Ihren alten Verehrern. Wissen Sie denn nicht mehr, wie ich voriges Jahr geradezu um Sie geworben habe?
Dieser Ton schien ihr nicht an ihm zu gefallen; sie ging weg. Doch kurz darauf begegnete er ihr wieder. Fredrik hatte den Ball mit seiner Verlobten eröffnet; keiner nahm Notiz davon, daß die beiden miteinander redeten.
Elise sagte: Ach, ja richtig: Ich soll Sie von einer guten Bekannten grüßen, von Marie van Loos.
So?
Sie hat gehört, daß ich heirate, und will Wirtschafterin bei mir werden. Sie kennen sie ja besser als ich. Sie ist wohl sehr tüchtig?
Ja, bestimmt ist sie sehr tüchtig. Aber Wirtschafterin kann sie bei Ihnen nicht werden.
Warum nicht?
Weil ich ihr heute abend telegrafiert und ihr einen anderen Posten angeboten habe. Sie ist meine Verlobte.
Die stolze Elise fuhr zusammen und starrte ihn an. Ich glaubte, es sei aus zwischen Ihnen, sagte sie.
Sie wissen ja, alte Liebe ... Allerdings war es einmal aus, aber ...
Ach so, sagte sie noch einmal.
Ich finde, so schön wie heute abend waren Sie noch nie! begann er wieder sehr höflich. Dieses Kleid, der dunkelrote Samt! Er war mit sich zufrieden; wer würde hinter solchen Worten auch nur die leiseste Erregung vermuten?
Sie hatten sie doch übrigens gar nicht so sehr gern, sagte sie.
Er sah, daß ihre Augen feucht waren, und stutzte; auch

die verschleierte Stimme machte ihn verwirrt, und sein Gesicht nahm plötzlich einen völlig andern Ausdruck an.
Wo ist nun Ihre große Ruhe? rief sie aus und lächelte.
Er murmelte: Sie nehmen sie mir.
Da strich sie ihm über die Hand – ein einziges Mal – und ging. Sie eilte durch die Räume, sah und hörte nichts, sondern hastete weiter. Im Gang stand ihr Bruder und rief sie an; sie wandte ihm das lächelnde Gesicht zu, von dessen Wimpern Tränen tropften; so lief sie die Treppe in ihr Zimmer hinauf.
Eine Viertelstunde später kam ihr Vater. Sie schlang die Arme um seinen Hals und sagte: Ich kann nicht.
Nun. Nein, nein. Aber du mußt herunterkommen und tanzen; man fragt schon nach dir. Und was hast du denn Rolandsen gesagt? Er ist so verändert! Warst du wieder unhöflich zu ihm?
Aber nein, bestimmt nicht. Ich war nicht unhöflich.
Sonst müßtest du es sehr bald wiedergutmachen. Er fährt um zwölf Uhr.
Um zwölf? Augenblicklich machte Elise sich zurecht und sagte: Ich komme schon.
Sie ging hinunter und suchte Kapitän Henriksen. Ich kann nicht, sagte sie.
Er antwortete nicht.
Vielleicht wird es mir leid tun, aber es ist unmöglich.
Ja ja, erwiderte er nur.
Sie konnte keine weitere Erklärung geben, und da auch der Kapitän sich schweigsam verhielt, blieb es bei dem wenigen. Elise ging zur Station und telegrafierte Marie

van Loos in Bergen, sie dürfe das Angebot von Ove Rolandsen nicht annehmen, da es wiederum nicht ernst gemeint sei. Brief abwarten. Elise Mack.

Dann ging sie nach Hause und nahm wieder am Tanz teil. Fahren Sie wirklich um zwölf Uhr zurück? sagte sie zu Rolandsen.

Ja.

Ich komme mit. Ich habe noch etwas zu erledigen.

Und wieder strich sie ihm über die Hand.

Die Nachbarstadt

1

Sie wirkt, als wäre sie vom Tode auferstanden.
Lang und schmal schmiegt sie sich an den Strand, still, sauber, fast jedes Haus mit gestrichener Holzverkleidung und Ziegeldach. Da und dort Bäume auf der Straße, Vorgärten vor den kleinen Häusern, Blumen an den Fenstern und an der Südwand ein Starenkasten. Auf dem Marktplatz ein paar Stände mit Fleisch und Eiern, Körbe mit Fischen, eine Pumpe, ein Opferstock, eine Anschlagtafel.
Nein, es ist nicht deine und nicht meine Stadt, es ist die Nachbarstadt. Denn natürlich ist weder deine noch meine Stadt so kümmerlich. Ach, was für kleine Verhältnisse – und alles so altmodisch! Früher war der Ort einmal ein Lotsenhafen, vielleicht mit ein paar Fischerhütten; er brachte es auf sechzehnhundert Seelen mit Kirche, Dampfschiffanlegestelle und Postamt, aber dann war es aus. Nun haben die Stare Ruhe, und auf der Hauptstraße wächst Gras. Und steht ein alter Seemann vor seinem Haus, die Arme auf den Zaun gestützt, die Pfeife im Mund, dann begrüßen wir uns gegenseitig. So

etwas gibt es dort noch. Nicht wahr, es ist genau, wie es früher einmal, vor langer Zeit, auch bei uns zu Haus war: Wenn man über die Straße ging und jemand traf, so begrüßte man sich. Heute gehen bei uns die Konfirmanden sogar an ihrem Pfarrer vorüber, ohne ihn zu grüßen; sie blasen ihm nur den Zigarettenrauch ins Gesicht. Aber deshalb sind sie weder bessere Konfirmanden noch tüchtigere Kerle.

Hier in der Nachbarstadt tragen die Konfirmanden blaue Seemannsanzüge und -mützen. Jawohl – das Meer und die Schiffe, die Jollen und der Lärm, die Steine am Strand und der Tanggeruch! Und obwohl so ein seemännisch gekleideter Konfirmand eigentlich zu erwachsen sein sollte, um an Spiel und Kindereien Gefallen zu finden, sehe ich doch, wie einer sich unten am Strand die engsten Schlupflöcher aussucht, um zu probieren, ob er nicht doch schon zu groß und zu breit sei, so daß er beim Hindurchkriechen zwischen den Mauern steckenbleibt. Und merkwürdig: Noch vor einer Woche gelang es ihm ohne Mühe, hindurchzuschlüpfen, aber jetzt stehen da zwei kleine Jungen und sind Zeugen, daß es wirklich nicht mehr geht. Übrigens gibt es hier auch sonst noch manches Merkwürdige; heute sah ich etwas ganz Unglaubliches: Mitten auf einer der Straßen steht ein Speicher. Er stammt aus alten Zeiten, ist zwei Stockwerke hoch und hat in jedem Stock eine Tür mit einem Flaschenzug. Und diese Türen gehen – auf die Straße hinaus. Wo jetzt die Straße entlangführt, muß also einmal Wasser gewesen sein, und die Menschen von vor zweihundert Jahren würden heute eine Straße hier finden.

Ja, wenn die Menschen von vor zweihundert Jahren wiederkämen! Wenn Madam Jasko wiederkäme! Der Name wird verschieden geschrieben, Jaskow und Jatzko. Sie war Witwe und unermeßlich reich. Ihr gehörte ein großes Haus, und als ihre beiden Töchter heirateten, baute sie für jede von ihnen ebenfalls ein großes Haus; und diese Gebäude sind noch heute die Sehenswürdigkeiten der Stadt. Die Zeit hat ihnen nichts anhaben können, und den späteren Geschlechtern ist es wohl nicht gelungen, sie niederzureißen; denn jeder der gewaltigen Nägel ist handgeschmiedet. Die Stufen zum Haus sind aus Natursteinplatten, und in das Podest ist ein Eisen eingelassen; ich weiß nicht, wie so ein Ding heißt, Kratzeisen kann man wohl nicht gut sagen, doch es ist dazu da, sich die Stiefel abzukratzen. Schön – dieses Eisen steht also buchstäblich »in Stein«, es ist vor hundertsiebzig Jahren dort eingelassen worden und vom dauernden Gebrauch abgenutzt, aber es steht fest wie am ersten Tag.
So ist alles an diesen Häusern behäbig und ohnegleichen. Bedachte und erfahrene Köpfe haben das Leistenwerk rings um die Fenster zusammengefügt, und die Haustür mit ihren geschnitzten Eichenkränzen, den Girlanden und Blumengewinden gleicht einem fürstlichen Portal. Wie prächtig, wie gut nach allen Seiten ausgewogen ist dieses Bauwerk, dem selbst der reiche Schmuck nichts von seiner schweren Ruhe zu nehmen vermag!
Auf dem Dach hätte ein Neidkopf angebracht sein müssen. Warum bauen wir nicht mehr so? Wir haben weder die Zeit noch die Mittel dazu.

Madam Jaskos Zeit kannte keine Hast, und ihr Stand sicherte ihr die Mittel. Sie war die regierende Fürstin hier im Lotsenhafen, und alles im Umkreis gehörte ihr, die Kirche, der Handel und das weite Land. Wollte sie die Grenzen ihres Besitztums sehen, so mußte sie im Wagen fahren; denn sie war sehr dick. Oh, es gab niemand, der so dick war wie sie, und sie brauchte eigentlich immer zwei Stühle gleichzeitig, um sich hinsetzen zu können. Und wenn sie im Wagen fuhr, stand ein Junge hinter ihr auf dem Rücktritt, der bei jedem Halt abspringen mußte, um die Wagentreppe herunterzuklappen. In ihren Hinterlassenschaften hat man alte Abrechnungen gefunden; danach haben für eines ihrer Häuser drei Schmiede fünfundzwanzig Tage lang Nägel geschmiedet, und der Baumeister – vielleicht war er aus Holland – hatte dreizehn Mann unter sich. Um die Steine anzufahren, hatte es vieler Pferde bedurft, Fleisch und Fisch mußten von überall herangeschafft werden; und auf dem Hof wimmelte es von Gesinde.
Da steht im Alten Testament etwas von einem König, der ein großer Krieger war – oh, er führte Kriege, daß die »Erde den Atem anhielt«. Und Madam Jasko baute, daß die Stadt den Atem anhielt. Fünfundzwanzig Tage lang standen drei Schmiede am Amboß und schmiedeten Nägel für sie, item Nägel nebst Bolzen für das Haus. Große Verhältnisse.

Woran mag es liegen, daß ich gleichsam *heim*kehrte, als ich hierherkam? Meine Sehnsucht war gestillt, vielleicht nur für kurze Zeit, vielleicht für Tage nur, aber sie war gestillt. Die Rute in meiner Hand schlug aus und brachte mich zum Stehen. Hier ist das Kleine, das meine Seele sucht, das außerordentlich Große, das meine Seele sucht; ich ergebe mich und will nicht weiter. Es liegt sicher nicht daran, daß der Ort so altertümlich ist. Sagte ich, die Stadt sei tot? Sie ist nicht tot, jedenfalls nicht mausetot. Auf der Nordseite des Hafens hat sie angefangen, die Glieder zu rühren, da gibt es Industrie, eine Bootswerft und eine Mühle. Aber landeinwärts hinter der Stadt sind Felder und Koppeln und Stallungen; das ist es wohl, was mich hier festhält, die Erde, auf der ich gedeihe. Wenn es nur meine Stadt wäre, aber es ist die Nachbarstadt!

Man nennt mir ein Hotel, und ich gehe hin; doch als ich vor der Tür stehe, mache ich kehrt. Es ist ein neues Haus in »schöner Lage«, mit großen Fenstern und zwei glänzenden Kugeln aus versilbertem Glas hinter dem Gartenzaun. Ich gehe wieder ans Meer hinunter und finde ein herzlich kleines »Hotel« mit niedriger Tür, dort trete ich ein und bekomme etwas zu essen. Heimatlich und gut, ohne Tafelaufsatz. Das Essen ist nicht großartig, es gibt Fisch, und die Frau trägt ein Tuch um den Kopf. An der Wand hängen die Zerstörung Jerusalems und ein prächtiger Dreimaster unter Segel. Die Frau unterhält sich mit mir, sie ist ziemlich dick und alt, aber sie hat saubere Hände. Der Fußboden ist mit weißem Sand bestreut. Ihr Mann war Kapitän, er ist tot. Dort an der Wand, das war sein Schiff.

Wo ich herkäme? Wer ich sei und was ich vorhätte? Als sie hört, daß ich mich nur elend fühle und ein paar Tage

Ruhe brauche, bietet sie mir eine Kammer an, da – ob ich sie mir gleich ansehen wolle? Es ist wirklich nur eine Kammer, aber es schadet nichts, sie ist groß genug. Ja, dann kann ich sie also haben. Sie wundert sich darüber, daß ich mir den Kaffee morgens nicht ans Bett bringen lassen will.

Hier in der Kammer hängt auch ein Bild mit einem Schiff unter Segel, in Italien gemalt, ein Messinafahrer. Die Frau war zweimal verheiratet, auf diesem Schiff war ihr zweiter Mann Steuermann, er ist auch tot.

Wir unterhalten uns noch weiter, und da sie alt und dick ist, rückt sie sich einen Stuhl heran: Madam Jasko? Nein, das ist viele, viele Jahre her – vor meiner Zeit, so alt bin ich denn doch noch nicht. Mein Großvater erzählte uns immer, wie reich sie war. Vielleicht weiß der Kämmerer etwas über sie; er hat so viele Dokumente und ist ein gelehrter Mann.

Aber dafür weiß meine Wirtin sonst noch einiges über die Stadt und ihre Menschen, über den großen Kaufmann Enersen auf dem Marktplatz und über den früheren Doktor, der mit einer Sängerin verheiratet war und elf Kinder von ihr bekam – wer das wohl gedacht hätte! Wie alle alten Leute ist auch meine Wirtin überzeugt, daß ihre Erzählungen interessant und von größter Wichtigkeit seien. Das sind sie nun gerade nicht, höchstens die Sache mit ihrem zweiten Mann; er war über zwanzig Jahre jünger als sie, als er sie heiratete. Da müsse sie wohl entweder sehr reich oder bildschön gewesen sein. – Ich war so schlank, daß ich hüpfen und springen konnte, sagte sie. Aber jetzt!

In der Stadt gibt es lauter kleine Häuser, in denen man sich heimisch fühlt. Niemand verkauft sie oder zieht einfach aus, nein, sie werden von Geschlecht zu Geschlecht vererbt, man lebt und stirbt darin. Sie stehen auf ihren niedrigen Mauern wie Gebilde mit organischem Leben und passen sich in Größe und Aussehen der Landschaft an, aus deren Erde sie wachsen. Ist es da zu verwundern, daß ich mich mitten auf der Straße heimisch fühle? Hier gibt es nicht ein Haus ohne das sogenannte Zimmermannspaneel, senkrecht gekehlte Bohlen, auf denen Licht und Schatten spielen; ein Stockwerk und das Dachgeschoß; über der Haustür ein Mäanderband. Reinste Kleinstadtarchitektur. Und die engen Gäßchen, die zum Strand hinunterführen – sind die nicht wie zum Spielen für die Kinder geschaffen? Wo sollten die ein- und zweijährigen Kleinen auch sonst herumkrabbeln? Und ist es nicht herrlich dunkel und abenteuerlich in diesen Winkeln?

Da sehe ich den Konfirmanden wieder; aber jetzt ist er nicht mehr zu groß und breit für die Winkel und Schlupflöcher. Er sieht schmal und wehmütig aus, denn er wird gleich Heuer nehmen; einen blauen Anker hat er schon auf der Hand. Nun steht er da und verschenkt dieses und jenes an seine besten Freunde, lauter Kleinigkeiten, für die er plötzlich zu erwachsen ist; halb abgewandt verteilt er sie an jene, die unkonfirmiert in den Gassen zurückbleiben.

Da ich einfach der Nase nach gehe, stehe ich schließlich vor einer Bergwand und muß abbiegen.

Gut ist es auch, daß man hier keinerlei Vorschriften über

Fluchtlinien kennt; Treppenstufen und Pumpenschwengel reichen bis auf die Straße. Großartig. Und plötzlich steht mir ein altes schönes Haus im Weg. Aber bitte, das macht doch nichts, rechts und links führt ja ein schmaler Pfad vorbei. Ja, wenn es hier wäre, um zu brüllen, doch nein, es hat die ganze Zeit freundlich und still dagestanden. Hinter dem Haus liegt der Garten und an der Seite ein kleiner Kuhstall mit einem Steg, der zum Futterboden hinaufführt. Mitten in der Stadt! Im Garten laufen unablässig pickend die Hühner herum. Ich weiß nicht, es ist doch wirklich eine Stadt, aber ich muß auf einmal an Heinzelmännchen denken, jene kleinen Hausgeister, die, nachdem sie einen Riesenkerl auf die Straße hinausgeworfen haben, die Mütze in den Nacken schieben und die Hände in die Taschen stecken.
Vor mir geht ein kleiner Bursche mit einem Korb; er soll wohl für seine Mutter einkaufen, doch hinter ihm stolpert laut weinend ein Zweijähriger her und will mitgenommen werden. Der Ältere dreht sich immer wieder um und droht, aber der Schreihals gibt keine Ruhe. Eine kleine Münze – ho, und schon strahlt er, das Geschrei bricht mittendrin ab, und der kleine Kerl stapft zielbewußt auf einen Bäckerladen zu. Da dreht der große Junge sich erstaunt um, die Erde wurde so still.
So gehe ich und gehe – genau, wie die Hühner in dem Garten herumlaufen. Ich komme an eine Pumpe; auf der Erde hocken Kinder und wühlen im Schmutz; ein paar Frauen stehen da, die Arme unter dem Umschlagtuch über dem Bauch verschränkt, und klatschen miteinander. Sie tuscheln über die Nachbarn und deren Töch-

ter, die in die Fabriken auf der Nordseite der Stadt gegangen sind. Oh, die Töchter wollen nicht mehr zum Lotsenältesten und zum Kaufmann Enersen auf dem Marktplatz in Stellung gehen; denn in der Fabrik verdienen sie zwei Kronen am Tag, und um sechs Uhr haben sie Feierabend. Die Weiber schütteln die Köpfe. Und was treiben sie nach sechs, gehen sie etwa nach Haus? Sie kaufen sich Röcke, die kaum bis unter die Knie reichen, und Schuhe mit so hohen Absätzen. Na, eine Weile mag der liebe Gott ja ein Auge zudrücken, aber irgendwann wird er der Sache schon ein Ende bereiten! Die Weiber nicken.

Nun kommt noch eine Frau dazu. Sie überragt alle andern. Mit schaukelnden Brüsten, die Hände in die Hüften gestemmt, kommt sie daher und begrüßt die andern, die ihr bereitwillig Platz machen. Die Mädchen? sagt sie, ja, das ist eine schöne Gesellschaft! Da kommt doch das dumme Ding von Madam Gjertsen gestern abend zu meiner Margit und will sie überreden, in die Fabrik zu gehen. Dort verdiene man jetzt zweieinehalbe Krone am Tag, und um sechs Uhr Feierabend, mehr könne man ja schließlich nicht verlangen! Und wenn du fünf Kronen am Tag bekämest, sage ich zu Margit, in die Fabrik gehst du nicht; das kann ich deinem Vater in Westindien nicht antun, sage ich.

Doch nun verstummt sie. Sie hält mich für einen der Ingenieure von dem neuen Werk auf der Nordseite. Denn hier wimmelt es von Ingenieuren.

Aber in einer Woche oder so wird auch Margit zum Feind, zur Fabrik, überlaufen. Es ist zu verlockend.

Was geht denn eigentlich auf dieser Nordseite vor? Ich stoße zuerst auf ein paar Schuppen, dann auf einige sogenannte Eigenheime und dahinter auf große Steinbauten mit qualmenden Schloten, die unter dem Dröhnen der Maschinen beben. Das ist gut. Ein ganzes Ende weiter, in »schöner Lage« und mit großen Fenstern, das Haus des Direktors. Es zeichnet sich durch vornehme Zurückgezogenheit aus; durch die Verandatür, die über eine zementierte Freitreppe in den tiefer gelegenen Garten mit Sträuchern und Rasenflächen führt, dringt Klavierspiel.
Ich gehe nicht weiter, sondern bleibe stehen und schaue zu dieser andern, durch einen Drahtzaun isolierten Welt hinüber.
Das Haus hat sicher viel Geld gekostet; weißer Jugendstil auf grauen Zement gestickt, mit Spiegelglasfenstern so groß wie Türen, Terrasse und Veranda, ja und oben unter dem Giebel noch ein Balkon. Die Flaggenleine am Fahnenmast ist aus Stahldraht, und die Zinkregenrinnen waren sicher auch keine kleine Ausgabe; der Platz vor der Freitreppe ist – sorgfältig nach der Schnur – mit Kies bestreut. Das alles ist ganz schön und gut. Aber Madam Jasko baute behaglicher. Dem Haus da vor meiner Nase fehlt es an Wärme und Gemütlichkeit. Kann man von einem Haus sagen, es mache einen technischen Eindruck? Das Direktorenhaus ist nicht von jener Logik, die Gott geschaffen hat, sondern eine Erfindung der Menschen. Ein Haus soll nicht auf den ersten Blick Feindschaft zeigen und mit mir dabattieren, bloß weil ich nur ein Mensch bin.

Irre ich mich? Wir fühlen uns in unsern modernen Häusern nicht wohl, obgleich wir Bequemlichkeiten haben, die den Königen der Vergangenheit unbekannt waren; unsere Sehnsucht geht zurück in frühere Zeiten, und wir versuchen, dem Übel abzuhelfen, indem wir uns alte Möbel hinstellen. Wer sich das nicht leisten kann, macht sich wenigstens die kleine Freude, hin und wieder in den Geschäften die alten Sachen zu betrachten; doch wer Geld hat, kauft sich da einen Stuhl und dort einen Tisch. Es ist kein ererbter Besitz, es ist gekaufte Behaglichkeit, und Gott allein weiß, was es mit diesem »trauten Heim« auf sich hat. Aber es stillt ein wenig die Sehnsucht nach Vergangenem, wenn auch nicht die Rede davon sein kann, daß es einem in die Zukunft gerichteten Schönheitsbedürfnis entgegenkommt.

Soll der Direktor ruhig in seinem Jugendstil-Haus wohnen, ihm schadet das nichts – ihm nicht. Er ist ein moderner Mensch und immun; seine tiefste Sehnsucht wird dadurch befriedigt, daß er auf Knöpfe drücken und an Hähnen drehen darf.

Wer ist dieser Direktor? Ich kenne ihn nicht – das heißt, eigentlich kennen wir ihn alle. Es ist der, der schon auf der Schule so tüchtig war, der später nach Deutschland auf eine Schule ging und dort ebenfalls tüchtig war, der wieder heimkam und wegen seiner Tüchtigkeit hier angestellt wurde. Und was für einen Posten er bekommen hat! Mit dreißig Jahren Direktor! Er ist nicht der Beste; er ist noch besser, er ist der Tüchtigste. Sein Kopf ist mit Tüchtigkeit vollgepfropft; er hat alles gelernt, und er kann auch alles. Nichts im Leben dieses Mannes war

Schicksal, nichts Zufall, er lebt bis zum Tod ein gelehrtes Leben. Soll er im Direktorenhaus wohnen, er ist vom Scheitel bis zur Sohle ein Produkt der Technik. Um auf seinen Platz im Leben zu gelangen, brauchte er nichts als Verstand, das, was man einen klugen Kopf nennt, etwas so Äußerliches wie praktisches Wissen. Dafür bekommt er jetzt zwanzigtausend im Jahr und außerdem Tantiemen – was wiederum etwas Äußerliches ist –, eine rein technische Angelegenheit, damit er sich immer noch mehr Technik kaufen kann. Gönnen wir es ihm, er hat dafür geschuftet und manches geopfert.
Jetzt heult sekundenlang eine Sirene; es ist sechs Uhr. Das Dröhnen der Maschinen unten in der Fabrik hört auf. Diese Fabrik steckt noch in den Kinderschuhen; doch wie lange, dann werden die Maschinen Tag und Nacht laufen, und die Arbeiter müssen sich in mehreren Schichten ablösen. Erst dann wird die Sache Sinn bekommen. Der tüchtige Direktor wird die Fabrik schon hochbringen; in einigen Jahren muß er »erweitern«, neue Maschinen aufstellen, die Belegschaft verstärken, Lastautos anschaffen und Wasserfälle kaufen.
Nein, vorläufig ist das noch nichts. Was sind schon dreißig Arbeiter! Da strömen sie heraus, und als versetze ihnen das Tageslicht einen Schlag, verhalten sie einen Augenblick in der Toröffnung, ehe sie weitergehen. Einige der älteren Männer nehmen Späne und Holzabfälle mit nach Haus, das hat man ihnen wohl erlaubt. Von den jüngeren schwingt sich der eine oder andere auf sein Fahrrad und saust an mir vorbei. Diese Leute kommen vom Land, von einem Boden, wo Gras und Getreide

wachsen; nun gehen sie in die Fabrik, kriegen Bargeld in die Hand und haben um sechs Uhr Feierabend. Das einzig Erheiternde sind ein paar junge Mädchen, die sich gegenseitig mit den Ellbogen anstoßen und sich auf den vielversprechenden Fremden aufmerksam machen, der da am Weg steht. Aber als sie näher kommen und genauer hinsehen, machen sie sich lustig über ihn und lachen lauthals los.

Am Abend nach diesem warmen Tag lehne ich noch ein Weilchen am Zaun eines kleinen Vorgartens, in dem drei Johannisbeersträucher und ein Fliederbusch stehen. Hier wohnt ein alter Seemann, das merkt man sofort. Auch ihm selber sieht man es an, wie er da auf den Knien liegt und die Schwelle grün anstreicht. Seine Frau sitzt dabei und schaut zu. Der Mann raucht seine Pfeife und trägt die Farbe dick auf; es fällt etwas Asche herunter, die sich nicht wegblasen läßt, da verstreicht er sie einfach. Na, na, das wird ja eine schöne Malerei! sagt sie. Ich dachte, du hättest es nicht gesehen! erwidert er. Aber das ist nur Spaß; sie lächeln beide.

Die Frau behält dabei die Straße im Auge. Sieh mal an, Magrete Kok hat ein neues Umschlagtuch! sagt sie. Was nicht gar! sagt der Mann und blickt auf. Er ist ein Spaßvogel und sicher ein toller Kerl. Ja, ja, das war wohl notwendig, sagt er, das alte trägt sie schon seit 1860. Die Frau sagt: Wieso gerade 1860? Woher weißt du das so genau?

Weil ich mit ihr verlobt war, entgegnet der Mann unbeirrt und streicht weiter. Da lacht die Frau mit gutmütigem Spott. Du und verlobt! hänselt sie.

2

Doch das, was mich vor allem interessiert, kann ich nicht so ohne weiteres in Erfahrung bringen: Madam Jasko ist und bleibt tot. Der Kämmerer hat ein Stück Brokat von ihr aufbewahrt, dicke, steife Seide, violett, mit einer fingerbreiten Borte aus mattem Gold. Ich glaube nicht, daß ich je etwas Schöneres gesehen habe, und kann mir nicht vorstellen, wofür man – außer zu einem Prälatengewand – solchen Brokat sonst noch verwendet haben mochte. Nein, sagt der Kämmerer, wir wissen es auch nicht; vielleicht zu einer Mütze, einer Kappe, vielleicht war aber auch Madam Jaskos Staatstracht aus violettem Brokat mit Goldborte.

Etwas Schriftliches? Nein, das hat sie nicht hinterlassen. Sie konnte wohl gar nicht schreiben. Hier sind zwar ein paar Abrechnungen, aber die sind nicht von ihr selbst geführt; darin ließ sie einen ihrer Leute unterweisen. Sie stand einem großen Haus und einem großen Betrieb vor, sie war Schiffsreeder und Grundbesitzer, aber vor allem war sie die Mutter des ganzen Kirchspiels. Mutter Jasko hier und Mutter Jasko da, und alle kamen zu ihr und wollten etwas von ihr. Hier steht: Item an Herrn Roland für Taufe des Kindes am Speicherplatz und Begräbnis – $^1/_2$ Fuder (Gerste). Item an Lars von der andern Seite (des Fjords) für eine Kuh, weil ihm seine eingegangen, 2 Daler 1 Marck. Item Hochzeit ausgerichtet für Regina, die Magd – 2 Tage und Nächte. Aber Madam Jasko war nicht nur lauter Barmherzigkeit; hier steht, daß sie auf den Amtmann schießen ließ, »in sei-

nen Arsch« und dafür »4 Marck zu Unrechte« bezahlen mußte.
Nein, gewiß, Madam Jasko war kein Glanzbild. Man stelle sich vor: Aus einer der damaligen Donnerbüchsen eine Ladung in den Hintern! Sie leugnet die Tat nicht, aber sie bezahlt dafür »zu unrecht«. Eine prachtvolle Frau!
Da der Kämmerer ein gescheiter Mann ist, von dem ich allerlei lernen kann, frage ich nach diesem und jenem. Er schielt ein bißchen, das gibt ihm etwas Lauerndes, und ich habe den Eindruck, daß er mir beinah von den Augen abliest, was er sagen muß, um mit mir einer Meinung zu sein – aber das macht nichts, so haben wir beide recht. Wie kommt es, daß man einer solchen Herrin wie Madam Jasko so bereitwillig diente und sie so verehrte? Es ist jetzt hundertfünfzig Jahre her, seit sie starb, doch immer noch gilt sie in der Stadt als Vorbild und Richtschnur. Das lag nicht etwa an ihrem Reichtum; der wäre heutzutage kaum von Bedeutung, denn sie war keine Millionärin. Gewiß, zu ihrer Zeit war sie eine mächtige Herrscherin, aber außerdem war sie die Mutter der Stadt, die Matriarchin. Früher war das nämlich so: Diese Leute fühlten Verantwortung für ihre Untergebenen, sie setzten ihren Stolz darein, Vorsehung zu spielen, und fühlten sich gekränkt, wenn man sie mit einem Anliegen überging. Wie manches liebe Mal opferten sie ihre Nachtruhe für das Wohl und Wehe ihrer Mitmenschen; sie wurden aus dem Schlaf geholt und mußten in Krankheitsfällen Ratschläge erteilen und mit Arzneien helfen. Sie dachten mehr an andere als an sich selbst; sie ver-

heirateten ihre Dienstboten, hielten deren Kinder über die Taufe und sorgten für die Beerdigung der Alten. Ach, die Mutter Jasko, sagten die Leute. Und jetzt hat man Unfallversicherungen, Altersversicherungen, Krankenversicheurngen, Pensionskassen und Vorsorgen aller Art. Man holt Madam Jasko nicht mehr wegen irgendeines Anliegens aus dem Schlaf, sondern geht mit seiner Forderung zu dem entsprechenden Beamten: Bitteschön, hier ist der Schein! Rein äußerlich gesehen ist das wohl menschenwürdiger, aber innerlich?

Man ist nicht mehr stolz auf das, was man erreicht hat; denn alle andern erreichen es ja auch, man fühlt sich nicht persönlich belohnt. Ja, Madam Jasko hatte noch willige und zufriedene Dienstboten; »Regina, die Magd« trieb sich nicht nach sechs Uhr abends auf der Straße herum und ließ ihre Herrschaft die Wäsche allein fertig machen, sie hatte wohl etwas mehr Anstand. Man kann heute noch alte Leute treffen, die voller Stolz von ihrer Dienstzeit sprechen. Sie hätten stets großes Vertrauen genossen, sagen sie, und das ging ihnen über alles, und zur Hochzeit bekam der eine ein Haus, der andere eine Kuh, eine diente zwölf Jahre auf einer Stelle, eine andere zehn. Und jetzt?

Der Lotsenälteste, bei dem zu dienen, bis man heiratete, früher für jede eine Ehre war, bekommt kein Mädchen mehr; sie gehen in die Fabrik. Anfangs nickte er nur gekränkt und sagte: Sie werden schon wiederkommen, wenn sie mich brauchen! Denn der Lotsenmeister hatte seinerzeit reich geheiratet und immer wieder armen Leuten geholfen, für sie gebürgt und gezahlt. Aber nein, die

Mädchen kommen nicht wieder, das ist vorbei. Warum sollten sie auch? Sie gehen in die Fabrik und haben selber Geld, sogar für Lackschuhe. Aber eines Tages kommt die Schwierigkeit; das Geld reicht nicht mehr aus, weil die Ansprüche immer größer werden. Da nimmt sich die Zeitung der Sache an: Die Mädchen hungern, zwei Kronen am Tag, was ist das schon! Was sind im Grunde drei Kronen am Tag! Streikt doch, ihr Mädchen, streikt, das Kapital soll klein beigeben! Die neue Fabrik hier ist schon zweimal bestreikt worden, und man hat Zugeständnisse machen müssen. Aber man soll sich ja nicht einbilden, daß die Mädchen während des Streiks etwa wieder zum Lotsenältesten gekommen wären. Keine Spur, denn dort haben sie ja nicht jeden Tag um sechs Uhr Feierabend; da gibt es nur jeden zweiten Sonntag frei, und außerdem sind Kinder im Haus, zwei Waisen. Ich habe selber gesehen, wie der Lotsenälteste die Kleinen anzog. In früheren Zeiten hat er nicht einmal seine eigenen Kinder angezogen. Der Kämmerer und ich, wir sind durchaus einer Meinung. Aber schließlich kann man davon nicht leben, und deshalb danke ich ihm und gehe meiner Wege. Im Laufe des Tages höre ich dann folgendes: Der Kämmerer – ja, das ist ein braver Mann, und es ist ihm wohl zu gönnen, daß er während des Krieges reich geworden ist. Das also war der Kämmerer.
Die Mädchen treffe ich am Sonntag, sie scheinen ein bißchen leichtfertig, aber sie bekommen keine Kinder, die sie umbringen. Die hohen Absätze? Warum denn nicht? Auch die Auguren hatten Krummstäbe. Das waren also die Mädchen.

Nur Lotsenmeisters, das sind und bleiben prächtige Leute, aber dennoch – seit sie kein Mädchen mehr haben, ist auch ihr Ansehen erschüttert. Da soll doch wahrhaftig die Frau des Lotsenältesten einmal bei einem armen Mann, den sie des Diebstahls verdächtigte, Haussuchung haben halten lassen. Ja richtig, jetzt erinnert man sich ganz genau daran. Nein, nein, sie waren keineswegs lauter Barmherzigkeit. Aber so ist es, die Großen glauben, sie können tun, was sie wollen, und Madam Jasko, ließ die nicht sogar auf den Amtmann schießen? Und was die Waisen angeht, die Lotsenmeisters zu sich genommen haben: Es sind ihre eigenen Enkel, also auch nichts so Großartiges. Und außerdem sind die Kinder keine Vollwaisen; nur die Mutter ist tot, und der Vater – ein verkommenes Subjekt – lebt in Amerika.

Nach all dem, was ich nun gehört habe, ist meine Meinung etwas erschüttert worden. Das Leben in der Nachbarstadt zu beurteilen, ist gar nicht so leicht, wie ich geglaubt hatte; es fehlen die klaren, übersichtlichen Züge, und ich nehme mir vor, den Dingen einmal richtig auf den Grund zu gehen und zu fragen, warum man die Fabrik nicht ganz schloß, anstatt sie bestreiken zu lassen. Denn dann wären die Dienstmädchen ja wieder zu Lotsenmeisters gegangen.

Ich unterhalte mich manchmal mit meiner Wirtin. Sie zankt sich mit niemand, hackt auf keinem herum, sondern ist freundlich zu jedermann. Es kommen Leute vom Land und von der See; sie sind hungrig, bestellen sich etwas zu essen, bezahlen und gehen wieder. Einige

von ihnen sind meiner Wirtin bekannt; andere, die ihr fremd sind, fragte sie nach Woher und Wohin.
Doch eines Abends geht es anders zu. Ein Mann ist hereingekommen, ein stiller, unansehnlicher Mensch, der jedoch besser bekannt zu sein und besser Bescheid zu wissen scheint als alle, die sonst hier sind. Unaufgefordert stellt meine Wirtin ihm etwas zu essen hin; und als er gegessen hat, nimmt er die Zündhölzer vom Wandbrett, steckt seine Pfeife an und legt die Schachtel wieder zurück. Dann setzt er sich hin, zieht ein Notizbuch aus der Tasche und fängt an zu rechnen. Die Frau sagt: Das ist mein Mann!
Sie ist zum dritten Mal verheiratet!
Jetzt sehe ich sie mir genauer an – das würde in diesem Fall wohl jeder tun. So etwas von einer Frau! Noch nie hat sie ihre Kinder erwähnt, und ich erkundige mich, wo die sind. Sie hat keine Kinder.
Nun störe ich den Mann bei seiner Rechnerei, die er sich, wie ich glaube, aus Verlegenheit oder um sich wichtig zu machen, vorgenommen hat, und versuche, ein Gespräch mit ihm anzufangen. Er ist in den Fünfzigern, bedeutend jünger als die Frau, die weit über sechzig sein muß. Er kommt gerade von der andern Seite des Fjords und hat seiner Schwester bei der Frühjahrsbestellung geholfen. Da sagt seine Frau plötzlich: Ha, ich möchte ja wissen, was du außer der Frühjahrsbestellung noch getrieben hast! Darauf gibt der Mann keine Antwort. Aber die Frau läßt nicht locker, sie hackt nach ihm und wirft immer wieder ein Wort ein, das unsere Unterhaltung stört; doch einfach überhören kann man ihre Sticheleien auch

nicht, denn sie hat Tränen in den Augen. So versuche ich, ein wenig zu schlichten. Doch der Mann murmelt nur unwillig. Schließlich räumt die Frau den Tisch ab und trägt alles hinaus; in der Tür dreht sie sich um und sagt: Und deine frühere Liebste aufzusuchen hast du wohl bestimmt nicht versäumt! Nach dieser Bemerkung kommt sie nicht mehr herein, und wir sind sie los. Hat man je so etwas erlebt – eine Frau, vielleicht näher an siebzig als an sechzig, und eifersüchtig!
Der Mann macht Anstalten – nun noch verlegener –, sich wieder seiner Rechnerei zuzuwenden, doch ich versuche noch einmal, ihn davon abzuhalten. Jetzt ist gerade der rechte Augenblick, um zu erfahren, wovon so ein Mann in einem Haus in dieser Kleinstadt eigentlich lebt. Sicher nicht von diesem »Hotel«; in der Fabrik ist er auch nicht beschäftigt, er fischt nicht, hat keinen Acker, aber er lebt. Wenn er nun seine Steuererklärung macht – was hat er verdient, und womit hat er es verdient? Hier im Haus herrscht keine Armut, es ist zwar alles ein wenig dürftig, scheint aber bezahlt zu sein; der Anzug des Mannes ist aus gutem Stoff, zum Abendessen standen verschiedene Käsesorten und Anschovis auf dem Tisch, und er kann sicher jederzeit die Brieftasche herausziehen und einen Hundertkronenschein wechseln. Wo, zum Teufel, hat er das Geld her?
Geld, ho, die Leute waten im Geld; seit zwei, drei Jahren sind alle Taschen voll, der Krieg hat sie gefüllt. Und da sitzt nun dieser Mann und deckt mir mit unverbrämten Worten die Lage auf: Vor dem Krieg fischte er ein wenig, nahm Gelegenheitsarbeit auf dem Kai an, war ein ge-

suchter Holzhacker, machte Klingelanlagen, tünchte Wände, arbeitete in den Gärten der reichen Leute, kurz – er tat jede Art von Arbeit. Alle andern seinesgleichen hatten ähnliche Beschäftigungen. Doch im Grunde war das ein kümmerliches Leben von der Hand in den Mund, und es gab manche, die, ebenso wie er, ein Häuschen, aber auch Schulden hatten. Freilich, seine Frau besaß ja etwas Geld, eine kleine Reserve, doch die wollten sie nicht angreifen, die blieb stehen und war später ja auch eine gute Grundlage für ihre Kreditwürdigkeit. Und dann geschah es, daß er nach dem Beispiel anderer hier in der Liliputstadt ein neues Büro aufsuchte, das in der Nähe des Telegrafenamtes eröffnet worden war. Es gingen viele Leute dorthin, das heißt, nur solche, die, wie gesagt, kreditwürdig waren. Der Kämmerer, die Lotsen, Ödegaard von der Bank; sie alle kauften in dem Kontor Schiffsaktien, behielten sie ein paar Tage und verkauften sie dann mit Gewinn. Das ging mehrere Male gut, die Aktien stiegen dauernd, es war wie ein Wunder. Und dann nahm der Mann das ganze Geld seiner Frau und legte es in Aktien an; und – die Aktien stiegen, daß es nur so rauchte. Der Mann hielt sie zwei Wochen lang zurück und verkaufte sie schließlich mit einem unverschämten Gewinn, achtundsechzig Prozent. Nun ist das Bankkonto seiner Frau wieder aufgefüllt, und er hat Geld und Aktien genug für ein ganzes Leben. So war das alles gekommen. Im übrigen geht es ja immer auf und ab, man verdient nicht jedesmal an allen Papieren. Gerade jetzt, so sagt der Mann und zieht das Notizbuch wieder heraus, habe ich verloren; ich komme nämlich eben vom Makler. Leider habe ich vor der Fahrt zu meiner Schwester verkauft und dabei nur reichlich zehn Prozent verdient. Wäre ich zu Haus geblieben, dann hätte ich erst jetzt verkauft und das Doppelte gehabt. Aber ich mußte ja vorher verkaufen, denn meine Schwester ist ohne jede Telefonverbindung, und da ging es nicht anders. Man sollte nie so weit ab wohnen, daß man nicht telefonieren kann! Es wäre gescheiter gewesen, ich hätte meiner Schwester Geld für die lumpige Landarbeit geschickt und wäre daheim geblieben; dann hätte ich gut verdient. Ich kann gar nicht sagen, wie mich das ärgert!

Diesmal brauche ich dem Mann nicht mehr über seine Verlegenheit hinwegzuhelfen, aber ich unterbreche ihn doch noch einmal bei seiner Rechnerei: Kennen Sie die Geschichte von der Schiffsmannschaft, die auf einer Schäre angeschwemmt wurde und dort verhungerte, obwohl alle die Taschen voll Geld hatten?

Nein, sagt er und rechnet.

Sie hatten ihr ganzes Geld bei sich, als sie an Land gespült wurden, aber den Proviant hatten sie verloren.

So, sagt er und rechnet.

Mausetot ist die Nachbarstadt also nicht.

Ich liege in der hellen Sommernacht da und lasse alles auf mich zukommen, auch die Nachbarstadt, die zuerst so unvergleichlich war. Ich überprüfe meine Eindrücke noch einmal. Gleichzeitig beobachte ich einen Vorgang am Fenster: Ein paar gelbe Schmeißfliegen versuchen, die Stubenfliegen aufzufressen, und es gelingt ihnen auch; doch ich weiß, daß schließlich eine Schmeißfliege die andere auffressen wird.

Doch was ist schon dabei, warum soll man das nicht dulden, warum soll man sich nicht wohlfühlen im Leben, mitjagen, spekulieren und auf Knöpfe drücken. Es muß wohl mit einem selbst etwas nicht in Ordnung sein, mit dem Unzufriedenen, der sich nirgends mehr zurechtfindet – höchstens im tiefen Wald.
Wo die Krähe die jungen Drosseln frißt ...
Und wenn man das Übel an der Wurzel packte und die Fabrik schlösse? Aber dann stehen die teuren Gebäude und Maschinen da und fressen Zinsen, und man verliert mehr, als wenn man nachgibt und den Streik beenden läßt. Außerdem – würde der Lotsenälteste dadurch wieder zu einem Dienstmädchen kommen? Keine Spur. Die Mädchen würden in einer Stadt zur Fabrik gehen.
Weiter.
Da ist meine Wirtin: Sie war dreimal verheiratet und nicht ein einziges Mal Mutter – was war sie denn? Eine Unglückliche, eine Mißbildung, die man bedauern sollte? Sie macht nicht den Eindruck. Hoho, sie versteckt sich nicht, sie verbringt ihre Tage ohne Gram und Klagen. Da sie keinen Mutterpflichten nachzukommen hat, braucht sie nur für ihr eigenes Ich zu sorgen, und das tut sie mit ihrer verkümmerten Natur zur Genüge; ihre Liebe ist emsig darauf bedacht, zu kapern. Warum nimmt sie keine Kinder an? Hat sie nie daran gedacht, daß der Mensch neben dem eigenen Leben noch ein anderes Leben lebt? Für sie ist das wohl ohne Bedeutung. Sie kommt auch so aus.
Und nun ist sie alt; sie hat neue Zähne und ist ein Wunder an Zähigkeit, sie weint vor Eifersucht und fühlt sich

von ihrem Mann beiseitegestellt. Aber ist je in ihrer Liebe ein Lied aufgeklungen, empfand sie je die Süßigkeit, ein Kind im Arm zu halten? Was wäre schon dabei, wenn sie ein verwaistes Kind annähme und sich ihm zu Füßen setzte und ein nie gekanntes Erlebnis verspürte? Dann hätte sie doch auch einen Menschen, der das Haus erben könnte. Wer soll es denn sonst erben? Der Mann? Er würde es sofort zu Geld machen.

Sie kann es drehen und wenden, wie sie will: Sie ist menschliches Falschgeld. Höchstens zum Spielen brauchbar. Und dabei schimpft sie auf ihren Rosenstock: Er werde immer größer, habe viele Blätter, aber nie eine Blüte. Im vergangenen Jahr stellte sie ihn versuchsweise in den Garten hinaus, aber nein, er war und blieb taub und unfruchtbar. Und er wird älter und älter.

Da wir eine helle Sommernacht haben, ziehe ich mich noch einmal an und steige zum Fenster hinaus, um mir den Rosenstock anzusehen. Da steht er, ganz allein, groß und häßlich, so als erwarte er selber nicht, daß man an ihn glaube, aber dennoch dreist und rechthaberisch. Soweit ich es beurteilen kann, ist der Stamm besonders kräftig, aber er sieht unheimlich aus und ist nicht grün und gesund, sondern braun und rissig, und die mächtigen Dornen sind wie Hahnensporen. Wo ich anfasse, steche ich mich an dem Ungetüm; deshalb wickle ich mein Taschentuch um die Pflanze, bevor ich sie aus dem Topf hebe. Würmer oder sonst irgendwelche Schädlinge kann ich nicht entdecken; die Wurzeln liegen nackt und kahl am Boden, ich klopfe die Erde von ihnen los und spüle sie am Brunnen ab. Sicher nützt das alles nichts, sondern macht es vielleicht noch schlimmer, aber trotzdem. Nachdem ich neue Erde genommen und die Pflanze sorgfältig wieder in den Topf gesetzt habe, meine ich, sie müsse jetzt gedeihen. Darauf lehne ich mich zu meinem eigenen Fenster hinein und grüble weiter. Es endet damit, daß ich abreisen will. Ja, das will ich. Da drin steht mein Bett. In früheren Zeiten konnte man ausgezeichnet in einem zu kurzen Bett schlafen; man lag quer wie der Schrägbalken eines Wappenschildes; das machte einem gar nichts aus. Und jetzt! Im allgemeinen erkennt man einen Nörgler daran, daß er nicht schräg liegen mag; er muß unbedingt gerade liegen und nimmt alles sehr genau. Diese fehlende Duldsamkeit in den kleinen Dingen des Lebens nennt man Nervosität. Das ist keine Krankheit, sondern ein Leiden.

Aber ich schweife ab; dort steht mein Handkoffer, und morgen werde ich also reisen, weg von der Nachbarstadt. Auch die ist nicht für mich. Zu allem andern kommt nun noch hinzu, daß meine Wirtin anfängt, Kunststücke mit dem Essen zu machen. Sie hat sich einen modernen Fleischwolf angeschafft und will zeigen, daß sie damit umzugehen weiß. Jetzt gibt es nicht mehr Fisch und Fleisch, meinetwegen gepökelt oder luftgedörrt, etwas für die Zähne, nein, jetzt gibt es Fischpudding und Fleischpudding. Brei! Ich habe meinen Widerwillen gegen diese Gerichte dadurch angedeutet, daß ich sie einfach nicht anrührte, aber heute kam wieder das gleiche auf den Tisch. Der Fleischpudding gehört in die Welt der Pensionen und ist eine harte Lebensprüfung aus der Schüssel. Er könnte zu einer unflätigen rituellen Mahlzeit gehören. Man ißt ihn – mit Löffel oder Gabel – bis zur Bewußtlosigkeit. Ehe es Maschinen gab, kaute man das Fleisch selber, ohne daß es jemand sonderlich schadete.

Natürlich reiste ich nicht am Morgen ab, sondern blieb noch eine Woche; es geht ja niemals so, wie man glaubt. Es war wohl der Frühling, auf den ich wartete, die grüne Erde, aber was habe ich damit noch zu schaffen!

Das Wetter verlockt dazu, in der Stadt spazierenzugehen. Es ist noch früh, noch nicht einmal sechs Uhr. Der Tag bebt mir warm entgegen. Da und dort tritt ein bärtiger, breitschultriger Seemann vor die Tür seines Hauses, kratzt sich am Schädel und schaut, was der Wind macht; da und dort läuft ein Mädchen, das sich verspätet hat, zur Fabrik hinaus. Landeinwärts hinter der Stadt ist nun fast alles grün, sogar die Kartoffeln sind schon draußen, und die Leute behäufeln sie in den Morgenstunden mit der Hacke. Hier herrscht keine Musterwirtschaft, Wolfsmilch und Ackersenf stehen ebenso üppig wie die Kartoffeln, von der Quecke ganz zu schweigen. Aber der Boden ist fruchtbar; es gibt Wiesen, Acker und Wald und gepflügtes Getreideland. Ein heimatliches Gefühl überkommt mich. Wenn man doch noch zwei, drei Jahre jünger wäre und die Kräfte von damals hätte!

Die guten Kartoffelhacker gehen roh und unachtsam mit den Pflanzen um; glauben sie etwa, ordentliche Kartoffeln zu ernten, wenn sie das Kraut mit ihren Stiefeln zertreten? Es sind fremde Arbeitskräfte, Tagelöhner, Gesindel ohne Verantwortung, sie zertrampeln alles. Sie bringen den Tag herum, das genügt ihnen. Morgen kommen sie nicht wieder; sie haben keine Lust zur Arbeit, oft stehen sie einfach da und schwatzen miteinander; ein junger Kerl zündet sich eine Zigarette an und raucht sie bis zu Ende, ehe er wieder zu hacken beginnt. Diese Leute denken nicht daran, daß die Morgenstunden kurz sind und daß man häufeln muß, bevor die Sonne zu brennen anfängt; sie denken auch nicht daran, daß der ganze Sommer in Norwegen kurz ist. Sie denken nur an gutes Essen und hohe Löhne. Die Wiesen sind besonders grün und schön, obwohl sie allmählich Regen brauchen. In der Nähe führt ein Bach vorbei, er ist fast ausgetrocknet, und da das Gelände eben ist, hat er kein Gefälle und kann nicht zum Bewässern ausgenutzt werden.

Vom Waldrand hört man ein paar Vögel rufen, doch sie singen und locken jetzt nicht mehr. Das Spielen ist vorbei, in den Nestern hocken die Jungen.

Auf dem Heimweg zum Hotel fällt mir ein, daß ich einen Schreiner bitten wollte, mitzukommen. Wir gehen zu Madam Jaskos Haus, wo die Kellertür gewöhnlich offensteht, und messen die Deckenbalken über unsern Köpfen: Es sind achtzöllige Balken, und der Abstand von einem zum andern beträgt zwanzig Zoll.

Große Verhältnisse.

Vagabundentage

1

Auf, Leute, ruft der Aufseher der Sektion Orange Flat. Wir können ihn nicht sehen, es ist noch pechschwarze Nacht, drei Uhr morgens, wir springen aber sofort aus den Betten und ziehen Hose und Bluse an.
Es ist Erntezeit, wir rackern uns ab wie Hunde, finden zu wenig Schlaf, und alle Mann gehen in unnatürlich erhitztem Zustand herum. Wir zanken uns um Kleinigkeiten; bei der geringsten Schwierigkeit, die sich während der Arbeit im Laufe des Tages ergibt, wenden wir Gewalt an und brechen die Geräte entzwei.
Der Aufseher ist selber mager und hart geworden wie eine Stange. Er erzählt uns, daß die Nachbarsektion einen bedeutenden Vorsprung habe und ein paar Tage vor uns mit der Ernte fertig würde. Das wird nie geschehen! antworteten wir mit zusammengebissenen Zähnen. Wir haben es uns in den Kopf gesetzt, die Nachbarsektion einzuholen, ja sie mit Glanz zu übertrumpfen – niemand soll uns davon abhalten können. Darum hat uns der Aufseher in den letzten zwei Wochen schon um drei Uhr aus den Betten gerufen und sein: Auf, Leute! würden wir

morgen wieder und übermorgen wieder hören um drei Uhr in der Nacht. Wir sehen kein Ende dieser Hetzerei. Wir stürzen an den Eßtisch und zwingen uns, das Allernotwendigste an Brot und Butter, Fleisch und Kaffee zu verschlingen. Das Essen ist gut, aber Hunger kennen wir nicht mehr. Nach zehn Minuten sitzen wir schon auf unsern Wagen und fahren zur Arbeitsstelle hinaus.
Und wir arbeiten wie von Gott verlassene, tolle Geschöpfe. Wir wissen sehr wohl, daß viel Lob und Anerkennung unser harrt, wenn wir nur einen Tag vor der Nachbarsektion zum Ziel kommen, und auch die Nachbarsektion macht die äußersten Anstrengungen. Jeder hat seinen Ehrgeiz auf dieser Welt, und wir hatten den unsern.
Es wird hell, die Sonne kommt hervor und fängt zu glühen an; wir werfen unsre Blusen ab. Hunderte von Männern sind über die endlose Weizenprärie verstreut; da werden wir schaffen, bis heute abend die Dunkelheit da ist.
Ich weiß nicht, ob ich's länger aushalte, Nut, sagte Huntley, der Irländer.
Und Nut, das war ich.
Im Lauf des Tages höre ich, daß Huntley das gleiche zu dem Landstreicher Jeß gesagt hat: daß er's nicht länger aushalte.
Ich rüffelte ihn wegen seines allzu offnen Mundwerks und machte ihm Vorwürfe, weil er das zu einem Landstreicher gesagt hatte.
Huntley begreift wohl, daß er dadurch eine gewisse Macht über mich bekommen und meine Eifersucht ge-

weckt hat. Er läßt sich noch weiter aus, er erklärt sich ganz offen: Ich kann nicht länger, heute nacht geh ich meiner Wege. Wenn du mitwillst, ich bin um zwölf Uhr an der nördlichen Stallecke.

Ich will nicht mit, sagte ich.

Ich arbeitete den ganzen Tag und dachte über die Sache nach; und als der Abend kam, war ich entschlossen, Huntley nicht zu begleiten. Ich sah wohl, daß er mit mir reden wollte, beim Abendessen und nachher, als wir uns schlafen legten, ich ging ihm aber aus dem Weg und war zufrieden mit mir, daß ich die Kraft zum Widerstand aufbrachte.

Am Abend zogen wir uns aus und krochen in unsre Betten. Alles lag in Finsternis. Nach ein paar Minuten schnarchte die ganze Stube. Ich saß angekleidet auf meinem Bett und dachte nach. In ein paar Stunden würde der Aufseher wieder rufen: Auf, Leute! und der Tag würde verlaufen wie der gestrige und der vorgestrige. Dabei lag wohl ein paar Tageswanderungen von hier eine Farm oder eine Stadt, wo ich andere Arbeit finden und Geld verdienen könnte. Und dort würde ich vielleicht ein bißchen mehr Schlaf finden.

Ich schlich mich aus der Stube und ging zur nördlichen Stallecke hinüber.

Huntley war schon da; zusammengekauert stand er mit dem Rücken gegen die Wand, die Hände in den Taschen. Er fror. Ein Weilchen darauf kam auch der Landstreicher Jeß.

Ich fragte: Soll auch Jeß mit?

Natürlich, erwiderte Huntley. Grade er soll mit.

Du wolltest ja nicht.
Doch, ich will, sagte ich und wollte auf einmal.
Ja, nun ist's zu spät, erklärte Huntley. Ich hab nur Proviant für uns zwei.
Da sagte ich wütend: Dann meld ich's dem Aufseher.
Das tust du? fragte Huntley sanft, durchaus sanft. Das tust du bestimmt nicht, sagte er, auf keinen Fall tust du es. Er kam mir so nah, daß ich seinen Atem spürte.
Halt! flüsterte der Landstreicher. Wenn Nut mit will, beschaffe ich noch Essen. Ich weiß, wo der Koch das Fleisch stehen hat.
Als der Landstreicher Jeß weg war, standen Huntley und ich bei den Ställen und zankten uns, weil ich ihn hatte angeben wollen, und als Jeß mit dem Fleisch zurückkam, war Huntley noch so erregt, daß er sagte: Mehr Fleisch gab es nicht, du Lump? Was ist das für einen erwachsenen Mann? Gut, da hast du dein Fleisch, Nut, sagte er und warf mir das Fleisch zu.
Dann schlichen wir uns von Orange Flat fort.

2

Wir gingen nordwärts, um auf das Eisenbahngleis zu stoßen, und wir gingen ein paar Stunden. Da erklärte der Landstreicher Jeß, er müsse ein bißchen schlafen. Wir andern hätten noch weiter gehen können.
Wir waren mitten auf der Prärie, und noch sahen wir kein Anzeichen, daß der Morgen käme. Da wir ziemlichen Nachtfrost hatten, kamen wir durch die Weizen-

felder und die ungeheuren Prärien, ohne naß zu werden. Wir gingen nun im Kreis herum und fühlten mit den Füßen vor uns her, um eine gute Stelle zum Liegen ausfindig zu machen; ich legte mich hintüber auf den Ellenbogen und schlummerte, den Kopf in die Hand gestützt, ein.

Plötzlich weckt uns Jeß. Er hat die letzten Wochen durch wohl zu wenig Schlaf gehabt und kann jetzt nicht einschlafen.

Schlaftrunken und erschrocken springen wir auf; es ist keine Gefahr im Verzug, nur finsterer Friede liegt um uns her. Huntley flucht und behauptet, uns jetzt schon wach zu machen, sei nicht nötig gewesen.

Jeß erwiderte: Wir wollen sehen, daß wir weiterkommen. Hier liegt überall so viel weißer Reif. Der Aufseher kann unsre Spur von den Ställen aus verfolgen, und auf dem Pony kann er uns einholen.

Ja, und? fragte Huntley. Dann machen wir ihn kalt.

Und er kann uns vorher erschießen, erwiderte Jeß. Er hat ein Gewehr.

Da schlugen wir wieder den Weg nach Norden ein. Zu unsrer Rechten war's, als ob der Himmel sich zu lichten begänne, das bißchen Schlaf hatte uns auch so gut getan, daß unser Mut etwas stieg; selbst Jeß, der nicht geschlafen hatte, schien mehr Kräfte zu haben, er schritt strammer aus und stolperte seltener auf der unebenen Grasprärie.

Jetzt werden sie auf der Sektion geweckt, sagte Jeß. Er erkannte es am Himmel. Ein Weilchen darauf sagte er: Jetzt frühstücken sie. Jetzt fragt er nach uns.

Wir gingen unwillkürlich alle drei geschwinder.
Jetzt ist er draußen und sieht nach uns, sagte dann Jeß wieder.
Ich hörte mein Herz schlagen.
Halt den Mund, rief Huntley. Kannst du denn nicht sparsamer schwatzen und am liebsten ganz stillschweigen?
Er wird gut zureiten müssen, wenn er uns jetzt noch erreichen will, sagte ich und heuchelte Mut.
Ja, du hast recht, sagte auch Huntley. Er holt uns nie ein.
Huntleys Sicherheit wurde recht groß, wir hörten nach einer Weile, daß er verstohlen von dem Proviant, den er trug, zu essen begann. Es wurde heller und heller, und die Sonne ging auf. Jeß blieb stehen und sah sich um: nichts zu sehen, kein Reiter, kein lebendes Wesen. Und auch kein Haus und kein Baum stand in diesem endlosen Präriemeer.
Jeß sagte: Jetzt nehmen wir den Kurs ein paar Strich nach Osten. Die Sonne wird bald genug unsere Spuren wegschmelzen; wenn wir aber dieselbe Richtung wie jetzt behalten, kann der Aufseher uns noch immer einholen.
Du hast recht, sagte auch Huntley. Soll er dann nur weiter nach Norden reiten, er wird uns nicht finden.
Wir wanderten noch eine gute Stunde und waren alle dem Umsinken nah. Im Höhersteigen wurde die Sonne wärmer und wärmer und hatte schließlich allen Reif aus dem Grase weggetrocknet. Es mochte sieben oder acht Uhr morgens sein, und wir legten uns alle zur Ruhe.

Ich war übermüdet und konnte nicht schlafen, aufrecht saß ich da und besah mir meine beiden Kameraden. Der Landstreicher Jeß war von dunkler Gesichtsfarbe und mager, er hatte schmale, geschmeidige Hände und Schultern. Gott weiß, er hatte vielleicht schon alle möglichen Stellungen gehabt und sie aufgegeben, um umherzuschweifen, unablässig umherzuschweifen und das Zufallsleben eines Landstreichers zu führen. Von seiner Matrosenzeit auf den Flüssen her hatte er Kenntnis von den Strichen des Kompasses, darum konnte er davon reden, den Kurs zwei Strich nach Osten zu verlegen. Er verstand sich auf Waren und hatte vielleicht in einem städtischen Laden gearbeitet. Er war ein hilfsbereiter Kamerad: Als er in der Nacht Müdigkeit vorschützte, geschah es, um uns ein kleines Weilchen Schlummer zu verschaffen – er selbst wachte.
Huntley war ein viel größerer und beleibterer Mann und schien sein Schicksal gehabt zu haben. Bei einem Wortwechsel auf der Farm an einem regnerischen Tage, als wir alle müßig gingen, hatte er lebhaft den Mann beklagt, der eine untreue Ehefrau habe. Wenn du sie nicht liebst, erschieß sie! sagte er, wenn du sie aber liebst, dann traure um sie dein Leben lang und werde ein Wrack und ein Auswurf! Huntley schien bessere Tage gesehen zu haben, er war aber zweifellos ein Trunkenbold und hatte sich in seinem Denken zum kriechenden Fuchs entwickelt. Er hatte sanfte Augen, die ekelhaft anzuschauen waren. Unter seinem Wams trug er immer ein altes Seidenhemd, das braun wie seine Haut und eins mit ihr geworden war. Im ersten Augenblick sah es aus, als wäre er

bis zum Gürtel nackt. Da er uns allen an Kraft überlegen war, genoß er großes Ansehen unter uns.
Die Sonne tat schließlich ihr Werk an mir und machte mich schläfrig. Und im hohen Gras rauschte die Brise.

3

Es war ein sehr unruhiger Schlaf, ein paarmal sprang ich auf und schrie, legte mich aber wieder beruhigt hin, als ich sah, wo ich war. Jeß sagte jedesmal: Schlaf weiter, Nut.
Als ich später am Tag erwachte, saßen meine beiden Kameraden da und aßen. Sie sprachen darüber, daß wir unsere Löhnung im Stich gelassen, daß wir vier Wochen auf der Farm geschuftet hatten, ohne unser Geld dafür zu bekommen.
Wenn ich daran denke, könnte ich umkehren und die Farm niederbrennen, sagte Huntley.
Er verschlang unmäßige Portionen von seinem Proviant und ging nicht weise sparsam damit um. Da ich mein Fleisch für mich hatte, brauchte ich bloß etwas Brot, das ich von Jeß auch bekam. Von nun an hatten wir jeder seinen Vorrat.
Als wir gegessen hatten, machten wir uns wieder auf die Wanderung. Die Sonne war schon stark im Sinken, wir schätzten die Zeit auf vier, halb fünf Uhr, als wir aufbrachen. Und wieder steuerten wir nach Norden zu, um auf die Bahnlinie zu stoßen.

Wir wanderten bis in die dunkle Nacht und gingen wieder auf der Prärie zur Ruhe; vorher aß Huntley seinen ganzen Vorrat auf und war gehörig satt, als er einschlief. Während der Nacht erwachten wir alle drei öfters von der eisigen Kälte, dann machten wir im Dunkeln ein paar Sprünge vor und zurück, bis wir fielen und das bereifte Gras im Gesicht fühlten. Dann krochen wir wieder aneinander heran, fielen in Halbschlaf und klapperten mit den Zähnen. Huntley fror etwas weniger als wir, weil er sehr satt war.

Schließlich sagte Jeß und erhob sich dabei: Wir könnten ebensogut weiterwandern, bis die Sonne aufgeht, und uns dann hinlegen.

Als wir uns aber dann auf den Weg machten, wollte Huntley den einen Weg und Jeß einen andern einschlagen. Es war kein Licht vorhanden, und kein Stern stand am Himmel, nach dem wir uns hätten richten können. Ich geh mit Jeß, sagte ich und machte mich auf. Und Huntley kam nun hinter uns her und fluchte und schalt besonders mich einen elenden Burschen und einen Kerl ohne Sinn und Verstand.

Als es heller wurde, fingen wir im Gehen zu frühstücken an. Huntley, der nichts mehr zu essen hatte, folgte uns schweigend. Im Lauf des Tages begannen wir Durst zu verspüren, und Jeß sagte: Wir werden vielleicht den ganzen Tag über kein Wasser finden, seid sparsam mit dem Tabak und nehmt nur ein bißchen auf einmal. Huntley hatte aber auch seinen Tabak verbraucht, so daß wir ihm etwas abgeben mußten.

Am Abend in der Dämmerung, als wir nichts mehr sehen

konnten, hörten wir weit vor uns einen Eisenbahnzug brausen. Das klang in unseren Ohren wie zärtliche Musik, und wir gingen mit frischen Kräften drauf los. Endlich stießen unsre Füße gegen die Schienen. Aber weder im Osten noch im Westen war etwas andres als Schienen zu sehen, und wir mußten uns niederlegen, wo wir standen, und den Morgen erwarten. Meine Kameraden legten sich auf das Gleis selbst, mit dem Kopf auf der Schiene, ich aber wagte es nicht, mein Schneid war dahin, ich legte mich darum wieder ins Gras. Und auch diese Nacht ging zu Ende, obwohl ich für meinen Teil fast beständig an der Bahn hin und her lief, um mich warm zu halten. Als der Morgen dämmerte, erhob sich Jeß plötzlich und sagte: Paßt auf, Jungen, es kommt ein Zug. Mit dem Kopf auf der Schiene liegend, hatte er das schwache Zittern aus der Ferne gefühlt. Alle drei standen wir bereit und gaben dem Lokomotivführer Zeichen, obgleich wir kein Geld hatten; Huntley, der Fuchs, legte sich auf die Knie und streckte die gefalteten Hände aus, als bete er zu Gott. Doch der Zug brauste vorüber. Es war ein Weizenzug, er hätte uns wohl aufnehmen können. Zwei rußige Männer standen auf der Maschine und lachten uns aus.

Huntley erhob sich und war wütend. Er sagte: Ich hatte einmal einen Revolver, es ist eine Schande, daß ich den nicht hier habe. Wir begannen längs dem Gleis nach Westen zu gehen, das war ein anstrengendes Wandern über Tausende von Schwellen, ein Gehen wie über eine liegende Leiter. Jeß und ich aßen ein paar Mundvoll; Huntley schämte sich nicht, er bat uns um einen Happen, wir

gaben ihm aber nichts. Und damit nicht der Rest meines Essens in die Hände Huntleys falle, während ich schlief, verspeiste ich das ganze vor seinen Augen.
War das vielleicht schön von dir nach deiner Meinung? sagte Huntley gehässig.
Während des Tages hörten wir einen neuen Weizenzug daherkommen. Jeß entschied, daß wir uns in Zwischenräumen von ein paar hundert Metern längs der Bahn aufstellen und einer nach dem andern versuchen sollten, den Zug zu besteigen. Weit drüben steht ein Rauchstrich in der Luft, der ganze Zug erscheint so klein, er sieht aus wie ein einziger kleiner Kasten. Wir sind voll höchster Spannung.
Huntley sollte als erster den Versuch machen. Er bekam auch einen Wagen zu fassen, war aber zu schwer, um mit den Beinen folgen zu können; am Arm hängend, verdrehte er seinen Körper und mußte loslassen, er wurde weit hinaus ins Gras geschleudert. Ich selbst versuchte gar nicht mitzukommen, es war mir nicht mehr soviel Verwegenheit geblieben. Jeß jedoch hatte gewiß schon früher fahrende Züge erklettert, er lief in ein paar hastigen Sätzen neben dem Zug her, schlug die Hand um den Griff und stand im gleichen Augenblick auf dem Trittbrett.
Der Hund reist uns vor der Nase fort, sagte Huntley und spuckte Gras aus.
Plötzlich hält der Zug ein Stückchen weiter, wir sehen, wie zwei Eisenbahnleute Jeß überwältigen und absetzen. Als Huntley und ich hinzuliefen, um ihm zu helfen, war's zu spät, der Zug fuhr schon, und wir drei Vagabunden standen wieder auf der Prärie.

Der Durst quälte uns immer heftiger. Huntley hat zum zweiten Mal seinen Tabak aufgebraucht und hat nichts, um seinen Durst zu betäuben, er spuckt ein wenig weißen Speichel in seine Hand und zeigt uns, daß ihn mehr dürstet als irgendeinen. Da teilen Jeß und ich zum letzten Mal unseren Tabak mit ihm.

Und wieder gehen und gehen wir westwärts. Der Tag neigt sich. Ein Mann kommt uns auf dem Gleis entgegen, er geht in östlicher Richtung. Es ist ein Vagabund wie wir, um den Hals trägt er ein kleines seidnes Tuch und ist wärmer gekleidet als wir, sein Schuhwerk aber taugt nichts.

Hast du was zu essen oder Tabak? fragte Huntley.

Nein, mein Herr, erwiderte der Landstreicher in ruhigem Ton.

Da untersuchten wir ihn und suchten in seinen Taschen und auf seiner Brust nach, er hatte aber nichts.

Alle vier setzten wir uns ein wenig nieder und unterhielten uns.

Nach Westen zu habt ihr nichts zu suchen, sagte der neue Landstreicher. Ich laufe jetzt zwei Tage und zwei Nächte lang und habe keine Menschenseele getroffen.

Und was sollen wir im Osten? fragte Huntley. Wir kommen von da, wir sind seit heute morgen unterwegs.

Aber der neue Landstreicher beredete uns, mit ihm umzukehren und ostwärts zu gehen. Unsere ganze mühselige Wanderung seit heute morgen war umsonst; noch mehr als zuvor hofften wir jetzt, daß ein Schaffner uns doch noch auf einen Weizenzug steigen ließe. Unser neuer Kamerad ging anfangs rüstiger als wir, weil sein

Körper leicht war und er noch viel Kräfte hatte; gegen Abend aber, als wir an die Stelle gekommen waren, wo wir in der letzten Nacht gelegen hatten, begann er langsamer zu gehen und sich hinter uns zu halten.
Jeß fragte ihn, wie lange es her sei, seit er etwas gegessen habe, und er gab zur Antwort, es seien zweimal vierundzwanzig Stunden. Wir gingen noch eine Stunde lang mit dem müden Gefährten. Als es pechschwarz um uns geworden war, mußten wir die Beine hochheben und im Hahnentritt gehen, um mit den Stiefeln nicht an die Schwellen zu stoßen. Wir versuchten es, Hand in Hand zu wandern, aber es stellte sich heraus, daß Huntley dabei faul wurde und sich zu sehr von uns andern schleppen ließ, darum gaben wir das wieder auf. Schließlich legten wir uns zur Ruhe.

4

Als der Morgen graute, waren wir wieder auf den Beinen. Heute ging es wie gestern, ein nach Osten fahrender Weizenzug kam vorüber, kümmerte sich aber nicht um unsre Signale. Zähneknirschend ballte Huntley beide Fäuste hinter ihm her. Zu dem neuen Landstreicher sagte er:
Hättest du wenigstens etwas Tabak bei dir gehabt, so würde uns der Durst nicht so plagen. Wie heißt du?
Fred, entgegnete der Mann.
Dann bist du wohl so ein verdammter Deutscher?
Von Geburt, ja.

Ich dacht es mir. Ich hab's dir angesehen, sagte Huntley feindselig. Fred war jetzt munterer geworden und ging einher wie ein Held. Er schien seiner Sache gewiß zu sein: Im Osten müsse eine Farm oder eine kleine Stadt liegen; im übrigen sprach er nur dann und wann und mischte sich nicht in das, was wir andern vorbrachten. Nach ein paar Stunden wurde er müde und hielt sich wieder hinter uns. Als wir uns schließlich umsahen, hatte er sich niedergesetzt.

Der Landstreicher Jeß sagte: Wir müssen ihm unser Essen geben, Nut.

Es war die pure Großtuerei von Jeß, denn er wußte, daß ich kein Essen mehr hatte; aber er sagte es, damit wir deutlich sähen, was er selbst tun würde. Er ging zu Fred zurück und gab ihm sein Essen. Das tust du nur, damit die Menschen dich bewundern, schrie ich ihm erregt zu, denn ich durchschaute ihn wohl.

Da zuckte Jeß zusammen.

Und alles tust du bloß, um dich in Ansehen bei uns zu setzen, schrie ich wieder. Als du in der ersten Nacht wachtest, während wir schliefen, da sorgtest du auch dafür, daß wir die Sache verstehen mußten. Ein Schwindler bist du. Ich hab Huntley, der ein schlechter Kerl ist, hundertmal lieber als dich.

Halt dein dreckiges Maul, sagte Huntley und verstand kein Wort davon, was ich sagte. Du bist neidisch auf Jeß, weil er ein besserer Mensch ist als du!

Für Fred war's schlecht und recht eine halbe Mahlzeit, die ihm große Dienste tat. Und wir machten uns wieder auf die Beine.

Das Essen hatte aber für Fred nicht nur gute, sondern auch böse Folgen – er geriet nach und nach in eine Art Geisteszerrüttung und verlor die Herrschaft über sich. Er verlegte sich aufs Schwatzen, ja, er wurde anmaßend und hatte große Pläne wegen einer kleinen Haltestelle auf der Prärie. Da stände ein Weizenzug auf den Schienen, sagte er, und da stände auch ein geladener Motor, den wir anzünden könnten.
Warum sollen wir den anzünden? fragte Huntley ärgerlich. Es entspann sich eine lächerliche Unterhaltung über diesen Motor. Wenn wir ihn anzünden, gibt's eine Explosion, sagte Fred, viele Leute werden herbeilaufen, die können wir erschlagen.
Dabei fällt wohl viel Essen für uns ab? erwiderte Huntley höhnend. Und zu mir sagte er: Dieser Verrückte müßte auf der Stelle von uns fort. Er stört unsern Kreis. Bevor er kam, war alles in Ordnung. Als Fred eine Weile Unsinn geredet hatte, sank er in seine frühere Wortkargheit zurück. Wir alle schwiegen und schritten emsig aus, nur Huntley hielt sein Mundwerk im Gang.
Was soll daraus werden? sagte er gegen Mittag zu uns.
Weiß ich's? war meine Antwort.
Nein, nein, du weißt es nicht. Aber sehnst du dich denn nach Orange Flat zurück? Und was solltest du da?
Wir müssen nur geradeaus gehen, sagte Jeß.
Später am Nachmittag setzten wir uns und ruhten eine Stunde.
Huntley bemerkte: Du sagst ja nichts, Fred.
Du bist ein Affe, erwiderte Fred mit wütenden Augen. Das reizte Huntley.

Du bist wohl so vornehm und brauchst einen Schuhlöffel für die Fahrzeuge da? sagte er und zeigte auf Freds Schuhe.
Fred schwieg und seufzte. Er begriff wohl, daß er keinen von uns auf seiner Seite hatte. Als wir dann weitergingen, versuchte Fred, sich in unseren Augen dadurch interessant zu machen, daß er sich plötzlich niederbeugte und einen Stein oder einen rostigen Kloben fand, den er sehr genau untersuchte. Wir andern liefen dann hin und waren enttäuscht, wenn wir sahen, was es war. Fred tat es aber wohl nur, um für eine Weile unsere Aufmerksamkeit zu erregen.
Wir kamen auch an einen verfallenen Schuppen mitten auf der Prärie. Der stand sicher seit der Zeit hier, als die Bahn gebaut wurde. Wir gingen hinein und sahen uns darin um; der Landstreicher Fred kam aber nicht mit.
Jeß und Huntley fingen nun nach Herumstreicherart an, ihre Anfangsbuchstaben in die Wände zu schneiden; währenddessen stand Fred draußen, und Huntley ging ab und zu an die Türöffnung, um nach ihm zu sehen. Als er seine Buchstaben fertig hatte, ging er wieder hin und sah hinaus.
Da läuft er, schrie er heftig. Der Hund, er stiehlt sich von uns fort. Er wird wohl einen Ort wissen, wo es gut sein ist.
Und alle drei sprangen wir hinter dem flüchtigen Fred her und grölten ihm nach, als wollten wir ihm an das Leben. Als er sich verfolgt sah, wendete er sich in großem Bogen nach der Prärie hin; da wir aber zu dreien waren, konnte er nirgendshin entkommen. Huntley schüttelte

ihn wie ein Kind, als er ihn zu packen bekam, und verlangte zu erfahren, ob er einen guten Ort wüßte.

Ich weiß keinen guten Ort, erwiderte Fred, ich kann aber unter euch nicht bestehen. Ihr seid ein paar boshafte Narren. Ja, bitte, schlagt mich schon tot. Es liegt mir nichts dran.

Wir verständigten uns wieder und gingen zusammen weiter, bis die Dunkelheit anbrach; wir waren erschöpft und legten uns deshalb zeitig zur Ruhe. Bevor es geschah, hatte ich einen Wortwechsel mit dem Landstreicher Jeß, der damit endete, daß er mir ein paar Schläge ins Gesicht gab, weil ich ihn Schwindler genannt hatte. Das ist recht, er hat Prügel verdient, sagte Huntley und sah neugierig zu. Schließlich traf ich Jeß mit einem Schlag unters Kinn, daß er hinfiel und genug hatte. Und auch Huntley ließ mich in Ruhe.

In der Nacht hörte ich, wie Jeß sich erhob und auf die Prärie hinausging. Seine Hosen streiften die mit Reif bedeckten Gräser. Er führt etwas im Schilde! dachte ich und ging still im Dunkeln hinter ihm her. Ich war an die zehn Schritte gegangen, als ich bemerkte, daß Jeß im Gras lag und etwas aß, es roch auch nach Fleisch. Er hat also noch etwas zu essen! dachte ich. Leise kehrte ich auf meinen Platz zurück und tat, als ob ich schliefe. Eine halbe Stunde darauf kam Jeß zurück und legte sich nieder.

Am Morgen erzählte ich Huntley, was ich wußte, und verlangte, er solle mir helfen, Jeß zu untersuchen. Huntley war gleich dazu bereit und kriegte Jeß zu packen. Es stellte sich heraus, daß Jeß an drei Stellen im Innern seiner Bluse Brot hatte und daß das Brot ausgehöhlt war und in den Löchern Fleisch steckte. Das rettete uns, wir teilten das Ganze unter uns vier und bekamen jeder eine kleine Mahlzeit. Als wir gegessen hatten, dankten wir Jeß und segneten ihn, obwohl er uns hatte betrügen wollen. Da fing Jeß in seiner Beschämtheit zu pfeifen an und wollte uns damit unterhalten.

Dann gingen wir weiter. Schon nach Verlauf einer Stunde sahen wir ein paar kleine weiße Vierecke vor uns auftauchen.

Es dauerte noch eine gute Weile, bis wir hinkamen: Es war eine Farm mit Weizenfeldern und einer künstlichen Brunnenanlage und allem. Ehe wir an die Gebäude kamen, stießen wir auf ein Weib, ein junges Mädchen, das auf einer Schneidemaschine saß und Weizen mähte. Das war ein prächtiger Anblick für uns, die wir von der Prärie kamen und seit Jahr und Tag kein Weib gesehen hatten. Sie war jung und hatte einen großen Strohhut auf dem Kopf und sie nickte, als wir grüßten. Huntley war es, der zuerst mit ihr sprach und sie um ein wenig zu essen und zu trinken bat.

Das Mädchen antwortete, daß wir alles bekommen sollten, was wir wünschten.

Wir sind auf Orange Flat entlassen, weil die Ernte nun eingefahren ist, sagte Huntley.

Da wollte sich Jeß bemerkbar machen und ehrlich sein, und er sagte: Nein, wir sind von Orange Flat durchgebrannt, weil wir nicht genug Schlaf hatten. Das ist die Wahrheit.

Gut! sagte das Mädchen.

Und wir suchten ihr alle zu gefallen, und ich stand mit dem Hut in der Hand vor ihr und sprach mit ihr. Aber den Preis trug doch unser neuer Kamerad Fred davon, weil er ein blonder Deutscher war und am besten aussah. Sie bat ihn, sie nach Hause zur Farm zu begleiten, um von da etwas zu essen zu holen; während der Zeit sollten wir andern auf ihre Pferde achtgeben. Es sei kein einziger Mann daheim auf der Farm, sagte sie, und sie wage es nicht, uns alle mitzunehmen, um ihre Mutter nicht zu erschrecken.

Ja, das verstanden wir.

Während das Mädchen und Fred fort waren, setzten wir drei uns der Reihe nach auf die Schneidemaschine und ließen die Pferde gehen, damit die Arbeit trotzdem getan würde. Und wir taten unser Bestes. Bei Gott im Himmel, wir schnitten ihr fast das ganze Feld, bevor sie wiederkam, außerdem stellten wir die Garben in wahren Musterreihen auf.

Nach einer Weile kam der Besitzer der Farm dazu. Er sah, was wir konnten; und noch ehe das junge Mädchen mit dem Essen zurückgekommen war, hatte ihr Vater uns vier Vagabunden bis zur Beendigung der Ernte in Dienst genommen.

5

Die Erntearbeit erledigten wir in fünf und das Dreschen danach in zwei Tagen; wir erhielten also Lohn für sieben Tage und waren wieder freie Vögel. Der Landstreicher

Jeß hielt sich gleich bereit, den Ort zu verlassen, wie er schon hundert Orte vorher verlassen hatte; sieben Tage lang hatte er nun die Landstreicherei an den Nagel gehängt. Ich machte mich fertig, ihn zu begleiten; Huntley aber und Fred, den Deutschen, wollten wir nicht mitnehmen.

Als wir draußen auf dem Hofe standen und Huntley schon ein Stück entfernt war, sagte der Farmer, daß er zwei von uns noch einen Monat lang würde brauchen können beim Herbstpflügen. Jeß weigerte sich, dabeizubleiben, und gab vor, er müsse ohne Aufenthalt nach Osten, so wurden dann der Deutsche Fred und ich dazu erkoren, auf der Farm zu bleiben. Und Fred wollte nichts lieber als das, er zog gleich die Jacke aus und ging an die Arbeit.

Jeß sagte zu mir: Die Verabredung war, daß wir zwei miteinander wandern wollten. Begleite mich wenigstens bis zur Stadt. Wir haben nun beide wieder Geld und können uns nach einer bessern Stelle umsehen, als die hier ist.

Ich sagte deshalb dem Farmer, ich würde morgen wiederkommen, und zog mit Jeß davon.

Nachdem wir ein paar Stunden dem Eisenbahngleis entlang gegangen waren, erreichten wir eine Farm, nach vier Stunden wieder eine. Dann kamen wir in die Stadt Eliot. Unterwegs hatte Jeß mir auseinandergesetzt, daß mancher kleine Verdienst winken könne, wenn man sich nur nicht eine Ewigkeit lang auf einer entlegenen Farm festsetze. Hier liege nun ein Städtchen vor uns; vielleicht könnten wir an der Bahn entlang hineinkommen.

Ich will morgen zur Farm zurück, sagte ich.

Ich weiß wohl, was du dir in den Kopf gesetzt hast, sagte Jeß. Das Mädchen hat es dir angetan. Laß du das Mädchen ruhig fahren, Fred ist ihr lieber als du, und er hat bessere Aussichten, weil er so gut aussieht.

Ich finde, Fred ist wirklich keine Schönheit, bemerkte ich.

Dazu schwieg Jeß. Aber nach einer Weile sagte er: Nicht deswegen; Fred bekommt das Mächen auch nicht.

Nein, nicht wahr? sagte ich und wurde vergnügt.

Der reine Satan bist du in der Beziehung, du verstehst dich auf so was, Jeß; und du glaubst also nicht, daß Fred sie bekommt?

Der Alte würde es nicht zulassen ... Was du zu tun hast, wenn du dir Aussichten schaffen willst, will ich dir sagen. Eine Zeitlang fortbleiben mußt du und mit viel Geld in der Tasche wiederkommen. Das ist der Weg.

Von jetzt ab brannte ich darauf, mir viel Geld zu verschaffen.

Wir gingen in eine Schenke in der Stadt und ließen uns zu trinken geben. Ich war starke Getränke so wenig gewohnt, daß ich im Nu voll Frohsinn und Possen steckte. Aber das dauerte nicht lange; als eine herumziehende Musikbande eintrat und Harfe und Geige zu spielen begann, wurde ich gleich wieder demütig und geriet in ein innerliches Schluchzen. Der Frau mit der Harfe gab ich etwas Geld. Jeß sah mich verwundert an.

Du bist verliebt, das ist die Sache, sagte er.

Wir streiften umher, von einer Schenke zur andern, weil wir sonst keinen Aufenthaltsort hatten. Und überall waren wir willkommen, da wir aus dem Westen kamen und unser Benehmen darauf schließen ließ, daß wir viel Geld bei uns hätten. In einer von den Wirtschaften trafen wir auch Huntley, der schon stark betrunken war und uns mit seinem Taschenmesser entgegenkam, um uns zu erstechen. Wir wollten denn auch nicht mit ihm zusammen sein. Am Abend landeten wir wieder in der ersten Schenke. Während wir da am Schenktisch standen, wurde ein kleines Gespräch zwischen dem Wirt und einem der Leute aus der Stadt geführt, einem Eisenbahnmann; der eingetreten war, um einen Whisky zu trinken. Der Wirt fragte: Ich sah Herrn Hart und seine Frau heute zum Zuge gehn, wohin wollten sie?

Nach Chicago, antwortete der Mann. Er hat Geschäfte da, wie ich höre. Die Frau ist zum Vergnügen mitgefahren.

Dann besorgt wohl George inzwischen die Bank?

Das nehme ich an, George ist der Schlechteste nicht, wenn er sich nur nüchtern hält.

Diese Unterhaltung hatte kein Interesse für mich, mein Kamerad aber hörte genau zu und forderte mich dann gleich auf, mit ihm hinauszugehen: Er habe mit mir zu reden.

Langsam gingen wir stadteinwärts, und Jeß grübelte den ganzen Weg entlang. Wir kamen an ein Gebäude, woran auf einem Schild geschrieben stand:

HART & CO.

FARMERS BANK

Hier bat Jeß mich, einen Augenblick zu warten, und ging selber hinein. Als er zurückkam, fragte ich: Was hast du da drinnen gemacht?

Ich habe meinen letzten kleinen Schein gewechselt, antwortete Jeß. Wir gingen weiter und kamen ans Ende der Stadt; da setzten wir uns bei der Bahnweiche hin, wo zugeschnittenes Bauholz in Stapeln an den Schienen entlang lag.

Zunächst ging Jeß rund um diese Stapel herum und vergewisserte sich, daß wir allein waren, dann kam er zurück und sagte: Keiner von uns hat noch so viel Geld übrig, daß es der Rede wert wäre, nicht wahr? Ich habe noch ein paar Dollar, erwiderte ich und sah nach.

Dann wirst du einen Dollar weniger haben als ich. Den hast du der Frau mit der Harfe gegeben. Das war übrigens das Dümmste, was du tun konntest.

Na, so viel klüger ist's wohl auch nicht, in den Kneipen herumzuziehen und das Geld zu versaufen.

Hast du bemerkt, wie ich saufe? fragte Jeß. Ich trinke einen Schnitt, wenn du ein Seidel trinkst.

Allemal.

Worüber wolltest du eigentlich mit mir reden? fragte ich.

Und außerdem hätte ich den Plan, den ich jetzt im Kopf habe, nicht gefaßt, wenn wir nicht in die Kneipen gegangen wären, fuhr Jeß fort.

Was ist das für ein Plan?

Herr Hart und Frau Hart sind heute nach Chicago gereist, sagte Jeß.

Ja ...?

Und George wird inzwischen die Bank besorgen.

Ja, ich hab das gehört. Und ...?

George ist der Bruder von Frau Hart, wie ich vorhin erfahren habe.

So so.
Aber George ist ein berüchtigter Trinker.
Das alles weiß ich schon, Jeß. Was du bloß faselst!
Jeß erklärte sich nun ein wenig deutlicher, und ich begriff, daß er – kurz und gut – in dieser oder der nächsten Nacht der Bank einen Besuch abstatten wollte. Ich sollte ihm dabei behilflich sein.
Ich getraute mich nicht, es zu tun, war meine Antwort.
Dann nehm ich Huntley mit.
Das wollte ich auch nicht haben, und ich sagte: Ich hab es noch nie getan. Es hört sich sehr gefährlich an. Aber wenn du mich's lehren willst …
Gefahr ist nicht vorhanden, sagte Jeß. Wenn George zu trinken anfängt, so ist alles andre eine Kleinigkeit, ich habe das Haus studiert. Und Jeß zeigte mir erstens eine Säge, um Metall durchzusägen, und zweitens eine herrliche Zange mit Auswechslung, um Schrauben abzuknipsen. Die Schneiden waren scharf wie zwei Messer.
Aber später? fragte ich. Hinterher?
Hinterher sind wir weit von hier, entgegnete Jeß. Herr Hart braucht drei Tage zur Hin- und drei Tage zur Rückreise, das macht sechs; er wird sich in Chicago vier Tage lang aufhalten, das macht zehn. Und Jeß setzte hinzu: Übrigens denke ich nicht daran, die Bank leerstehlen zu wollen. Was du wegen des Mädchens brauchst, dafür gibt es ein gutes Fundament; du kannst dir ja noch mehr hinzusparen.
Wir schlenderten noch ein paar Stunden herum, die Läden wurden geschlossen, und die Straße belebte sich für eine Weile mit Leuten, die ihr Tagewerk getan hatten.

Nur die Schenken waren noch offen, und sie waren offen, solange Gäste da waren.
Nun kommt es darauf an, George zu finden und zu sehen, was er treibt, sagte Jeß.
Und wir zogen von Kneipe zu Kneipe und tranken Whisky und Bier, fanden aber niemand unter den Gästen, der George hätte sein können. Schließlich landeten wir wieder in der ersten Kneipe. Und hier trafen wir George.

6

George war mehrere Stunden lang standhaft geblieben und hatte der Versuchung widerstehen wollen; das sagte er selbst, als er kam. Doch es sei ja so ein schöner Herbstabend, fügte er dann hinzu, und es sei einerlei, wo er sich an einem solchen schönen Herbstabend für ein Stündchen aufhalte.
Er war ein kleiner beleibter Mann im Alter von mindestens vierzig Jahren mit auffallend sinnlichem Blick. Er trug vornehme Kleider und hatte sehr weiße Hände, weil er immer bloß drinnen saß und schrieb. Uns beachtete er gar nicht.
Er begann sofort stark zu trinken; es kamen Leute von der Straße herein, die mit ihm bekannt waren, und zusammen mit ihnen machte er den Abend zum fröhlichen Fest. Er wurde von allen mit großer Höflichkeit behandelt.
Als Jeß an den Tisch trat und ihn einlud, mit ihm zu trinken, antwortete George abweisend, weil er eben ein gro-

ßer Mann in der Stadt war und Jeß nichts als ein Landstreicher.
Doch, trinken Sie mit ihm, sagte der Wirt. Die beiden Herren haben die Taschen voll Geld, fügte er hinzu und deutete auf Jeß und mich. Sie werden mehr haben als ich, erwiderte George und zeigte seine Brieftasche vor.
Er hatte ein paar Banknoten darin. Von nun an übernahm er alle Ausgaben und hielt jeden frei, der trinken wollte. Der Wirt tat alles, um ihn zufriedenzustellen.
Ich muß mir noch etwas Geld holen, sagte George. Erwartet mich hier, Burschen!
Er ging hinaus. Er war sehr aufgeräumt und sang.
Ein Prachtkerl! sagten die Burschen zueinander. Er wird so weitermachen die ganze Nacht.
Jeß ließ sich kein Wörtchen entgehen.
Als George zurückkam, gab er sich zunächst den Anschein, als habe er kein Geld mehr finden können; er bestellte aber sorglos eine Runde nach der andern und bezahlte freigebigst mit Banknoten aus der Brieftasche.
Darüber verstrichen einige Stunden.
Nun gehn wir zu Conway, erklärte George.
Conway war der Besitzer einer anderen Kneipe.
Er hat schon geschlossen, sagte der Wirt.
Dann brechen wir bei ihm ein, sagte George. Kommt, Kinder.
Jeß und ich hielten uns zurück, als wären wir zu stolz, um mitzugehen.
Wollt ihr zwei nicht mitgehen? fragte George. Ich lade euch ein. Und wir ließen uns überreden.

Conway hatte noch nicht geschlossen; auch da war eine fidele Gesellschaft beisammen, und George und seine Leute wurden willkommen geheißen. Jeß wollte für sich und mich auch nicht ganz klein dastehen, er begann vielmehr wie ein Künstler zu pfeifen und erweckte großen Beifall. Er pfeift verflucht gut! sagten sie alle.
Wir blieben zwei Stunden da und tranken starkes Zeug in ungeheuren Mengen. Ich trank die ganze Zeit Schnitte, wie Jeß es mich gelehrt hatte, und wurde nicht betrunkener davon, da ich in großer Spannung der Dinge wartete, die bevorstanden.
George zählte sein Geld und sagte:
Nun geh ich zu den Mädchen. Gute Nacht, Kinder. Ich muß mir nur noch Geld holen.
Du hast doch eine Masse Geld bei dir, wurde eingewendet.
Es reicht nicht, erwiderte George und taumelte zur Tür hinaus.
Heute nacht wird die Bank um ein paar hundert Taler ärmer, sagten die Burschen.
Es sieht so aus, erwiderte Jeß schnell und eifrig. Geld um sich schmeißen, das kann er glänzend.
Da sich jedoch keiner in ein Gespräch mit Jeß einlassen mochte, der ein Landstreicher war und blieb, zogen sich alle von uns zurück.
Jeß ging an ihren Tisch hinüber und fragte jeden einzeln, was er zu trinken wünsche, alle erklärten aber: nein, danke, sie wollten nichts mehr trinken.
Komm und gönne dir einen Whisky, wendete er sich an mich.

Ich sah ihn erstaunt an.
Du wirst das brauchen können, sagte Jeß.
Ich trank zwei große Gläser Whisky, wurde forsch und unbesiegbar und hätte mich daran machen können, die Menschen aus Conways Kneipe einen nach dem andern hinauszuwerfen.
Jeß und ich sagten Gutenacht und gingen auf die Straße. Finster und öde lag die Stadt. Jeß führte, und wir bewegten uns in der Richtung auf die Bank zu. In den Fenstern war Licht, und daraus schlossen wir, daß George sich im Hause befinde.
Wart hier auf mich! sagte Jeß und tat fünf lautlose Sprünge auf das Haus zu. Er verschwand durch die Gartentür.
Wohin mag er gegangen sein? dachte ich.
Ich wartete zwei Minuten, und Jeß kehrte zurück.
Er machte dieselben Sprünge. Wo bist du gewesen? fragte ich. Ich war drüben und hab ein bißchen an seinem Türschloß gefingert, entgegnete Jeß. Wir warten hier ruhig.
Plötzlich ergriff Jeß mich am Arm und flüsterte: Hörst du?
Wir hörten einen Mann mit dem Schlüssel an einem Schloß arbeiten und arbeiten und immer maßlosere Flüche ausstoßen. Das ist George, sagte Jeß.
Wir versteckten uns hinter einer Hausecke und warteten.
Ich krieg die verdammte Tür nicht zu! sagte George und kam auf die Straße heraus. Na, der Schrank hat seine zwei Schlösser!
George ging zu den Mädchen, er taumelte stark.

Nun machen wir noch einen kleinen Abstecher, bis alles ruhig ist, sagte Jeß.
Im Gehen bemerkte ich: Ich glaub doch nicht, daß du es wagst, Jeß. So! sagte Jeß. Er musterte die Häuser, so gut es sich im Finstern tun ließ, wählte sich einen Laden mit einer Doppeltür aus und sagte, er wolle mir etwas zeigen. Er gab sich das Ansehen eines total Besoffenen und schwankte wie aus Unbehilflichkeit gegen die Tür. Das bewirkte eine starke Erschütterung im ganzen Hause, und die Türen sprangen beide auf.
Ein Mann, der Wache hielt, rief drinnen aus dem Laden: Was zum Teufel heißt das?
Jeß verharrte schwankend in der Tür, als begreife er selbst nicht, wie er hierhergekommen sei.
Wer ist das? fragt der Mann im Laden. Ich schieße, Hundsfott, wenn du nicht Antwort gibst.
Ich bin es, sagt Jeß hilflos vor Trunkenheit und läßt sich zu Boden fallen.
Der Mann im Laden mußte ihn nun obendrein auf die Straße schleppen. Jeß verstand es ausgezeichnet, nach der Art betrunkner Leute zu faseln, und der Wächter sah durchaus ein, daß es sich hier um einen unfreiwilligen Einbruch handle. Er schloß die Türe wieder und war wütend.
Wie ärgerlich, daß ein Mann im Laden sein mußte! sagte Jeß, als er wieder zu mir stieß. Sonst wäre es vielleicht ein kleiner Fang geworden.
Nun sehe ich, daß du Mut zu allem hast, was es auch sein mag, sagte ich.
Und wieder standen wir vor der Bank. Jeß sagte: Du

mußt dir eine Handvoll Sand hier auf der Straße zusammensuchen und das gegen die Fenster schleudern, wenn jemand kommt.
Ja, sagte ich und hörte mein Herz hämmern.
Jetzt geh ich, sagte Jeß.
Ich stand eine Weile da und sah ihm nach, wie er durch die Gartenpforte verschwand. Wenn jetzt jemand käme und mich fragte, warum ich hier stünde – was sollte ich dann antworten? Ich nahm eine Handvoll Sand und reinigte ihn von den kleinen Steinen; die Straße war ungepflastert, und auf dem Fahrweg lag trockner Sand in Massen. Nichts war zu sehen, die Stadt war still, dann und wann erscholl unten bei der Station ein Pfiff von den rangierenden Lokomotiven der Weizenzüge. Plötzlich höre ich Schritte auf dem Bürgersteig. Schon will ich meinen Sand gegen die Scheiben der Bank werfen, aber statt dessen gehe ich dem Kommenden entgegen, sage guten Abend und erhalte Antwort. Und der Mann geht seiner Wege. Jeß mochte jetzt seit fünf Minuten fort sein.
Da hörte ich deutlich mehrmals hintereinander ein leises Knipsen in der Bank. Nun schneidet Jeß Schrauben durch, denke ich und bin über seine Kaltblütigkeit verwundert. Ich wußte, wohin ich flüchten wollte, wenn es notwendig würde: zur Eisenbahn hinunter, wo sich längs dem Gleis die vielen Schuppen befanden.
Es dauerte lange, eine Ewigkeit. Jeß beginnt drinnen Metall zu sägen, ich höre bis hierher diesen oder jenen Ruck, und ich stehe wie auf Nadeln ob seiner beispiellosen Frechheit. Wenn es ihm jetzt nur wirklich gelänge,

etwas Ordentliches zu stehlen! denke ich und bekomme Gier auf meinen Anteil. Je später es wurde, desto ruhiger wurde ich auch; ich ging auf dem Bürgersteig hin und her und grübelte. Auch an das Mädchen auf der Farm mußte ich denken, Alice Rodgers hieß sie.

Nun ist Jeß ganz gewiß seit einer Stunde drinnen und noch immer nicht zurückgekehrt. Als ich mich eben soweit ermannen will, den Garten zu betreten und nachzuschauen, kommt Jeß heraus. Er eilt mir voran, hinunter zu den Bretterstapeln längs den Gleisen.

Verfluchtes Pech das! pustete er los.

Was ist denn geschehen? fragte ich.

Dieser verflixte George muß die ganze Bank mit zu den Mädchen genommen haben, sagte Jeß. Der Schrank war leer. Bloß Akten waren drin.

Eine heimliche Zufriedenheit durchfuhr mich bei dieser Mitteilung, und ich verriet mich dadurch, daß ich ihm ausgelassen auf die Schulter klopfte und ihn fragte: Du hast also nichts erwischt?

Was sollte ich denn erwischen, dummes Luder? sagte Jeß erbost. Ich will nicht länger hier sitzen, fuhr er erregt fort, wir müssen etwas andres versuchen.

Damit ging Jeß; er folgte den Schienen bis zum Bahnhof, und ich ging mit. Ich war matt geworden durch meinen langen Wachtdienst und sagte: Offen gestanden, ich glaub nicht, daß das einen Zweck hat. Wir wollen's aufgeben!

Noch eins versuchen wir, sagte Jeß.

Er ging in das Bahnhofsgebäude und fragte den Telegraphisten, wann ein Zug nach Osten vorbeikomme. In ei-

ner halben Stunde, erwiderte der Telegraphenbeamte und sah nach der Uhr.
Dann ist nichts zu machen, bis der Zug vorüber ist, sagte Jeß zu mir. Wir setzten uns in die Nähe des Bahnhofs und warteten die halbe Stunde, obgleich wir sehr froren. Der Morgen begann zu nahen.
Sobald der Zug zu hören war, stand Jeß auf und hieß mich auf ihn warten. Er ging wieder in das Bahnhofsgebäude hinein und blieb fort. Ich wartete. Der Zug kam, hatte seinen Aufenthalt und fuhr wieder ab. Eine Stunde lang wartete ich vergebens, und im Osten dämmerte der Morgen herauf. Er wird die Gelegenheit ausspähen, dachte ich mir. Ich ging ihm nach, betrat den Bahnhof und fragte, ob man meinen Kameraden gesehen hätte.
Er ist mit dem Zuge gefahren, war die Antwort des Telegraphisten. So, er ist mit dem Zug gefahren, sagte ich und wagte nicht, ein größeres Staunen an den Tag zu legen. Ein Verdacht gegen Jeß hatte sich in mir festzusetzen begonnen, daß er vielleicht doch etwas anderes in der Bank gefunden hätte als Akten. Er war wie im Fieber gewesen und hatte sich so seltsam gegen mich benommen.
Der Telegraphenbeamte fragte lächelnd: Ist er dir durchgebrannt? Überlegen gab ich ihm das Lächeln zurück und sagte: Nein, ich habe gewußt, daß er reisen wollte. Ich kannte ihn gar nicht, und ich hatte ihm mitgeteilt, daß ich nichts mit ihm zu tun haben will.
Und das sagte ich, um mich vor dem zu schützen, was später kommen könnte.

Von tausend Gedanken erfüllt, verließ ich den Bahnhof. Ich war wie aus den Wolken gefallen über diese Frechheit meines Kameraden. Natürlich hatte er Glück gehabt, der Schurke, und beträchtliche Summen in der Bank gefunden. Und mich hatte er nicht mit dem kleinsten Anteil bedacht. Der Teufel sollte ihn holen!
Ich schlug den Weg nach einem Gasthof ein, dessen Schild ich heute gesehen hatte, und wollte mir ein Bett suchen. Unterwegs fühlte ich mich immer befriedigter davon, daß ich meine Hände nicht mit dem geraubten Geld beschmutzt hatte. Welcher Genuß ist es doch, wunderbar rein und unbefleckt hier auf Erden zu leben! dachte ich und wieherte vor Vergnügen. Da will ich doch lieber arm sein und für andere bis zum letzten Blutstropfen schuften!
Als ich den Gasthof erreicht hatte, beschloß ich, lieber zu den Bretterstapeln hinunterzugehen und dort noch ein wenig umsonst zu schlafen. Ich besaß nur noch die zwei Dollars, und ich wollte Alice Rodgers gern einen goldenen Federhalter mitbringen, den ich bei einem Goldschmied im Fenster gesehen hatte.

7

Ich glaubte, du wärest mit deinem Kameraden nach dem Osten gegangen, sagte der Farmer Rodgers, als ich wiederkam. Das gefällt mir, daß du Wort gehalten hast.
Ich sagte doch, ich würde heute wiederkommen, entgegnete ich. Was meinen Kameraden betrifft, so bin ich

in Unfrieden mit ihm auseinandergegangen, ich wollte nicht mit ihm zusammen sein.
Es wird dir kalt in den Schuhen werden, wenn du auf dem Pflug sitzest. Du hättest dir ein Paar neue Schuhe kaufen sollen, als du jetzt in der Stadt warst und Geld hattest, sagte Herr Rodgers.
Ich wurde auf die Prärie hinausgeschickt, um mir selber das Maultiergespann auszuwählen, das mir gefiele. Ich jagte die ganze Herde durcheinander und beobachtete, welche Tiere unwillkürlich als Paartiere zueinander wollten, und wählte mir danach ein Gespann. Das ist mein Gespann, sagte Alice, als ich heimkam, um die Tiere anzuschirren. Behandle es gut.
Das werde ich, Miß, erwiderte ich.
Ich fügte ›Miß‹ hinzu, als sei sie eine Dame; wir sagten sonst nicht so auf der Farm.
Nicht lange sollte ich Alicens Gespann behalten. Eines Tages stürzte das eine Tier des Deutschen und starb an Darmverschlingung, und Fred schlug vor, er wolle mein Gespann übernehmen. Dem widersetzte ich mich, und selbst der alte Rodgers war auf meiner Seite; Alice und Fred blieben aber Sieger. Am Morgen stand Fred früher als gewöhnlich auf, und als ich zum Stall kam, war mein Gespann fort. Das hätte für mich hingereicht, die Farm zu verlassen, aber Herr Rodgers sagte, ich solle mir nichts daraus machen, sondern mir ein andres Gespann wählen. Und ich suchte mir ein neues Gespann, das mindestens so gut war wie das erste und von größerer Ausdauer. Da ich meine Tiere gut fütterte und ihre Hufe wusch und sie spät und früh striegelte, gelang es

mir bald, Fred im Pflügen ein gutes Stück zuvorzukommen.
Die erste Woche auf der Farm verbrachte ich in ewiger Angst, der Einbruch des Schurken Jeß könnte entdeckt und ich könnte in sein Verbrechen hineingezogen werden; als aber beide Zeitungsblättchen der Stadt Eliot auf die Farm kamen und nichts über den Einbruch darin stand, bekam ich wieder Mut und hatte keinen Kummer mehr. Entweder hatte Jeß gar keinen Einbruch in den Geldschrank verübt, sondern sich nur vor mir aufgespielt, um seinen Schneid zu zeigen, oder die Bank war beraubt worden, George hatte aber um seiner selbst willen nicht gewagt, es anzuzeigen. Ich hörte später, daß George ein Sohn des reichen Stadtmüllers war, so daß sein Vater vielleicht den Fehlbetrag ersetzt haben mochte.
Fred stach mich täglich aus bei Alice. Ich mochte tun, was ich wollte, immer stand er mir im Weg und siegte. Schon während der Ernte hatte er sich wohl gepflegt und sich mehr geputzt als wir andern, und wenn er zu den Mahlzeiten hinein sollte, stand er lange da und scheitelte sein helles Haar. Es bekümmerte ihn, daß er den einen Augenzahn eingebüßt hatte und daß das Loch zu sehen war, wenn er lachte. Was sollte denn ich sagen, der fast alle seine Haare auf der Prärie eingebüßt hatte und im Laufe eines Jahres beinah kahl geworden war! Ich hatte außerdem aufgehört, mich zu rasieren, ich ließ meinen steifen Bart wachsen, und dazu kam, daß Sonne und Wetter meine Augenbrauen verwischt hatten. Ich konnte mich mit Fred nicht messen.

Dagegen waren der alte Rodgers und seine Frau freundlich gegen mich und behandelten mich gut. Oft kam es vor, daß Frau Rodgers bei Tisch zu mir sagte, ich müsse noch etwas Pudding oder Kuchen essen. Ab und zu fragte sie mich interessiert, wie es in meiner Heimat sei, Fred fragte sie aber nicht, da er in Amerika, sogar in Fargo, geboren und also Städter war.
Eines Morgens hatte sich Alice geputzt. Ich glaubte, sie wolle zur Stadt, und bemühte mich mächtig darum, sie hinfahren zu dürfen; es stellte sich aber heraus, daß es bloß Sonntag war und daß sie sich aus diesem Grunde fein gemacht hatte. Ich ging an meine Arbeit heute wie gestern und dachte nicht mehr daran; nach einem Weilchen aber sehe ich Alice in ihrem ganzen Staat zu Fred hinübergehen und ihm einen Besuch machen, weit draußen in der Prärie. Und zu mir kam sie nicht.
So ging es Tag für Tag. Ich kam keinen Schritt weiter bei Alice, obwohl ich sie nicht nur Miß nannte, sondern auch sonst sehr aufmerksam gegen sie war. Fred war viel natürlicher als ich und spielte sich nicht im mindesten auf. Du sollst sehen, du machst zuviel Wesens von der Sache! dachte ich bei mir. Jetzt hatte ich Alice aber schon verwöhnt, und als ich aufhörte, Miß zu sagen, und sie einfach Alice nannte, faßte sie das als Zudringlichkeit von meiner Seite auf und antwortete mir nicht.
Eines Tages brachte ich einen Kniff zur Ausführung, den ich mir ausgedacht hatte. Ein mehrstündiger Gewitterregen hatte es unmöglich gemacht, zu pflügen, wir spannten deshalb die Tiere aus und gingen heim. Ich

besaß keine zweite Jacke zum Wechseln, aber ich zog ein trocknes Hemd an und setzte mich in Hemdärmeln zur Familie in die Stube, wo es warm war. Hier begann ich ein paar Briefe zu schreiben, ich wollte meine große Federgewandtheit zeigen, und ich benutzte den goldnen Federhalter, als sei ich's gewohnt, ihn zu benutzen.

Noch nie habe ich einen Menschen gesehen, der so zu schreiben versteht! sagte Frau Rodgers erstaunt.

Alice warf unwillkürlich einen Blick auf mich; auch Fred saß dabei, und mit ihm redete sie.

Du schreibst mit einem goldnen Federhalter? sagte sie.

Gefällt er Ihnen? fragte ich.

Gewiß.

Sie können ihn gern bekommen, Miß, sagte ich und reichte ihn ihr. Ich? Ich will ihn nicht, erwiderte sie kurz und bündig. Aber es wundert mich, daß du mit einem so teuren Federhalter schreibst.

Man schreibt mit dem, was man hat. Ich bemerkte ferner, daß ich diesen Federhalter von jemand bekommen hätte, und ich richtete es so ein, daß sie glauben mußte, ein Mädchen hätte ihn mir geschenkt. Aber auch das machte keinen Eindruck auf sie. Und es gelang mir nicht, ihr den Federhalter zu überreichen, obwohl ich den Kniff angewendet hatte.

Ich schlug mich durch, so gut ich konnte, und entwarf einen Plan nach dem andern. Eine Woche lang versuchte ich den Schweigsamen und Zurückhaltenden zu spielen, damit sie weibliches Mitgefühl mit mir hätte, eine andre

Woche hindurch war ich lustig und versuchte, mit schnellen und treffenden Antworten zu glänzen.
Alice sagte nur: Wie lange bist du jetzt in Amerika?
Mehr als sechs Jahre alles in allem, erwiderte ich. Ich bin jetzt zum zweitenmal hier.
Und du, Freddie?
Ich bin hier geboren, war Freds Antwort.
Da siehst du den Unterschied, sagte Alice zu mir.
Denn das war das Vornehmste, ein geborener Amerikaner zu sein. Sie nannte Fred auch nur deshalb Freddie, damit es amerikanisch klinge und nicht deutsch.
Sieh sein Haar an! sagte Alice von Freds Haar. Es ist wie Gold. Was hast du mit deinem angefangen, Nut?
Ich hab's auf der Prärie verloren, sagte ich. Jetzt scheint es mir aber so, als ob es anfinge, fester zu werden, und als ob es wiederkäme.
So so, sagte Alice.

8

Aber es sollte ein Tag anbrechen, an dem mein Stern wirklich hoch stieg und ich für eine kurze Weile der Sieger auf der Farm war. Das waren stolze Stunden.
Es war ein kleiner Enkel von Rodgers zu Besuch gekommen, der hieß Edwin. Das Kerlchen war viel mit mir zusammen und folgte mir auf die Prärie hinaus, wo ich ihn mit auf den Pflug nahm und ihn das Gespann führen ließ. Eines Tages, als er daheim auf der Farm mit dem Großvater zusammen war, geschah ihm ein Unglück.

Der Alte hantierte mit ein paar Brettern, die er die Treppen vom Wirtschaftsspeicher herunterbeförderte; eines von diesen Brettern lief schief ab und traf das Kind mit der einen Ecke über dem Auge. Edwin fiel um und lag da wie tot.

Es entstand ein großes Gejammer auf dem Gut. Alice rief mich, da ich am nächsten war: Ich solle augenblicklich heimkommen. Ich riß die Maultiere vom Pflug weg, ließ sie gehen, wohin sie wollten, und lief nach Hause. Alice hatte sich aber wohl aus Unachtsamkeit an mich gewendet, sie besann sich dann und rief auch Fred herbei, weil sie zu ihm mehr Zutrauen hatte. Sie veranlaßte ihn, in aller Hast die Pferde vor den Wagen zu spannen und zur Stadt nach einem Arzt zu jagen.

Als ich auf das Gut kam, waren die beiden Großeltern in voller Verzweiflung, und ihres Jammerns war kein Ende, Frau Rodgers rollte das Kind auf dem Fußboden hin und her, ohne es wieder ins Leben zurückrufen zu können. Eine alte Erinnerung aus der Jugend kam mir zu Hilfe, und es stand auf einmal in mir fest, was da zu tun war. Zieht ihm die Jacke aus, sagte ich. Ich hatte mein Rasiermesser in meinem Bett unter dem Kopfkissen liegen, und das holte ich nun schleunigst; als ich zurückkam, riß ich Edwins Hemdärmel auf und begann in eine Ader an seinem Arm zu schneiden.

Die Frauen gaben einen Schrei von sich und warfen sich wie besessen auf mich, besonders Alice war nicht zu halten und sagte, ich wollte das Kind morden. Ich stampfte mit dem Fuß und befahl ihr, beiseitezugehen; hier gelte es Leben oder Tod und ich wollte das Kind retten. Der alte Rodgers fügte sich diesen starken Worten und half. Kann es gut sein, ihn zur Ader zu lassen? fragte er nur. Als ich ein wenig tiefer hineinschnitt, kam Blut, anfangs nur als kleine Blutung, später als feiner Strahl. Ich öffnete das Hemd und horchte an Edwins Brust; das Herz schwieg. Da ergriff ich ihn bei den Beinen und schlenkerte ihn mit dem Kopf nach unten hin und her. Das geschah, damit das Blut ins Strömen komme. Dann legte ich das Kind wieder ein wenig hin und horchte – das Herz schlug ganz leise. Das war die entzückendste Operation, die ich mir wünschen konnte. Wir alle standen da und betrachteten das Kind. Die kleinen Finger an der einen Hand bewegten sich etwas. Jetzt hat er die Finger bewegt, sagte Rodgers halb erstickt vor Freude. Er hat die Finger bewegt, sagte auch die alte Großmutter und ging schluchzend aus dem Zimmer. Kurz darauf schlug das Kind ein Paar irre Augen auf und schloß sie wieder. Er hat aufgeschaut! sagte Herr Rodgers, er lebt. Und er rief seine Frau wieder herein und sagte dasselbe zu ihr.

Holen Sie mir etwas Leinwand, sagte ich zu Alice.

Alice blieb lange fort, und ich wurde innerlich immer entschlossener; ich ergriff das, worauf mein Auge gerade fiel: Es war ein weißes Stück Leinen, das soeben für eine Arbeit zurechtgemacht war. Ich riß mir ein Viereck zu Scharpie heraus, und dann riß ich mir noch einen langen Streifen als Binde ab.

Alice kam wieder herein und sagte:

Du hast meine gute Leinwand zerrissen?

Ich werde sie Ihnen bezahlen, erwiderte ich und zupfte weiter Scharpie.

Frau Rodgers war ganz und gar vernichtet von meiner Macht und sagte zu ihrer Tochter: Schweig still, Alice! Edwin sah häufiger und häufiger auf und wimmerte dabei, zuletzt wollte er nach der Wunde am Kopfe greifen; ich hinderte ihn daran. Er schaute mit vollem Blick auf, und ich sah, daß er mich erkannte. Ich legte nun die Scharpie auf die geöffnete Ader und band die Binde darum, was ich vielleicht früher hätte tun können. Dann trugen wir ihn ins Bett und kleideten ihn aus. Er fiel in Betäubung; inzwischen wusch ich die Kopfwunde aus und legte auch um sie einen Verband. Nun kann der Doktor kommen! sagte ich. Und da war mir wie einem Gott zumute.

Als sich dann aber die Spannung bei mir gelegt hatte, wurde ich schlapp und begann zusammenzufallen. Ich sank auf einen Stuhl nieder. Kurz darauf erhob ich mich, ging mit zitternden Knien aus dem Hause und setzte mich hinter den Stall; nun war ich gar nichts mehr wert. Ich blieb wohl zehn Minuten sitzen, dann wurde ich wieder etwas munterer und ging zu meinem Gespann hinüber, schirrte die Tiere ein und begann wieder zu pflügen. Ich hätte auf meinem Sitz einschlafen können. Zwei oder drei Stunden lang fuhr ich mit dem Pfluge. Dann kam der alte Rodgers zu mir und sagte, der Doktor sei da gewesen, habe Edwins Wunde wieder aufgebunden und ihm Tropfen gegeben. Mr. Rodgers bat mich, die Tiere für heute auszuspannen.

Ich tat das und ging mit ihm aufs Gut zurück. Es wurde fast nichts zwischen uns beiden gesprochen, ich sah aber, wie dankbar mir der alte Mann war.

Frau Rodgers kam uns entgegen und sagte zu mir: Der Doktor ist hier gewesen, er glaubt, daß Edwin es überstehen wird.

Er sagte, du hast recht getan, ihn zur Ader zu lassen, fügte Rodgers hinzu.

Er sagte, du hast ihm das Leben gerettet, fiel die Frau ein.

Und wieder wurde ich zum stolzen Gott und Herrn.

Ich trieb mich den Rest des Tages herum und arbeitete nicht. Aber dies Nichtstun machte mir kein Vergnügen, und ich ging unstet auf der Farm umher und langweilte mich; hätte ich mich nicht geschämt es zu tun, ich hätte mich gern wieder auf den Pflug gesetzt. Für Alice hätte es sich geziemt, mir wenigstens ein paar herzliche Worte zu sagen, anstatt dessen kam sie und sagte erbost: Du hast gegen mich mit dem Fuß aufgestampft, Nut. Tu das nicht noch einmal! Ich kam nicht dazu, darauf ein Wort zu erwidern, so unmöglich erschien sie mir in dem Augenblick. Die Alten setzten sich aber in den Kopf, ich sei gewiß ein merkwürdiger Mann und vieler Dinge kundig; sie horchten aufmerksam zu, wenn ich etwas sagte, und es war mir so, als ob sie begännen einen kleinen Unterschied zwischen Fred und mir zu machen, und zwar zu meinen Gunsten. Eines Tages wurde ich zum Beispiel mit Weizen und zur Besorgung von Einkäufen in die Stadt geschickt, und Fred war nicht dabei.

Wäre ich aber auch ein Zauberer gewesen, mit nur einer Wundertat hätte ich mich doch nicht bis in alle Ewigkeit behaupten können. Als so die Tage verstrichen und der

kleine Edwin sich erholte und alles wie früher wurde, fiel meine Großtat der Vergessenheit anheim, und ich ging wieder arm und als Besiegter auf der Farm herum. Darin fand keine Änderung statt.
Fred kam zu mir und sagte: Bald kommt der Frost, und mit dem Pflügen ist es zu Ende. Was wirst du dann anfangen?
Ich weiß wahrhaftig nicht, erwiderte ich. Aber es wird sich schon Rat finden.
Fred und ich kamen gut miteinander aus, es bestand keine Feindschaft zwischen uns, und ich grollte ihm nicht, weil er sich mein Gespann angeeignet hatte. Alice war daran schuld. Fred war durchaus kein übler Landstreicher, und erst in diesem Jahr, als er arbeitslos wurde, hatte er sich auf das Vagabundieren verlegt. Dagegen war er eitel auf sein hübsches Gesicht, und wenn er lachte, öffente er den Mund nur ganz wenig, weil er die Zahnlücke verbergen wollte. Dadurch bekam er ein Aussehen, als wenn er durch einen Spalt in der Lippe lache. Aber es kleidete ihn, wenn er den Mund so sparsam öffnete, da er von Natur etwas dicke Lippen hatte. Lach noch ein bißchen! konnte Alice zu ihm sagen. Sie war unsinnig in ihn verliebt.
Obgleich ich viel schlimmer daran war und meine Liebe nicht erwidert wurde, war auch Fred nicht auf Rosen gebettet. Er erzählte mir, daß Alice sich seinetwegen an ihre Eltern gewandt und ihnen gestanden hätte, daß sie ihn liebe; die Eltern hätten aber verlangt, daß sie von ihm lassen solle.
Fred sagte zu mir: Du mußt uns helfen, Nut.

Ich fühlte mich etwas gehoben durch dies Verlangen und fragte: Bittest du mich mit Alices Zustimmung?
Ja, sagte Fred, sie hat es gewünscht.
Ich sagte: Dann werde ich es tun!
Es schwebte mir vor, daß es mir vielleicht gelingen könnte, Fred durch meinen unglaublichen Edelmut auszustechen.
Ich besaß das Ohr der beiden Alten, und ich fragte Frau Rodgers eines Tages, ob sie von einer Farm oder aus einer Stadt stamme.
Von einer Farm, war die Antwort.
Das müsse ein seltsames Leben für ein junges Mädchen sein, so auf einer einsamen Farm, sagte ich weiter. Wie man denn da Menschen kennenlerne?
Frau Rodgers erwiderte, es seien doch die umliegenden Farmen da. Und dann komme man wöchentlich in die Stadt. Aber natürlich, viele Menschen treffe man nicht.
Und wie es mit dem Heiraten sei? fragte ich sie. Ob man einfach einen Vorbeiziehenden nehme?
Da sahen die zwei Alten sich an. Sie hatten eine ältere Tochter, die mit einem durchgebrannt war, der vorbeigezogen gekommen war. Dem Paar war es aber gut gegangen, die jungen Leute hatten sich Land genommen und waren Farmer geworden, der kleine Edwin war ihr Sohn.
Ein Wagnis bleibe es immer, gab ich weiter zu bedenken. Wie leicht könne ein junges Mädchen sich in einen Unwürdigen verlieben, bloß weil sie keinen andern kenne und nicht die Wahl habe!
Ja, darin hätte ich ganz sicherlich recht. So sei es.

Unzweifelhaft müßte man vorsichtig sein gegenüber Landstreichern wie wir es seien, sagte ich zum Schlusse. Wieder sahen die beiden Alten sich an und verstanden mich genau. Das wird die Mutter ihrer Tochter nicht vorenthalten! dachte ich. Alice wird zwar Fred nicht aufgeben, aber sie wird eine Vorstellung von meiner unheimlichen Einsicht bekommen!

Es dauerte aber nicht lange, bis ich selbst ängstlich wurde wegen dessen, was ich da gesagt hatte; ich war zu weit gegangen, Alice würde erkennen, daß ich Fred entgegenarbeitete. Ich benützte also die nächste Gelegenheit und sagte zu Frau Rodgers, mit Fred sei das ganz etwas andres, er sei bestimmt ein kerniger Bursch und eine Perle von einem Mann, die ich sicher wählen würde, wenn ich ein Mädchen wäre. Auch diesmal fand ich Gehör bei den Alten, und ich merkte, daß es ihnen einleuchtete, eine wie uneigennützige Seele ich sei.

Ich paßte dem Mädchen eines Abends im Finstern auf und wollte zuerst sie zum Reden veranlassen.

Freddies Freund bist du nicht, sagte sie.

Was hab ich getan?

Du hast ihm allerhand Schlechtes nachgesagt.

Da nahm ich Alice mit zu ihrer Mutter hinein und fragte, was ich Schlechtes über Fred gesagt hätte.

Du hast gesagt, man müsse sich vor den Herumstreichern hüten, aber Fred sei eine Ausnahme und eine Perle, erwiderte die Mutter. Aber Mutter, das hast du mir nicht erzählt! rief Alice. Gott segne dich, Nut!

Stolz und aufgebracht ging ich weg und nutzte meine günstige Position gut aus. Als Fred mich das nächste

Mal bat, ihm weiter zu helfen, entgegnete ich, ich wolle nichts mit seiner Sache zu tun haben und der Grund dafür sei Alicens Benehmen.

9

Weinend kam Alice zu mir und bat mich, ihren Eltern noch mehr Gutes über Fred zu sagen. Das geschah am Abend, als alle Arbeit getan war. Alice kam dicht an mich heran und fingerte dann und wann an meinem Blusenknopf herum, so daß ich näher bei ihr stand als je zuvor und ein wenig ihren Atem spürte. Dies Glück machte mich benommen, und ich antwortete ohne Zusammenhang.

Über Fred? Also gut, was soll ich sagen? Ja, ich werde alles tun, was Sie verlangen.

Und ich wußte nicht, daß Fred den Lauscher spielte; er stand aber im Stall und hörte uns zu.

Was soll ich also tun? fragte ich. Wissen Sie, worum Sie mich bitten? Sie haben doch wohl gemerkt, daß ich selber Sie lieb habe.

Nein, ich habe das nicht gemerkt, antwortete sie. Du hast nie was davon gesagt.

Gesagt hab ich es nicht, nein. So hoch versteige ich mich nicht. Ich weiß, daß ich ein Vagabund und Ihrer unwürdig bin.

Übrigens macht das weder so noch so etwas aus, sagte Alice, denn Freddie ist der, den ich liebe.

Und dann bitten Sie mich um Hilfe?

Nein, nein, sagte sie, reden wir nicht mehr davon!
Ist Ihnen nie der Gedanke gekommen, daß ich schon uneigennützig genug gewesen bin? sagte ich. Ich habe nicht ein Wort des Dankes von Ihnen vernommen. Aber sollte ich jetzt noch weiter gehen, so würde es die Kräfte eines Menschen übersteigen.
Ich weiß, daß du ein guter Mensch bist, sagte Alice.
Mehr aber nicht?
Doch, auch ein gelehrter Mann bist du, mit tiefer Einsicht in alles. Du schreibst wie der Blitz.
Das aber, was ich hören wollte: daß ich beinahe so gut aussehe wie Fred und ebenso betörend sei, das sagte Alice nicht.
Könnten Sie mich niemals gern haben? fragte ich.
Gewiß, sagte Alice, ein wenig, das heißt …
Ich schmeichelte mich weiter ein und fragte: Glauben Sie nicht, daß ich unsre Farm hochbringen und ordentlich Geld verdienen und Sie auf den Händen tragen würde? Was aber wird Fred machen? Alice schwieg.
Sie wissen nicht, was für ein Mann ich bin, sagte ich geheimnisvoll und gab ihr zu verstehen, daß sie keine Ahnung von mir hätte.
Aber ich, aber ich! rief Fred und kam plötzlich aus dem Stall hervor.
Er hatte eine Heugabel in den Händen. Die Ahnung hab ich von dir, daß du ein schlechter Kerl und ein Schuft bist, sagte Fred wütend, ich schlag dich tot wie einen Hund.
Da bekam ich Angst und hielt den Arm zur Abwehr hoch. Beruhige dich, Fred, und laß mich gehen, sagte ich.

Gehen! Ich bring dich um, noch in dieser Sekunde! schrie Fred und stach mit der Heugabel nach mir.
Alice schickte sich nicht an, dazwischenzutreten. Erstich ihn nicht! war alles, was sie sagte.
Du bist ein Mörder, sagte ich zu Fred. Und ich bitte dich, leg die Heugabel beiseite, Mörder du.
Fred wollte mich aber nicht schonen.
Gehst du auch nur einen Zoll von der Stelle, so stech ich dich nieder, sagte er.
Ich setzte mich auf die Erde. Ich sah, daß Fred vollkommen verrückt war – ich konnte nichts bei ihm ausrichten. So ein Stich mit der Heugabel ist dafür bekannt, daß er sehr langsam oder vielleicht niemals heilt, und ich fürchtete für mein Leben.
Was hast du den Alten über mich gesagt? schrie Fred.
Du bist ein dummes Luder, sagte ich. Ich hab nichts gesagt, und ich will dir keinen Gefallen tun.
Fred drehte die Heugabel um und versetzte mir mit dem Stiel einen Schlag auf den Kopf. Es tat nicht besonders weh. Ich stand wieder auf. Als die Heugabel neuerdings in meine Nähe kam, griff ich mit der Hand aus und bekam sie zu fassen. In demselben Augenblick verstand Alice, daß nun Gefahr für Fred im Verzug war, und sie lief ins Haus und holte ihren Vater.
Ruhig Burschen, sagte Herr Rodgers, was geht hier vor?
Fragen Sie Fred, erwiderte ich. Er kam mit der Heugabel gelaufen. Sie haben beide nacheinander die Heugabel gehabt, sagte Alice.
Jetzt verstand ich, daß Alice ein schlechter Mensch war, und obwohl auch ich schlecht war – sie war doch noch

viel schlechter. Im Zorn ging ich meiner Wege und überließ es den zwei Liebesleuten, sich zu verständigen und zu entschuldigen und auf meinen Rücken abzuladen, was sie wollten. Aber am nächsten Tag ging ich zu Fred hinüber, als er pflügte, und befahl ihm, vom Pflug herunterzusteigen. Das wollte er nicht, da gab ich ihm einen Schlag unter die Kinnlade, daß er schwankte und vom Sitz fiel. Und zur Rache dafür fiel Fred nichts andres ein, als den Rücken meiner Jacke völlig zu zerschneiden, einmal bei Nacht, als ich lag und schlief.
Wir pflügten, bis eine Eisdecke die Felder überzog, ja bis zu der Zeit, da der Frost begann, in die Erde einzudringen. Und eines Tages sagte Herr Rodgers:
Nun, Burschen, hört auf mit dem Pflügen!
Wir spannten sofort die Maultiere aus und begaben uns nach Hause. Und zum letztenmal striegelte ich die Tiere und wusch ihre Hufe und gab ihnen zu fressen.
Es wird dunkel, bald ist es Nacht, ihr könnt bis morgen bleiben, sagte Herr Rodgers.
Er rechnete nach, wie hoch unser Guthaben war, und zahlte uns das Geld aus. Ich hatte keinen Vorschuß genommen, so daß ich mehr bekam als Fred, der sich hatte Vorschuß geben lassen: für neue Kleider und einen neuen Hut aus der Stadt.
Herr Rodgers erbot sich, mir für die Reise eine etwas bessere Jacke zu borgen als meine eigne; ich könne sie ja bei seinem Kaufmann hinterlegen, sagte er. Ich drehte nun die Taschen seiner Jacke um, damit er sehe, daß nichts darin vergessen war. Das war ein etwas überflüssiger Pfiff von mir und sollte meine Ehrlichkeit beweisen. In der

Nacht wurde ich davon wach, daß Fred von seiner Pritsche aufstand und seine Jacke anzog.
Wo willst du hin? fragte ich.
Er gab mir keine Antwort.
Fred ging fort und blieb fort. Er hat etwas im Sinn! dachte ich und schlich mich hinter ihm her an die Tür und öffnete sie; draußen war es finster und kalt, und ein paar Sterne standen am Himmel. Weiter zu spionieren wagte ich nicht, sondern ging wieder hinein; was auch geschehen mochte, das beste war, sich davon fern zu halten. Ich war durchfroren vom Stehen in der Tür und schlief jetzt recht tief; erst am Morgen erwachte ich wieder.
Als ich aufstand und zu den Alten hineinging, war Fred noch nicht zurückgekommen.
Wo ist Fred? fragte Frau Rodgers; sie hatte das Essen bereit.
Das weiß ich nicht, erwiderte ich.
Sie ging nun hinaus und rief, doch kein Fred gab ihr Antwort. Da regte sich in der alten Frau eine Ahnung, sie riß die Tür zu Alicens Kammer auf und sah hinein. Die war leer. Und sie schloß die Türe wieder und sagte: Wo mag nur Alice sein?
Ihr Gesicht war aschgrau.
Wir suchten dann nach den beiden, suchten kreuz und quer, fanden sie jedoch nicht. Im Stall fehlte aber Alicens Gespann, und es wurde uns klar, daß das Paar das Weite gesucht hatte.
Genauso wie unsre älteste Tochter, sagte Herr Rodgers niedergeschlagen.

Der alte Rodgers grämte sich und war stumm, er ging herum und tat dies und das, hatte aber nirgends Ruhe. Seine Frau war es, die zuerst ihre Fassung wiederfand und sagte, es sei ihrer andern Tochter gut gegangen, also würde es vielleicht auch dieser glücken. Und nach Großelternart sahen sie auch ihre erwachsenen Kinder nicht mehr als die an, die ihnen am meisten am Herzen lagen, sondern die kleinen Enkelkinder. Klein-Edwin war die höchste Freude des Hauses. Wenn du wieder einmal hier vorbeikommst, will ich dir gern Arbeit geben, wenn ich welche habe, sagte Herr Rodgers zu mir. Wohin gehst du?

Weiter nach Westen, erwiderte ich.

Das solltest du nicht tun, sagte Rodgers. Du solltest dir hier in der Stadt eine Stellung suchen und in unsrer Gegend bleiben.

Ich ging dann aber in die Weinfelder von Kalifornien.

Die Königin von Saba

1

Man reist ein wenig umher, man irrt von Ort zu Ort, und man trifft durch Schicksalsfügung Menschen immer wieder, die man früher einmal gesehen hat, begegnet ihnen plötzlich, an unerwarteten Stellen, so daß man vor Überraschung ganz vergißt, den Hut abzunehmen und zu grüßen.

So geht es mir oft, ja sehr oft. Dabei ist gar nichts zu machen.

Was mir 1888 widerfuhr, steht in merkwürdigem Zusammenhange mit einem Erlebnis von heuer, vor nun kaum einer Woche, bei einer kleinen Reise nach Schweden. Es ist eine ganz einfache und verständliche Geschichte, alles ist ganz schlicht vor sich gegangen: vielleicht ist sie nicht einmal wert, daß man sie erzählt. Aber ich will doch versuchen, es zu tun, so gut ich es vermag. Du fragtest, als wir das letztemal beisammen waren ... ja, du entsinnst dich wohl selbst, wonach du fragtest, so daß ich es dir nicht zu wiederholen brauche. Aber ich antwortete damals, daß es mir niemals etwas geholfen habe, wieviel ich auch versucht hätte, es sei immer etwas dazwischengekommen, ich sei zurückgewiesen, vor die Tür gesetzt worden. Und ich lüge nicht, ich werde es dir beweisen, daß es wahr ist; so nah, wie dieses letzte Mal bin ich noch niemals daran gewesen, und doch wurde ich so nett vor die Tür gesetzt. Dabei ist nichts zu machen.

Im Jahre 1888 bekam ich Geld zu einem Ausflug irgendwohin – ich erzähle es ganz, wie es ist. Ich fuhr nach Schweden hinüber und wanderte frohen Mutes an der Eisenbahn entlang, während Zug auf Zug jeden Tag an mir vorbeijagte. Ich traf auch viele Menschen, und alle diese Menschen grüßten mich, sie sagten grüß Gott, und ich sagte auch grüß Gott, weil ich nichts anderes zu antworten wußte. Als ich nach Göteborg kam, war mein erstes Paar Schuhe kläglich zerrissen, aber davon rede ich nicht. Bereits bevor ich nach Göteborg kam, trat das Ereignis ein, von dem ich berichten will. Was meinst du: Wenn eine Dame dir durch ein Fenster einen Blick zuwirft und später keine Notiz von dir nimmt, dann läßt du es gehen und knüpfst keine Vermutungen daran. Du müßtest ein Narr sein, wenn du dir nach so einem einzigen armseligen Blick etwas einbildetest. Aber wenn nun die Dame dich nicht nur mit größtem Interesse anschaut, sondern dir sogar ihr Zimmer, ja ihr Bett auf einer schwedischen Karriolstation überläßt, findest du nicht, daß du dann einigen Grund hast, an ihre reellen Absichten zu glauben und Hoffnungen zu hegen?
Ich fand es, ich hoffte bis zum letzten; vor einer Woche kostete es mich sogar eine Schmerzensreise bis Kalmar …

Ich war bis zur Karriolstation Bärby gekommen. Es war spät am Abend, und ich war vom frühen Morgen an gewandert, so daß ich beschloß, hier für heute Rast zu machen. Ich ging in die Stube hinein und verlangte Essen und Unterkunft.
Ja, Essen könnte ich bekommen, aber Unterkunft hätte man nicht mehr, alle Zimmer wären besetzt, das Haus ganz voll.
Es war ein junges Mädchen, mit dem ich sprach – wie sich später zeigte, die Tochter des Hofes. Ich sehe sie an und tue, als wenn ich sie nicht verstehe. Wollte sie mich fühlen lassen, daß ich ein Norweger bin, ein politischer Gegner?
Was für eine Menge Wagen hier stehen! sagte ich gleichgültig.
Ja, das sind Marktleute, die hier übernachten, erwiderte sie.
Daher haben wir kein leeres Bett mehr übrig. Dann geht sie hinaus und bestellt mein Essen. Als sie zurückkam, begann sie abermals davon zu reden, wie besetzt das Haus sei. Sie sagte:
Sie können entweder bis zur nächsten Station weitergehen, das ist Ytteraa, oder mit dem Zuge ein Stück zurückfahren. Hier ist es, wie gesagt, voll!
Ich verzieh dem naiven Kinde und wollte nicht unangenehm sein, aber ich beabsichtigte natürlich nicht, mich vor dem nächsten Morgen von der Stelle zu rühren. Ich befand mich an einer öffentlichen Karriolstation und mußte ein Bett bekommen!
Es ist ein unvergleichliches Wetter! sagte ich.

Ja, erwiderte sie. Daher ist es auch nur ein Vergnügen, nach Ytteraa zu gehen. Es ist nicht weit, nur eine gute Meile.

Aber nun wurde es mir ein wenig zu arg, ich sagte ernst und langsam: Ich halte es für selbstverständlich, daß Sie mir heute nacht hier Unterkunft verschaffen; ich *wünsche* nicht weiter zu gehen, ich bin müde.

Aber wenn alle Betten besetzt sind! erwidert sie.

Das ist nicht meine Sache. Damit setzte ich mich mit meinem ganzen Gewicht auf einen Stuhl.

Das Mädchen tat mir übrigens leid, sie sah nicht danach aus, als wenn sie mir aus Bosheit Schwierigkeiten in den Weg legen wollte. Ihr Gesicht war ehrlich, ihr Haß gegen die Norweger beherrscht.

Sie können mich unterbringen, wo Sie wollen, meinetwegen hier auf dem Sofa, sagte ich dann. Aber es zeigte sich, daß auch das Sofa schon vergeben war.

Nun begann mir halbwegs angst zu werden. Sollte ich noch eine gute schwedische Meile gehen, so kam ich niemals heil davon; eine ›gute‹ Meile in Schweden nimmt kein Ende, das wußte ich schon.

Aber Herrgott, sehen Sie denn nicht, daß auf dem Marsch meine Stiefel zerrissen sind? rief ich. Sie jagen doch wohl nicht Menschen mit solchem Schuhzeug hinaus?

Nein, aber die Schuhe werden doch auch bis morgen nicht besser, bemerkte sie lächelnd.

Ja, darin hatte sie nun allerdings recht, und ich wußte nicht, was ich tun sollte. In demselben Augenblick geht die Tür auf, und es stürmt wieder ein junges Mädchen herein.

Sie lacht über etwas, was ihr widerfahren ist oder woran sie denkt, und sie macht den Mund auf, um es zu erzählen. Als sie mich erblickt, wird sie nicht im geringsten verlegen, sondern sieht mich lange an und nickt mir schließlich sogar zu. Darauf fragt sie leise:
Was gibt's, Lotta?
Und Lotta antwortet ihr etwas, was ich nicht höre, aber ich verstehe, daß sie von mir flüstern. Ich sitze da und lausche, als wenn mein Schicksal entschieden werden sollte. Nun werfen sie einen verstohlenen Blick auf meine Schuhe, und ich höre, daß sie ein wenig miteinander lachen. Die zuletzt hereingekommene Dame schüttelt den Kopf und ist im Begriff, wieder hinauszugehen.
Als sie zur Tür gekommen war, wandte sie sich plötzlich um, als wenn ihr etwas einfiele, und sagte:
Aber ich kann ja heute nacht mit dir zusammen schlafen, Lotta, dann kann er mein Zimmer bekommen.
Nein, erwiderte Lotta, das können Sie wirklich nicht, Fräulein.
Ach doch, gewiß kann ich das.
Pause. Lotta denkt nach.
Ja, wenn Sie wollen, Fräulein. Und dann, zu mir gewandt, fährt Lotta fort: Die Dame will Ihnen also ihr Zimmer überlassen.
Ich springe auf, schlage die Hacken zusammen und mache eine Verbeugung. Ich glaube, ich brachte es gut zuwege. Ich dankte der Dame auch mündlich, sagte, sie hätte mir eine Liebenswürdigkeit erwiesen, die in meinem Leben einzig dastände, und schließlich erklärte ich,

daß ihr Herz ebenso gut wäre wie ihre Augen *schön*. Dabei verbeugte ich mich abermals und machte es wieder ebenso gut.

Ja, das führte ich alles ausgezeichnet aus. Sie errötete und lief mit lautem Lachen auf die Tür zu. Lotta eilte ihr nach.

Ich blieb zurück und dachte darüber nach. Es stand sehr gut; sie hatte gelacht, war errötet und hatte wieder gelacht, es konnte nicht besser anfangen. Herrgott, wie jung sie war, kaum achtzehn Jahre, mit Grübchen in den Wangen und einer Vertiefung im Kinn. Kein Tuch um den Hals, nichts um den Hals, nicht einmal eine Spitze am Kleid, nur ein Zugband. Und dazu einen schweren, dunklen Blick in dem süßen Gesicht. Ich hatte noch niemals etwas Derartiges gesehen. Gut, und sie hatte mich mit Interesse beobachtet.

Eine Stunde später sehe ich sie draußen auf dem Hofplatz; sie hat sich in einen der leeren Wagen gesetzt und sitzt dort und knallt mit der Peitsche. Wie jung und lustig sie ist, sie sitzt ganz allein da und summt und knallt mit der Peitsche, als sei angespannt. Ich nähere mich, mir schwebt etwas vor von Pferde ausspannen und Wagen ziehen. Ich lüfte den Hut und bereite mich vor, etwas zu sagen …

Da erhebt sie sich plötzlich, hoch und stolz, wie eine regierende Fürstin, sieht mich einen Augenblick an und steigt aus dem Wagen. Ich werde das niemals vergessen; obschon sie keinen Grund hatte, die Sache so schlimm aufzufassen, war sie wirklich großartig, als sie sich erhob und ausstieg. Ich setzte den Hut auf und schlich mich verlegen und bedrückt fort. Der Teufel soll den Einfall holen, den Wagen zu ziehen!

Andererseits: was fehlte ihr? Hatte sie mir nicht soeben ihr Zimmer überlassen? Wozu denn nun diese Sprödigkeit?

Das ist Verstellung, sagte ich mir selbst, sie tut nur so, ich kenne den Kniff, sie will mich zappeln lassen – gut, ich füge mich darein, ich zappele!

Ich setzte mich auf die Treppe und zündete mein Pfeifchen an. Rings um mich plauderten die Marktleute; einige Male hörte ich, daß drinnen im Hause Flaschen aufgezogen wurden und Gläser klirrten. Das Fräulein sah ich nicht mehr.

Die einzige Lektüre, die ich mit hatte, war eine Karte von Schweden; ich sitze da und rauche und ärgere mich, schließlich nehme ich meine Karte aus der Tasche und beginne zu studieren. Es vergehen so einige Minuten, Lotta erscheint in der Tür, sie will mir mein Zimmer zeigen, wenn ich es wünsche. Es ist zehn Uhr geworden, ich erhebe mich und gehe mit. Im Flur treffen wir das Fräulein.

Nun geschieht etwas, dessen ich mich bis auf die kleinsten Geringfügigkeiten entsinne: Das Paneel im Flur ist frisch gestrichen; aber davon weiß ich nichts, ich trete also vor dem Fräulein beiseite, als wir ihr begegnen, und da ist das Unglück geschehen.

Das Fräulein schreit atemlos auf:

Die Farbe …!

Aber es ist zu spät, ich habe schon meine ganze linke Schulter an das Paneel gelegt.

Sie blickt mich ganz bestürzt an, sieht dann Lotta an und sagt:
Was machen wir nun *damit*?
Und Lotta antwortet:
Das reiben wir mit etwas ab! Worauf sie beide in Lachen ausbrechen.
Nun gehen wir wieder alle drei auf die Treppe hinaus, und Lotta holt etwas, um mich damit abzureiben.
Und ich setze mich!
Dann beginnen wir zu plaudern ...
Du magst es mir nun glauben oder nicht, ich sage dir, als ich mich an diesem Abend von dem Fräulein trennte, hatte ich die besten Hoffnungen. Wir hatten geplaudert und geschwätzt und über alles mögliche gelacht, und ich bin überzeugt, daß wir eine gute Viertelstunde dort auf der Treppe saßen und schwatzten. Und weiter? Weiter geschah nichts! Na ja, ich brüste mich ja auch nicht damit; aber ich dachte doch nicht, daß eine junge Dame einem Mann so gut wie unter vier Augen eine reichliche Viertelstunde schenken würde, wenn sie sich nichts weiter dabei dachte. Als wir uns endlich trennten, sagte sie obendrein zweimal gute Nacht; schließlich öffnete sie sogar noch die Tür ein wenig, sagte langsam noch ein drittes Mal gute Nacht und warf dann die Tür zu. Darauf hörte ich, daß sie und Lotta drinnen auf das lustigste zu lachen anfingen. Ja, wir waren alle bei bester Laune.
Ich begebe mich also in mein Zimmer – in *ihr* Zimmer. Es war leer, ein ganz gewöhnliches Gastzimmer mit kahlen, blaugemalten Wänden und einem schmalen, nied-

rigen Bett. Auf dem Tische lag eine Übersetzung von Ingrahams *Der Fürst aus Davids Haus.* Ich begann in dem Buche zu lesen. Noch höre ich das Kichern und Lachen aus dem Zimmer der jungen Mädchen. Welch ein hübsches, lustiges Mädel; dieser dunkle Blick in dem jungen Gesicht. Wie ausgelassen sie lachen konnte, obschon sie so stolz aussah!

Ich versank in Gedanken; die Erinnerung an sie glühte stumm und mächtig in meinem Herzen.

Am Morgen erwachte ich darüber, daß mich etwas Hartes in die Seite drückte – es zeigte sich, daß ich mit dem *Fürsten aus Davids Haus* zusammen geschlafen hatte.

Ich auf und in die Kleider, es war neun Uhr.

Ich komme in die Stube hinunter und erhalte mein Frühstück; von dem Fräulein sehe ich nichts. Ich frage endlich Lotta in feiner Weise, wo die junge Dame geblieben ist.

Ja, antwortet Lotta, das Fräulein ist abgereist.

Abgereist? Gehörte das Fräulein nicht zum Hause?

Nein, es war das Fräulein oben vom Herrenhof. Sie ist früh am Morgen mit dem Zug abgereist; sie sollte nach Stockholm.

Ich verstumme. Sie hatte natürlich nicht einmal einen Brief oder einen Zettel für mich hinterlassen; ich wurde so verzagt, daß ich mich nicht einmal nach ihrem Namen erkundigte. Alles war mir gleichgültig. Nein, auf Weibertreue sollte man niemals bauen.

Ich wandere schlaffen Blickes und wunden Herzens nach Göteborg. Wer hätte sich das auch denken können;

sie, die so ehrlich und stolz aussah! Aber es war gut, ich wollte es wie ein Mann tragen; niemand im Hotel sollte sehen, was ich litt …

Es war gerade um die Zeit, da Julius Kronberg sein großes Gemälde, *Die Königin von Saba,* in Göteborg ausgestellt hatte. Wie alle andern ging denn auch ich hin, um dieses Bild anzuschauen, und als ich es sah, wurde ich ordentlich davon ergriffen. Das merkwürdigste war, daß die Königin selbst äußerst meinem Herrenhoffräulein zu ähneln schien – nicht, wenn sie lachte und scherzte, sondern in dem Augenblick, als sie in dem leeren Wagen aufgerichtet dastand und mich mit den Augen zerschmetterte, weil ich ihr die Pferde ausspannen wollte.
Weiß Gott, ich fühlte es wieder im Herzen. Das Gemälde ließ mich nicht in Frieden, es erinnerte mich allzusehr an mein verlorenes Glück; in einer schönen Nacht inspirierte es mich zu meiner bekannten Kunstkritik über die *Königin von Saba,* die im Dagblad vom 9. Dezember 1888 stand. In dieser Kunstkritik schrieb ich folgendes über die Königin:
»Sie ist eine moderne Äthiopierin, neunzehn Jahre alt, schlank, verlockend schön, Majestät und Weib in einer Person … Mit der linken Hand hebt sie gerade den Schleier vom Gesicht und richtet ihre Augen auf den König. Sie ist nicht dunkel, selbst ihre schwarzen Haare sind ganz von dem silberhellen Diadem, das sie trägt, verdeckt; sie sieht wie eine Europäerin aus, die im Orient gereist ist und einen Hauch von der heißen Sonne be-

kommen hat. Aber ihre Augen haben die dunkle Farbe, die ihre Heimat verrät, diesen zugleich schweren und feurigen Blick, der den Beschauer zusammenfahren läßt. Man wird diese Augen nicht vergessen, sich ihrer noch lange erinnern und sie im Traume wieder vor sich sehen ... «

Dies von den Augen ist schön; dergleichen sagt man nicht, ohne daß man etwas Ähnliches im Herzen fühlt, man frage, wen man will. Und seit dem Tage hat mein Herz auch immer das wunderliche Mädchen von der Bärbyrer Karriolstation die »Königin von Saba« genannt.

2

Ich bin noch nicht fertig mit ihr, vier Jahre später taucht sie wieder auf, jetzt, kaum vor einer Woche.

Ich reise von Kopenhagen nach Malmö, ich will dort jemand besuchen, der mich erwartet – ich erzähle es wieder, wie es ist. Meine Sachen habe ich im Hotel abgegeben, und man hat mir ein Zimmer angewiesen. Dann gehe ich aus; um den Menschen zu treffen, der mich erwartet; aber erst will ich einen kleinen Spaziergang zur Bahn hinunter machen, um mich dazu zu sammeln. Da treffe ich einen Mann, mit dem ich mich in ein Gespräch einlasse, ich stehe eben da und sage etwas zu diesem Mann, als ich plötzlich ein Gesicht in einem Zuge sehe, der gerade im Begriff ist, abzufahren, und das Gesicht wendet sich mir zu, zwei Augen mustern mich – bei Gott, das ist die Königin von Saba!

Ich springe augenblicklich in den Zug hinein, und einige Sekunden später fahren wir ab.
Nun, das ist Schicksal! Daß ich da stehe und sie nach Verlauf von vier Jahren wiedersehe und in einen abgehenden Zug hineinspringe, während all mein Gepäck im Hotel steht, das ist Schicksal! Über dergleichen ist man nicht Herr. übrigens hatte ich auch meinen Mantel abgelegt; in der Verfassung kam ich in den Zug hinein.
Ich sehe mich um, es ist ein Abteil erster Klasse, in das ich eingestiegen bin, und es sitzen ein paar Reisende darin. Gut, ich lasse mich neben ihnen nieder und beginne mich mit einer Zigarre und etwas Lektüre gemütlich einzurichten. Wo würde das Schicksal mich hinführen? Ich wollte dorthin reisen, wohin die Königin von Saba reiste, es kam nur darauf an, gut aufzupassen; wo sie ausstieg, da würde ich auch aussteigen, meine einzige Aufgabe bestand darin, mit ihr zusammenzutreffen.
Als der Schaffner kam und meine Fahrkarte haben wollte, hatte ich keine.
Aber wo ich denn hin wollte?
Das wüßte ich selbst nicht recht, aber …
Ja, dann müßte ich bis Arlöf bezahlen und einen Zuschlag von vierzig Öre. In Arlöf müßte ich dann eine Fahrkarte weiter lösen.
Ich tat, wie der Schaffner sagte, und bezahlte mit Freuden den Zuschlag.
In Arlöf löste ich dann eine Karte bis Lund, die Königin von Saba fuhr vielleicht nach Lund zu Besuch, und ich wollte sie im Auge behalten.
Aber sie stieg in Lund nicht aus.

Nun mußte ich wieder an den Schaffner bezahlen, diesmal bis Lackalänga und abermals vierzig Öre Zuschlag – das waren achtzig. In Lackalänga löste ich eine Karte gleich bis Hessleholm, um sicherzugehen, und setzte mich dann wieder ins Abteil, ganz nervös über die verwickelte Reise. Das Geschwätz der Mitreisenden reizte mich auch; was zum Teufel ging es mich an, daß in Hamburg die Maul- und Klauenseuche ausgebrochen war? Meine Mitreisenden waren sicher Landleute, einfache schwedische Viehhändler, denn sie sprachen dreieinhalb Stunden von nichts anderem, als von der Maul- und Klauenseuche in Hamburg. Ja, das war wirklich ungeheuer interessant! Und außerdem: wartete nicht jemand auf mich in Malmö? Gut, laßt den Menschen doch warten! Aber die Königin von Saba stieg auch in Hessleholm nicht aus.
Nun werde ich wütend, ich bezahle an den Schaffner bis Balingslöf, wieder mit vierzig Öre Zuschlag – das machte eine Krone und zwanzig – und nehme in Balingslöf mit zusammengebissenen Zähnen spornstreichs eine Karte bis – Stockholm. Das kostete einhundertundachtzehn Kronen, ich schwör's beim Teufel, daß es soviel ausmachte! Aber es war klar, daß die Königin von Saba jetzt, gerade wie vor vier Jahren, nach Stockholm wollte.
Wir fuhren Stunde um Stunde, ich paßte bei jeder Station auf; aber sie steigt nicht aus. Ich sehe sie am Wagenfenster, und sie beobachtet mich aufmerksam; ach, sie hatte nichts von ihren Gefühlen für mich verloren, das sah ich klar, aber ein bißchen verlegen war sie, und sie schlug die Augen nieder, wenn ich vorbeikam. Ich grüßte

nicht, das vergaß ich jedesmal; hätte sie nicht in einem solchen Kasten von einem Damenabteil eingeklemmt gesessen, würde ich ihr natürlich schon längst meine Aufwartung gemacht, sie an unsere alte Bekanntschaft und daran erinnert haben, daß ich einmal in ihrem Bett geschlafen habe; ich hätte sie damit erfreut, daß ich ganz ausgezeichnet geschlafen habe, bis neun Uhr.

Wie herrlich sie in den vier Jahren geworden war, nun war sie mehr als jemals Majestät und Weib.

Und Stunde um Stunde verging, es geschah nichts weiter, als daß wir etwa um fünf Uhr eine Kuh überfuhren, wir hörten, wie die Beine zerbrochen wurden, und wir machten einen Augenblick halt, um die Schienen zu untersuchen, und fuhren dann wieder weiter. Die beiden Reisenden haben begonnen, von der Dampfschiffahrt auf dem Öresund zu reden, was auch wieder außerordentlich interessant ist. Wie ich litt, wie ich litt! Und wie war es doch, wartete nicht ein Mensch auf mich?

Zur Hölle mit dem Kerl in Malmö!

Weiter, immer weiter, wir passierten Elmhult, Liatorp, Vislanda. In Vislanda steigt die Königin von Saba aus, ich lasse sie nicht einen Augenblick aus den Augen; na, so – sie kommt wieder zurück. Gut, wir fahren weiter.

Dann kommen wir nach Alfvesta.

Nach Kalmar umsteigen!

Hier steigt die Königin von Saba wieder aus; ich stehe da und beobachte, ob es wieder das gleiche ist; aber diesmal geht sie zum Kalmar-Zug hinüber. Darauf war ich nicht vorbereitet, ich bin äußerst erstaunt und kann mich nicht zum Handeln entschließen, bis es beinahe zu spät

ist. Hals über Kopf komme ich noch in den Kalmar-Zug hinein, als er gerade abgeht.
Ein einziger Mensch im Abteil, er blickt nicht einmal auf, er liest. Ich werfe mich auf einen Platz, ich lese auch.
Ein paar Minuten später höre ich: die Fahrkarte!
Es ist ein anderer Schaffner.
Die Fahrkarte! Jawohl! antworte ich und gebe ihm meine Karte.
Die gilt nicht, sagt er, dies ist die Kalmarlinie.
Die gilt nicht, sagen Sie?
Nicht auf dieser Linie.
Ja, das ist wohl nicht meine Sache, wenn man mir eine Karte verkauft, die nicht gilt?
Wo wollen Sie denn hin?
Nach Stockholm natürlich, antworte ich; wo meinten Sie denn, daß ich sonst hin wollte?
Ja, aber dies ist der Zug nach Kalmar, hören Sie, dieser Zug geht nach Kalmar, sagt er ärgerlich.
Na, das wußte ich nicht, aber es war jedenfalls eine jämmerliche Pedanterie von ihm, sich über dergleichen aufzuhalten. Er tat es sicher nur, weil ich ein Norweger war, aus politischem Haß. Ich wollte an ihn denken.
Ja, was machen wir nun da? fragte ich.
Das machen Sie so … Ja, wo wollen Sie nun also hin? Auf dieser Linie kommen Sie nicht nach Stockholm!
Gut, dann reise ich also nach Kalmar, ich meinte eigentlich auch Kalmar, erwidere ich; Stockholm hat mich eigentlich niemals recht angesprochen, ich kann nicht behaupten, daß ich mir Geld zu leihen nehmen möchte, um wieder dorthin zu fahren.

Diese verdammte Königin sollte also nach Kalmar; dann nahm die Qual doch ein Ende. Dann bezahlen Sie also bis Gemla und vierzig Öre Zuschlag, sagte der Schaffner. In Gemla müssen Sie dann eine Karte bis Kalmar lösen. Ich habe aber soeben einhundertundachtzehn Kronen bezahlt, wandte ich ein. Aber ich bezahlte doch und auch die vierzig Öre – das machte eine Krone und sechzig. Nun war meine Geduld aber erschöpft, in Gemla stürmte ich zum Schalter hin und rufe dem Billetteur zu: Wie weit kann ich auf dieser Linie fahren?

Wie weit? Bis Kalmar, wird mir geantwortet. Könnte ich nicht weiter kommen, wäre es ganz unmöglich, auch nur ein ganz kleines Stückchen weiter zu kommen?

Ganz unmöglich. Denn dann kommt die Ostsee.

Gut, also eine Karte bis Kalmar!

Welche Klasse?

He, er fragte, welche Klasse! Der Mann kannte mich offenbar nicht, hatte nichts von dem gelesen, was ich geschrieben habe. Ich antwortete ihm, wie er es verdiente: Erste Klasse, natürlich!

Ich bezahlte und nahm meinen Platz im Zug ein.

Es war Nacht geworden, mein ungemütlicher Mitreisender hatte sich auf seinem Sitz ausgestreckt und die Augen geschlossen, stumm, ohne mir einen Blick zuzuwerfen. Wie sollte ich die Zeit herumbringen? Ich konnte nicht schlafen, ich stand alle Augenblicke auf, untersuchte die Türen, öffnete und schloß die Fenster, fror und gähnte. Dazu kam, daß ich jedesmal, wenn der Zug anhielt, auf dem Posten sein mußte, um meiner Königin willen. Ich begann sie allmählich, ganz erbittert, zu verfluchen.

Endlich, endlich wurde es Morgen. Mein Mitreisender richtete sich auf und blickte hinaus. Dann setzte er sich völlig wach hin und begann zu lesen, ständig ohne mich anzusehen; sein Buch schien gar kein Ende nehmen zu wollen.

Ich erboste mich über ihn, ich sang und pfiff, um ihn zu ärgern; aber er ließ sich nicht stören. Ich wünschte mich im stillen zu der Klauenseuche zurück, angesichts dieser stummen Wichtigtuerei.

Schließlich wurde es mir unerträglich, ich fragte:

Darf ich fragen, wo Sie hinreisen?

Ach, erwiderte er, ich fahre noch ein Stück.

Das war alles.

Gestern überfuhren wir eine Kuh.

Wie meinen Sie?

Gestern überfuhren wir eine Kuh.

So.

Und er las schon wieder weiter.

Wollen Sie mir das Buch verkaufen? sagte ich ganz außer mir.

Das Buch? Nein, erwiderte er.

Nicht?

Nein.

Dabei blieb es. Er sah nicht einmal zur Seite. Ich sank gegenüber dieser Beharrlichkeit ganz zusammen. Eigentlich war auch daran, daß ich mit einem solchen Menschen zusammengetroffen war, diese elende Königin schuld. Sie hatte mir wirklich viel Verdruß bereitet. Aber das sollte alles vergessen sein, wenn ich sie traf. Ach, wie ich ihr alle meine Unannehmlichkeiten schildern wollte, ihr von der Kunstkritik erzählen, von dem Menschen, der in Malmö auf mich wartete und den ich im Stich gelassen hatte, von meiner Reise, erst auf der Stockholmer Linie und dann nach Kalmar – mein Fräulein! Ja, ich würde sicherlich wieder auf sie Eindruck machen. Und keine kleinliche Hindeutung auf die paar Öre Zuschlag und die einhundertachtzehn Kronen!

Und der Zug eilt weiter.

Ich beginne aus Langweile zum Fenster hinauszustarren. Da ist ewig und immer dasselbe zu sehen: Wald, Feld, Äcker, vorbeitanzende Häuser, Telegrafenstangen längs der Bahn, und bei jeder Station die gewöhnlichen leeren Güterwagen aufgestellt, und jeder Wagen mit der Inschrift *Golfyta* versehen.

Was war Golfyta? Das konnte keine Nummer und auch kein Menschenname sein. Ob Golfyta nicht ein großer Fluß in Schonen war oder ein Fabrikzeichen, oder gar eine religiöse Sekte! Aber nun entsann ich mich: Golfyta war ein gewisses Gewicht; eine Golfyta hatte, wenn ich mich recht entsann, einhundertundzweiunddreißig Pfund. Aber das waren noch gute alte Pfunde, und doch gingen fast einhundertunddreiunddreißig solcher Pfunde auf eine Golfyta, so *schwer* war sie …

Und der Zug fährt weiter.

Wie konnte doch dieser stumme Narr da stundenlang sitzen und nur immer lesen und lesen! Das Büchelchen hätte ich in der Zeit dreimal ausgelesen, aber er spreizte sich, tat förmlich dick mit seiner Kenntnislosigkeit und genierte sich nicht. Seine Narrheit überstieg schließlich

alle Grenzen, ich konnte es nicht länger aushalten, sondern streckte den Kopf vor, sah ihn an und sagte:
Was sagten Sie?
Er schlug die Augen auf und starrte mich wie vom Himmel gefallen an.
Wie beliebt? fragt er.
Was?
Er begriff nicht.
Was wollen Sie? fragte er ärgerlich.
Was ich will? Was wollen Sie?
Ich? Nichts!
Na, ich auch nicht!
So. Warum sprechen Sie mich denn an?
Ich? Habe ich Sie angesprochen?
Also nicht! sagte er und wandte sich wütend ab. Dann schwiegen wir wieder beide. Und Stunde um Stunde vergeht; endlich pfeifen wir vor Kalmar.
Nun galt es, nun kam die Entscheidung. Ich betaste meine Wangen – natürlich war ich unrasiert, das war ja meistens so mit mir. Es war aber auch eine ganz mangelhafte Einrichtung, daß es auf dieser langen Linie keine Stationen gab, wo man sich rasieren lassen konnte, um wie ein Mensch auszusehen, wenn es darauf ankam; ich verlange ja nicht angestellte Barbiere an jeder Station, aber man muß mir einräumen, daß es nicht unbillig wäre, in jeder fünften Station einen Barbier bekommen zu können. Das ist jedenfalls meine Meinung.
Dann hielt der Zug.
Ich steige sogleich aus, ich stehe da und beobachte, daß auch die Königin von Saba aussteigt; aber sie wird plötz-

lich von Menschen umringt, daß es mir unmöglich ist, zu ihr hin zu gelangen. Ein junger Mann küßt sie sogar – der Bruder also, er wohnt hier, hat hier Geschäfte, sie besucht ihn! Einen Augenblick später fährt ein Wagen vor, sie steigt ein, nach ihr zwei, drei andere, und fort fahren sie.

Ich stehe da. Sie war mir vor der Nase davongefahren, hatte sich nicht einmal ein wenig bedacht.

Na, gut, da war vorläufig nichts zu machen, ja wenn ich genauer darüber nachdachte, war ich ihr fast dankbar dafür, daß sie mir Zeit ließ, mich zu rasieren und zurechtstutzen zu lassen, ehe ich mich ihr vorstellte. Nun galt es, die Zeit zu benutzen!

Ein Träger kommt auf mich zu, während ich dastehe, und bietet sich an, mein Gepäck zu tragen.

Nein, ich habe kein Gepäck.

Ob ich denn gar kein Gepäck habe?

Nein, ich habe gar kein Gepäck! Ob er mich nun verstehe?

Aber ich wurde den Mann nicht los, er wollte wissen, ob ich weiterreise.

Nein, ich reise nicht weiter!

Ob ich hier wohnen bleiben wolle?

Vielleicht, einige Zeit! Ist ein Hotel in der Nähe?

Aber was ich denn hier vorhabe? Ob ich vielleicht Agent oder Kontrolleur sei?

Wieder einer, der nichts von mir gelesen hatte! Nein, ich sei nicht Kontrolleur.

Aber was ich denn sei?

Adieu! schrie ich ihm ins Gesicht und ging. Solch eine

Aufdringlichkeit! Ich konnte wohl auch auf eigene Faust ein Hotel finden, wenn es darauf ankam. Inzwischen mußte ich mir aber eine Position ausdenken, einen Zweck meines Aufenthaltes ausfindig machen, den ich als Vorwand benutzen konnte; denn es war klar, wenn schon ein so hungriger Gepäckträger so neugierig war, würde der Wirt im Hotel weit schlimmer sein.
Was hatte ich also offiziell, vor Gott und den Menschen, in Kalmar zu tun?
Ein glaubwürdiges Geschäft mußte ich auch deshalb vorschützen, um meine Königin nicht zu kompromittieren. Und ich dachte wild darüber nach, was ich in Kalmar machen sollte. Schon während ich mich unter dem Messer des Barbiers befinde, läßt mir diese Frage keine Ruhe. So viel war sicher: Ich durfte mich im Hotel nicht sehen lassen, bevor ich mir darüber klar war.
Haben Sie Telefon? fragte ich.
Nein, der Barbier hatte kein Telefon.
Aber können Sie einen Boten ins nächste Hotel senden und mir dort ein Zimmer bestellen? Ich habe keine Zeit, selbst hinzugehen, ich habe eine Menge Geschäfte zu erledigen.
Ja, sehr gern!
Dann geht der Lehrjunge.
Ich begann auf den Gassen umherzuschlendern, besah die Kirche, den Hafen, ging ziemlich schnell, aus Furcht, daß jemand mich aufhalten und nach dem Zweck meines Aufenthaltes in Kalmar fragen könnte. Endlich kam ich in den Park, ich warf mich auf eine Bank und gab mich meinen Grübeleien hin.

Ich war allein.
Kalmar – was wollte ich in Kalmar? Der Name kam mir bekannt vor, ich hatte davon irgendwo gelesen. Weiß Gott, ob es nicht etwas Politisches war, ein außerordentlicher Reichstag, ein Friedensschluß. Ich versuchte ›Kalmarer Frieden‹, ›Frieden zu Kalmar‹, hatte ich vielleicht einmal davon gehört? Oder war es ein ›Kalmarer Vertrag‹? Aber nach einer Weile Überlegung sagte ich mir selbst, daß ich von einem ›Vertrag zu Kalmar‹ noch nichts gehört hatte. Plötzlich springe ich auf, ich glaube, es gefunden zu haben: Es war die ›Kalmarschlacht‹, ›Die Schlacht bei Kalmar‹ – wie die Schlacht bei Wörth oder Düppel. Ja, nun hatte ich es! Und ich begebe mich spornstreichs ins Hotel. Wenn es eine Schlacht bei Kalmar gab, dann wollte ich die historischen Plätze studieren, das war der Zweck meines Aufenthalts; dort lag Niels Juels Schiff, dort fuhr eine feindliche Kugel weit über das Land hin und riß die Erde in einem Kohlgarten auf, dort fiel Gustav Adolf auf das Deck des Linienschiffes. Und Kolbein der Starke fragte: Was brach so laut? Norwegen aus deinen Händen! sagte Einar …
Als ich aber vor dem Hotel stand, kehrte ich feige um und gab meine ganze Schlachtgeschichte auf; es hatte niemals eine Schlacht bei Kalmar stattgefunden, die Schlacht fand auf der Reede von Kopenhagen statt. Und ich begebe mich wieder in die Stadt hinaus. Es sieht schlecht für mich aus.
Dann wanderte ich einfach den ganzen Tag umher und genoß weder etwas Trockenes noch etwas Nasses. Ich war schon ganz ermattet. Es war auch bereits zu spät gewor-

den, um in einen Buchladen zu gehen und einige Bücher über Kalmar zu kaufen, denn alle Buchläden waren geschlossen. Endlich schleppe ich mich zu einem Mann hin, der Laternen anzündet.
Entschuldigen Sie, frage ich höflich, was ist doch seinerzeit hier in Kalmar vorgegangen?
Der Mann antwortet mir: Vorgegangen? und sieht mich an.
Ja, sage ich, es ist mir so lebhaft in der Erinnerung, daß hier seinerzeit in Kalmar etwas vorgegangen ist; es hat bedeutendes historisches Interesse, darum möchte ich es gern wissen.
Wir stehen einander gegenüber.
Wo wohnen Sie? fragt er.
Ich bin nämlich ausschließlich hergekommen, um das zu studieren, fahre ich fort, es hat mich ziemlich viel Geld gekostet, ja, es hat mich sogar eine Krone sechzig Öre Zuschlag gekostet, außer den hundertundachtzehn Kronen Fahrgeld, von denen ich gar nicht reden will, so kleinlich bin ich nicht. Sie können die Schaffner fragen, wenn Sie wollen.
Sind Sie aus Norwegen?
Ja, ich bin aus Norwegen.
Sind Sie Agent?
So ermattet ich war, mußte ich wieder so schnell wie möglich flüchten; das war es ja gerade, was ich von dem Manne wissen wollte: was ich war. Aber auch daran war meine Königin schuld, sie war an allem schuld, und ich wünschte, wenn auch mit sanftem Ausdruck, sie möchte um ihrer Bosheit willen zur Hölle fahren.

Dann zog ich mich wieder in den Park zurück. Nein, nun sah ich keine Rettung mehr!

Ich stehe da und lehne mich an einen Baum, Leute wandern an mir vorüber; ich fand es nicht länger geheuer, stehenzubleiben, und mußte mich wieder weiterschleppen. Drei Stunden später hatte ich die Stadt verlassen und befand mich draußen auf dem Lande. Ich sehe mich um, ich bin allein, ein großer, schwarzer Koloß erhebt sich vor meinem Blick. Ich bleibe stehen, um den Koloß zu betrachten, er sieht wie ein Berg aus, mit einer Kirche auf der Spitze. Während ich so dastehe, kommt ein Mann dahergegangen, ich halte ihn an und frage, was dieses wohl für ein Berg ist, ich wüßte nicht mehr seinen Namen aus der Geographie, obschon ich sehr viele Berge kenne.

Das ist das Schloß! erwiderte er.

Das Schloß, das Kalmarer Schloß!

Ich hätte wohl gern gewußt, ob darin nicht alles das vorgegangen war, was mir im Kopf herumspukte!

Das Schloß ist jetzt natürlich traurig ramponiert und verfallen gegen damals, da die großen Begebnisse sich dort ereigneten? fragte ich.

Ach nein, der Verwalter hält gute Aufsicht, erwidert der Mann.

Wer lebt zur Zeit da, ich meine: was für ein Fürst ist nun in dem südlichen Flügel untergebracht? Es liegt mir so auf der Zunge, aber …

Ja, der ist jetzt voll von Rüstungen und Schwertern und Altertümern, allen möglichen alten Sachen …

Ich bekomme stehenden Fußes eine gute Idee: Ich

konnte hierher gekommen sein, um die Altertümer auf dem Schloß zu studieren. Wenn der Mann nicht einen Sack auf dem Rücken gehabt hätte, hätte ich ihn umarmt, und ich entsinne mich deutlich, daß ich nach seiner Frau und seinen Kindern fragte, ehe wir uns trennten. Gegen Mitternacht hatte ich endlich mein Hotel erreicht.

Ich bekam den Wirt zu fassen und sagte, daß ich das Zimmer bestellt hätte. Ich will hier Altertümer studieren, sagte ich kurz und ärgerlich, ich *kaufe* sogar alte Sachen, damit Sie es wissen, das ist mein Beruf.

Der Wirt war mit der Erklärung zufrieden und ließ mich auf mein Zimmer führen.

Nun kommt eine Woche der Enttäuschungen und verlorenen Bemühungen, eine ganze Woche! Die Königin von Saba ist nicht zu erblicken. Ich suchte sie Tag für Tag, oben und unten, war bei dem Postmeister und erkundigte mich, konferierte mit ein paar Schutzleuten über die Sache, durchstreifte den Park um die Promenadenzeit die kreuz und quer, ging jeden Tag an den Aushängekästen der Photographen herum, um zu sehen, ob sie dort nicht ausgestellt wäre; aber alles war vergebens. Ich mietete zwei Männer, die Tag und Nacht auf dem Bahnhof Wache halten mußten, damit sie mir nicht entschlüpfen könnte, und wartete und wartete auf das Ende meines Abenteuers.

Inzwischen mußte ich täglich aufs Schloß und die Sammlungen von Altertümern durchsehen; ich schrieb große Bogen mit Notizen voll, zählte die Rostflecken auf den Säbeln und zerbrochenen Sporen, notierte mir all die beschwerlichen Jahreszahlen und Inschriften, die ich auf alten Truhendeckeln und Gemälden fand; ja, ich ersparte es mir nicht einmal, einen Sack Federn zu notieren, den ich eines Tages zwischen den Altertümern hingeworfen fand und der, wie sich zeigte, dem Verwalter gehörte. Ich betrieb meine Untersuchungen mit dem Mut der Verzweiflung und indem meine Gedanken voll Erbitterung waren; hatte ich einmal begonnen, die Königin von Saba zu suchen, gab ich es auch nicht auf halbem Wege auf, selbst wenn ich richtiger Altertumsforscher dabei werden sollte.

Ich telegraphierte nach Kopenhagen nach meinen Postsachen und begann überhaupt, mich für den Winter einzurichten. Der gnädige Gott mochte wissen, welches Ende dies noch nehmen konnte. Nun wohnte ich sechs Tage im Hotel! Als der Sonntag kam, mietete ich vier kleine Jungen, die für mich sowohl morgens als nachmittags in die Kirche gehen und aufpassen sollten, ob meine Königin dorthin kam; aber auch das fruchtete nichts.

Am Dienstagmorgen kam endlich meine Post, dieser Dienstag brachte mich fast um. Der eine Brief war von dem Menschen, der in Malmö auf mich wartete: Wenn ich bis jetzt nicht gekommen wäre, dann käme ich wohl auch nicht mehr, und so sagte er mir Lebewohl! Ich fühlte einen tiefen Stich im Herzen.

Der zweite Brief, den ich öffnete, war eine Mitteilung von einem Freunde, daß das ›Morgenblad‹ und eine deutsche Zeitung mich auf einem Plagiat ertappt und es durch Zitate erwiesen hätten. Ich fühlte einen noch tieferen Stich im Herzen. Der dritte Brief aber war eine Rechnung – die las ich erst gar nicht, ich konnte nicht mehr, ich warf mich auf das Sofa nieder und starrte vor mich hin.

Und dennoch hatte ich den Kelch des Leidens noch nicht bis auf den Grund geleert.

Es klopft an die Tür.

Herein! rufe ich mit versagender Stimme.

Und herein kommt der Wirt in Begleitung einer alten Frau; die Frau trägt einen Korb auf dem Arm.

Entschuldigen Sie! sagte der Wirt, Sie kaufen ja alte Sachen?

Ich starre ihn an.

Alte Sachen? Ich kaufe alte Sachen?

Ja, so sagten Sie selbst!

Und ich mußte mich zum Interesse für alte Sachen zwingen.

Ja, ganz richtig, so ist es, ich kaufe alte Sachen; entschuldigen Sie, daß ich nicht gleich bei der Sache war: Ich saß in ganz anderen Gedanken vertieft. Ja, natürlich kaufe ich allerhand alte Sachen. Lassen Sie mich die Herrlichkeiten ansehen!

Und die Frau deckte ihren Korb auf.

Ich schlage die Hände voll Entzücken zusammen und erkläre, alles behalten zu wollen, jeden Gegenstand. Welch prächtige Ohrenspritze; möchte wohl wissen, welcher König sie zuletzt gebrauchte? Ja, das würde ich schon ermitteln, wenn ich in meinen Papieren nachsah, das eilte nicht. Was sie für den Hornlöffel haben wollte?

Die drei verbrannten Jaabäkspfeifen* gebe ich um keine Summe wieder her, ebensowenig wie diese Heugabel. Was sollte ich denn für das alles zusammen bezahlen?
Die Frau denkt nach. Zehn Kronen, meint sie.
Und ich gab ihr zehn Kronen, ohne zu feilschen, ohne mich zu besinnen, nur um sie schnell wieder loszuwerden. Sobald ich sie hinausbefördert hatte, rannte ich in den Park, um Luft zu bekommen. Nein, nun wuchs es mir über den Kopf!
Ein Kindermädchen und ein Kind saßen beide singend auf einer Bank neben mir; ich warf ihnen einen Blick zu, um sie zum Schweigen zu bringen. Ein Weilchen später kommen ein paar Menschen ganz langsam, Arm in Arm, den Weg entlang geschritten. Ich werde aufmerksam, erhebe mich und starre hin: *Das ist die Königin von Saba!* Endlich, endlich habe ich sie wieder: meine Königin von Saba!
Ein Herr führt sie, ihr Bruder, derselbe, der sie bei der Ankunft küßte; sie gehen Arm in Arm und reden leise miteinander. Ich halte mich bereit! Nun ist der entscheidende Augenblick, koste es, was es wolle! Ich wollte damit beginnen, sie daran zu erinnern, daß ich einmal in ihrem Bette geschlafen hätte, dann würde sie sich meiner wohl entsinnen. Und wenn das Gespräch so in Gang wäre, dann würde der Bruder wohl begreifen, daß er vorausgehen müßte …
Ich trat hervor.

* Jaabäk: Ein sehr bekannter norwegischer radikaler Storthingsmann, dessen Kopf gern zur Nachbildung auf Pfeifen benutzt wurde.

Sie sahen mich beide erstaunt an, und in dem Augenblicke geriet mir meine Einleitung in Verwirrung.
Ich stammle: Fräulein … vor vier Jahren … und verstumme dann.
Was will er? sagt der Herr und sieht sie an. Dann wendet er sich an mich und sagt dasselbe: Was wollen Sie? Und er sagt es ziemlich hochmütig.
Ich wollte, erwiderte ich, ich wollte nur um Verzeihung bitten, wenn ich mir erlaube, das Fräulein zu begrüßen; was geht das Sie an? Das Fräulein und ich sind alte Bekannte, ich habe sogar in ihrem Bett …
Die Königin unterbricht mich und ruft:
Gehen wir! Gehen wir!
So, sie wollte mich also nicht wiedererkennen, sie verleugnete mich! Der Zorn packte mich, und ich gehe dem Paare nach, das sich sehr schnell entfernt. Plötzlich dreht der Herr sich um; er sieht, daß ich ihnen folge, und stellt sich mir mitten in den Weg. Er sah übrigens nicht allzu mutig aus, er zitterte sichtbar; die Königin ging weiter, schließlich lief sie fast.
Was wollen Sie, Mann? fragt der Herr wieder.
Von Ihnen will ich nichts, sage ich; ich hatte nur den Wunsch, das Fräulein zu begrüßen, die Dame, mit der Sie spazieren gingen, da ich sie früher schon getroffen habe; ich wollte also nur aus reiner Höflichkeit …
So, na, erstens wünscht das Fräulein Sie also nicht wiederzusehen, wie es scheint, erwiderte er, und zweitens ist das Fräulein kein Fräulein, sondern eine Frau, sie ist verheiratet, es ist meine Frau! Sind Sie nun zufrieden?
Sie … ist … was … sie ist … Ihre Frau?

Ja, sie ist meine Frau, brüllte er; verstehen Sie mich jetzt? Seine Frau, seine Frau!
Was soll ich noch weiter erzählen? Ich sank einfach auf eine Bank nieder. Das war mein Todesstoß! Ich schloß die Augen und ließ den Kerl gehen; was hatte ich mit ihm noch zu schaffen, wenn die Sonne meines Glücks für immer untergegangen war!
Ich saß mehrere Stunden auf der Bank und gab mich dem düstersten Schmerze hin.
Gegen Mittag begab ich mich ins Hotel, bezahlte meine Rechnung und schlich mich unbemerkt zum Bahnhof. Nachdem ich noch eine gute Stunde gewartet hatte, kam mein Zug, und ich reiste ab, ausgeplündert und niedergeschlagen, bis zur Erde gebeugt von einem Schmerz, der auf der ganzen Heimreise in mir fraß.
Den Korb mit alten Sachen, den ich gekauft hatte, ließ ich in Kalmar stehen.

Du siehst, etwas kommt immer dazwischen. So nahe wie diesmal bin ich der Sache noch niemals gewesen, und doch kam ich so gründlich zu kurz. Ich spare keine Mühe, ich schrecke vor keiner Reise zurück, ich scheue keine Ausgabe und doch – doch hilft mir alles nichts. Das ist Schicksal!
Dabei ist nichts zu machen.

*Mein Skyßpferd**

Ich setzte mich im Karriol zurecht und ergriff die Zügel, ich wartete auf den Skyßjungen. Oben an einem Fenster im ersten Stock stand ein blondes, junges Mädchen und blickte auf mich herab. Mir wurde warm unter diesem Blick, und ich brüstete mich wie ein Vizekonsul auf meinem Sitz. Ich versuchte einen recht jugendlichen Eindruck zu machen, ganz im geheimen konnte ich sogar meinen Zwicker abschütteln. Es ärgerte mich nur, daß ich mich in das Skyßbuch nicht als Leutnant eingetragen hatte.

Im letzten Augenblick kommt der Wirt auf die Treppe heraus und sagt, daß mein Skyßjunge gerade mit einer Fuhre Engländer vorausgefahren sei, so daß ich so gut sein müßte, bis zum nächsten Pferdewechsel allein zu fahren. Es wäre durchaus keine Gefahr dabei, Jens wüßte den Weg, ich könnte mich ganz auf ihn verlassen.

Und Jens, das war das Pferd.

Es ist eigentlich stilvoller, einen hinten drauf zu haben, wenn man fährt, dachte ich; aber dabei war nun nichts zu machen, ich mußte ohne Skyßjungen fahren. Ich warf

* Skyß wird in Norwegen die Personenbeförderung mit Wagen oder Boot genannt.

einen ziemlich warmen Blick zum Fenster im ersten Stock hinauf und fuhr zum Hof hinaus.
Das Wetter war warm, ich knöpfte meine Jacke auf und ließ den Jens laufen, wie er wollte. Das ununterbrochene Wiegen der Karriolfedern machte mich schläfrig, ich neigte den Kopf vornüber, damit meine Nase nicht so von der Sonne verbrannt würde, und döste und dachte an das feine Mädchengesicht aus dem ersten Stock. Weiß Gott, dachte ich, ob sie schon unten gewesen ist und im Skyßbuch nachgesehen hat. Es war dumm, daß ich mir nicht eine Stellung, einen Titel gegeben hatte. Hätte ich mich nicht vielleicht Bürochef oder gar Rentier nennen können? Ich meine wohl. Das kommt davon, wenn man zu bescheiden ist.
Wir hatten wohl so sieben bis acht Kilometer zurückgelegt, als Jens plötzlich stehenblieb. Er stand mit einem Male still und sah aus, als wenn er etwas vergessen hätte. Ich wollte ihn nicht stören; seine privaten Angelegenheiten mußte er mit sich selbst abmachen. Außerdem hatten wir gutes Wetter und guten Weg.
So standen wir wohl eine halbe Stunde mitten auf dem Wege, ohne uns zu rühren; keiner von uns wollte das Schweigen brechen. Ich zündete mein Pfeife an und ließ mir nichts anmerken, sah nach der Uhr, begann einen Pfropfenzieher zu putzen, den ich in der Tasche hatte, und vertrieb mir die Zeit, so gut ich konnte; die Peitsche versteckte ich sorgfältig zwischen meinen Knien.
Als Jens noch einige Zeit ganz still gestanden hatte, setzte er endlich das eine Bein vor, danach das andere Bein und begann wieder zu gehen. Es kam mir vor, als sähe er ein

wenig beschämt aus. Die Wärme nahm zu, ich fiel zusammen und wurde wieder schläfrig, knüpfte gedankenlos einen Knoten nach dem andern in die Zügel und träumte abermals von dem Mädchen unten in der Station. Sie hatte große, weiße Hände und einen seltsam raschen Blick, der das Gesicht spielend lebendig machte. Ich war ganz erfüllt von ihr. Warum hatte sie da oben gestanden und auf mich herabgeblickt? Ich hatte ihr Neugier eingeflößt. Es war höchst wahrscheinlich, daß sie in diesem Augenblick unten stand und im Skyßbuch nachsah, ja, es unterlag gar keinem Zweifel, daß sie sich beeilte, zu erfahren, wer ich wäre. Und ich hatte keine näheren Angaben hinterlassen, ich hätte die beste Gelegenheit gehabt, mir eine recht gute Position zu geben, als Entdeckungsreisender oder als etwas anderes.
Ich hatte zuletzt gar nicht auf Jens geachtet. Schwerfällig und gleichgültig schritt er auf dem Wege dahin, stampfte mit den Beinen in den Kies und machte unnötig Staub. An einer Senkung des Weges ließ er plötzlich den Kopf hängen, kaute einige Male hart am Gebiß und blieb wieder stehen. Darüber konnte kein Zweifel sein, er blieb ohne eine Spur von Verlegenheit stehen.
Ich war ganz mit meinen Gedanken an das junge Mädchen beschäftigt, und es dauerte eine Weile, bis ich merkte, daß wir still standen. Da fuhr ich plötzlich zusammen! Du kannst deinem Gott und Schöpfer danken, daß ich hier sitze und an ganz andere Dinge denke! sagte ich laut zu ihm. Ich wurde plötzlich unwillig, ich konnte nicht länger meine Gefühle unterdrücken. Jens stand ganz still mit gesenktem Kopf, als wenn er den Finger

an die Nase legte und über etwas nachdächte. Ich beugte mich vor, um den Weg zu untersuchen. Es konnte vielleicht ein Kind gerade vor seinen Füßen liegen, oder ein großer Stein oder eine Baumwurzel; ich spähte überall hin, sah aber nichts. Ich hob die Peitsche und gab Jens einen Schlag. Er rührte sich nicht von der Stelle, aber er warf den Kopf zurück und schien zu sagen: Sieh dich vor!

Das machte mich wütend. Sieh dich selbst vor, antwortete ich und gab ihm einen zweiten Schlag. Da stemmte er die Beine fest in den Boden und sah aus, als hätte er die Ehre, sich vor einer ganzen Versammlung auszusprechen, und ihm entschlüpfte ein Laut. Sonst sagte er nichts.

Ich sagte mir: Nein danke, mit einem Pferd streite ich nicht. Empört und stumm lehnte ich mich in meinen Sitz zurück und wartete darauf, was nun geschehen würde. Ich war von daheim mit dem festen Vorsatz fortgefahren, nicht mit jemand in Streit zu geraten.

Eine Stunde verging, wir standen noch immer still, und ich hatte die größte Mühe, mich von Gewalttätigkeiten zurückzuhalten. Zweimal richtete ich mich im Karriol auf, und jedesmal vermochte ich es über mich, mich wieder zu setzen. Jens benahm sich sehr vorsichtig, er machte keinen Lärm, rührte kein Glied, atmete nur ganz still. Endlich erhob er das eine Bein und setzte es wieder hin. Es sah aus, als sei er vom Stillstehen ermüdet. Er hob ein anderes Bein und setzte es wieder hin. Bevor ich Zeit gefunden hatte, meinen eigenen Augen zu trauen, fühlte ich, daß das Karriol wirklich weiterrollte, wir standen nicht mehr still, wir fuhren wieder.

Ich wurde sprachlos, ich konnte in keiner Richtung eine Meinung aussprechen. Das Karriol rollte schneller und schneller, ich sah Jens die lächerlichsten Bewegungen machen: Er sprang. In verbissener Verbitterung wollte ich mich selbst überreden, zu glauben, wir ständen noch still. Wir stehen, wir stehen, natürlich! sagte ich. Zum Teufel, wir stehen! Und ich schloß die Augen, um nicht zu sehen, daß wir uns wirklich vorwärtsbewegten!
So verging eine geraume Zeit, die Sonne begann zu sinken, und die Hitze nahm ab. Jens ging wieder in trägem Schritt. Ich war empört über ihn, er hatte meine ganze freudige Stimmung zerstört, mit Überlegung meine Zeit vertrödelt; ich hatte noch eine gute halbe Stunde bis zur nächsten Station und würde kaum dorthin gelangen, bevor mein Skyßjunge von dort fortfuhr. Als wir die Höhe eines Hügels erreicht hatten, beschloß ich daher, ein bißchen von der versäumten Zeit einzuholen, ich rief Jens an und hielt die Peitsche zur Seite hinaus, um ihn darauf aufmerksam zu machen. Er erhob den Kopf und glotzte ein wenig zurück, als verstände er mich nicht. Ich werde mich etwas deutlicher ausdrücken! sagte ich und knallte ihm eins um die Schenkel.
Er blieb stehen!
Es lag keine Möglichkeit vor, daß ich mich selbst täuschte: Jens stand zum drittenmal unerschütterlich still.
Ich griff fest um den Peitschenschaft und richtete mich im Karriol auf; ich war fest entschlossen, die Sache im offenen Kampfe zu entscheiden, es mochte gehen, wie es wollte. Im letzten Augenblick konnte ich mich jedoch

bezwingen. Ich empfand in diesem Moment keine Spur von Furcht; wenn es ein Löwe gewesen wäre, wäre ich darauf losgegangen. Aber ich besann mich und ließ die Peitsche los.
Ohne ein Wort über meine Absichten zu äußern, stieg ich aus dem Karriol aus; ich hatte meinen Plan dabei. Es konnte nämlich keinem Zweifel unterliegen, daß dem Pferde etwas im Wege liegen mußte. Ich ballte die Fäuste, bereit, allem entgegenzutreten, und ging vor zu Jens. Ich konnte nichts entdecken, ich blieb fast enttäuscht stehen und beugte mich zum Boden nieder, um ihn gründlich zu untersuchen. Kies – nur Kies überall. Das einzige, was ich entdeckte, war ein abgebranntes Streichholz. Ich ging zutrück und setzte mich wieder hinauf – nun sollte es biegen oder brechen!
Ich schrie Jens fürchterlich an, schwang die Peitsche und gab ihm einen Klaps. Jens sprang mit dem Hinterteil in die Höhe und stand wieder still, wie vorher. Das half also nichts, ich mußte wieder hinunter. Ich ging wieder vor zu Jens, drückte mich dicht an ihn und sah ihm ins Gesicht. Er tat in seiner Verstocktheit, als merke er es nicht. Ich kniete nieder, blickte hinauf in seine Augen und folgte der Richtung seines Blickes. Worauf starrte er? Ich fiel aus den Wolken, es war wirklich das kleine Stück Streichholz, auf das er starrte!
Ich schämte mich für ihn. Hatte es denn einen Zweck, von einem solchen Streichholz soviel Wesens zu machen? Ich ging mehrmals um das Karriol herum, um zu überlegen, wie ich dem Tier zusprechen sollte.
Wie er nur darauf komme, mir all die Ungelegenheiten

zu bereiten? Hätten wir etwa im voraus verabredet, daß wir bei jedem Streichholz, das wir am Wege finden würden, haltmachen wollten? Ob er wohl meine, daß er das verantworten könne? Ob er ein Pferd von Ehre sei, was? Er verzog keine Miene.
Ich setzte ihm scharf zu, ich machte ihn in schlimmster Weise zum Narren, hielt ihn ganz offen zum besten. Ein Streichholz! sagte ich verächtlich, eine Ware, die ich in ganzen Paketen fortschenken könnte, ob er das verstehe! Es hätte Tage gegeben, an denen ich in allen Taschen Streichhölzer gehabt hätte, so wenig reich ich auch aussähe. Wirf ein Streichholz auf den Boden, sagte ich, bitte mich, es aufzuheben, und sieh, ob ich es tue!
Er ließ sich durchaus nicht stören, er senkte den Kopf und starrte wie bisher vor sich hin. Da wurde ich äußerst zornig, ich hatte den Eindruck, daß er mich ganz überhörte und daß er tat, als kenne er mich nicht. Was sollte ich tun? Ich ging auf dem Wege hin und her, fluchte und zuckte wütend die Achseln. Mit zitternder Stimme wandte ich mich dann wieder zu ihm und versuchte ihn mit schlagenden Argumenten zu überreden. Ob es vielleicht ein bedeutenderes Streichholz sei? Stehe es – wenn ich fragen dürfe – auf der Weltkarte? Wolle er mir etwa einbilden, daß es ein ungewöhnliches Streichholz sei, das kennenzulernen ein wahres Vergnügen bereite?
Ich schrie lauter und immer lauter und focht mit den Armen herum.
Jens blickte schließlich auf; er merkte, daß es Ernst war. Ich wollte den günstigen Augenblick benutzen, ergriff

die Zügel und stieg hinauf. So, endlich konnte ich die Fahrt fortsetzen. Na? Es galt also nur zu erreichen, daß er den ersten Schritt machte, dann ging die Sache ganz von selbst. Er mußte ein Bein aufheben, dann folgten die andern nach. Natürlich, welches Bein er selbst wollte, er hatte die Wahl. Na?

Aber Jens ging durchaus nicht. Er senkte wieder den Kopf und begann von neuem vor sich hin zu starren. Da ergab ich mich, ich fiel wirklich zusammen. Nun war es mir ganz gleichgültig, wie es enden würde. Ich zog die Decke über mich und begann mich für die Nacht einzurichten. Jens zog ich überhaupt nicht mehr in Betracht. Wer wußte, wie lange er da noch stehen wollte? Wer konnte dafür bürgen, daß er überhaupt noch an die Reise dachte? Kein Teufel konnte riechen, ob er sich vor morgen früh von der Stelle rühren würde! In jedem Fall, sagte ich zu mir selbst, habe ich getan, was ich konnte; es ist nicht mehr meine Schuld, ich wasche meine Hände.

Da sehe ich unten am Hügel ein Karriol, das uns entgegenkommt, selbst Jens stellt die Ohren auf und wiehert. Es war mein Skyßjunge, der sich auf der Rückfahrt befand. Er machte erstaunt halt und betrachtete uns. Da sprang ich ab und erzählte ihm, was mir widerfahren war. Der Junge wandte sogleich sein Pferd um und erbot sich, voranzufahren; Jens sei störrisch, sagte er, Jens müsse sozusagen mit einem andern Pferde gefahren werden.

Ich stieg wieder auf. Dieser Einfall, mit einem Führer, einem Vorreiter, war würdig eines Mannes in guter Stellung und gefiel mir sehr; es war wirklich dasselbe, als wenn man mit zwei Pferden fuhr. Ich vergaß und vergab, was sich vorhin zwischen Jens und mir ereignet hatte. Ich kam in beste Stimmung und begann ein Lied zu summen.

Und Bäume und Steine und Häuser tanzten an meinen Augen vorbei, indem wir daran vorübersausten. So fuhr ich mit zwei Pferden in die Station ein.

Weihnachten in der Berghütte

Es war sehr viel Schnee zu Weihnachten gekommen, das kleine Haus droben in den Bergen steckte nicht mit viel mehr heraus als mit dem Dach und den beiden obersten Balken. Es war übrigens auch nur eine Hütte, ein Häuslerplatz für eine Kuh, ein Schwein und ein Lamm.
Hier wohnte die Familie Sommer und Winter für sich allein.
Der Mann hieß Tor und die Frau Kirsti; und sie hatten fünf Kinder, die Timian bis Kaldäa hießen. Die Kaldäa war im Dienst unten im Dorf, und Timian hatte es durchgesetzt, nach Amerika zu gehen. Die drei Kinder, die noch zu Hause waren, waren zwei Jungen und ein Mädchen: Rinaldus, Didrik und Tomelena. Tomelena nannte man für gewöhnlich nur Lena.
Es war, wie gesagt, zu Weihnachten unmäßig viel Schnee gefallen, und der alte Tor hatte den ganzen Tag Schnee geschaufelt, so daß er ganz müde und abgearbeitet war. Nun hatte er alles gelesen, was für den Weihnachtsabend im Gesangbuch stand, und sich danach mit der Pfeife im Munde aufs Bett gelegt. Die Frau kochte und wirtschaftete am Herd, indem sie die ganze Zeit in der Stube hin und her ging und immer noch etwas zu ordnen fand.

Hat das Vieh schon was zum Abend bekommen? fragte Tor.
Ja, freilich, erwiderte die Frau.
Tor rauchte wieder ein Weilchen und sagte dann, indem er in seinen Bart lächelte:
Was kochst und brätst du da den ganzen Abend, Frau? Ich begreife gar nicht, wo du das alles hernimmst.
Oh, ich bin reicher, als ihr glaubt, erwiderte Kirsti, und sie lachte selbst über den Scherz. Beim Abendessen sollte die Familie auch einen Schnaps haben, das war alter Brauch, und Rinaldus war derjenige, der in die Gläser einschenken sollte. Das war für ihn ein feierlicher Augenblick; er sollte die Karaffe mit den großen gemalten Rosen in seinen Händchen halten. Aller Augen beobachteten ihn.
Halte die Rosenkaraffe in der linken Hand, wenn du Leuten eingießt, die älter sind als du, sagte der Vater. Du bist alt genug, etwas anzunehmen und etwas zu lernen.
Und Rinaldus nahm die Rosenkaraffe in die linke Hand. Er goß so vorsichtig ein, daß es ein förmliches Schauspiel war, streckte dabei die Zunge heraus, legte den Kopf auf die Seite und goß.
Die Abendmahlzeit war das reine Festessen, es gab Fladenbrot, Sirup und ein Ei für jeden. Außerdem konnte man sehen, daß es Weihnachten war, denn es gab noch Butter zum Brote.
Tor sprach laut Luthers Tischgebet.
Aber nach der Mahlzeit irrte sich der kleine Didrik im Tage, ging zum Vater und zur Mutter und gab ihnen die Hand zum Dank fürs Essen. Der Vater ließ es ihn tun, bevor er etwas sagte; als er aber fertig war, sagte Tor doch:

Du solltest uns heute abend nicht für das Essen danken, Didrik. Es ist gerade nichts Verkehrtes dabei; aber du weißt, am Neujahrsabend sollst du für das Essen danken.
Didrik war nun so beschämt, daß er sich ganz zusammenduckte, und er brüllte beinahe los, als die Geschwister über ihn zu lachen begannen.
Tor hatte sich wieder mit der Pfeife im Munde auf das Bett gelegt, und die Frau wusch die Tassen ab.
Ja, das war ein tüchtiger Schneefall, den wir hatten, sagte sie.
Er ist wohl auch noch nicht zu Ende, erwiderte Tor. Der Mond hat einen Hof, und die Elstern fliegen dicht am Boden.
An einen Kirchgang ist für morgen wohl nicht zu denken, was?
Ach, Gott behüte. Du hast wohl nicht im Kalender nachgesehen, wenn du morgen auf Kirchgangswetter hoffst.
Wie ist denn da der Aspekt?
Er sieht wohl nicht besser aus als ein Kalb ohne Beine. Ich würde sonst nicht so schlecht davon reden.
Nein, wirklich!
Gib meine Brille her, Rinaldus, aber laß sie nicht auf den Boden fallen, fuhr Tor fort. Und er untersuchte noch einmal den gefährlichen Aspekt. Ja, da siehst du, sagte er zu der Frau. Es ist nicht besser, als ich sage.
Jesus behüte uns alle! meinte Kirsti und faltete ihre Hände. Bedeutet das da Unwetter?
Ja, das bedeutet Unwetter. Aber das hier ist doch wohl noch nicht der schlimmste Aspekt. Wenn du einen von der richtigen Sorte sehen willst, dann sieh dir hier den

fünften Februar an. Das ist wohl kein geringerer als der Antichrist selbst, mit zwei Hörnern.
Jesus, Gott behüte uns alle! Und Timian, der in Amerika ist.
Nach diesem Ausruf trat für ein Weilchen Stille in der kleinen Stube ein. Draußen begann es zu stürmen und der Schnee zu fegen. Die Kinder unterhielten sich miteinander und vergnügten sich mit verschiedenen Dingen; die Katze ging von einem zum andern und ließ sich streicheln.
Ich möchte wohl wissen, was der König am Weihnachtsabend ißt? brachte Didrik hervor.
Haha, da gibt es wohl feine Butter und süße Kuchen, rief die kleine Lena, die erst acht Jahre alt war und es nicht besser wußte.
Denke, süßen Kuchen! Und dann auch noch Butter darauf, sagte Didrik.Und der König trinkt wohl eine ganze Rosenkaraffe allein aus?
Aber Rinaldus, der der Älteste war und bereits weit in der ›Auslegung‹ gekommen, lachte über dieses Gerede laut auf: Nur *eine* Rosenkaraffe! Haha, der König trinkt mindestens zwanzig!
Zwanzig, sagst du?
Ja, die trinkt er mindestens.
Nein, bist du verrückt, Rinaldus! Es ist unmöglich, mehr als zwei zu trinken, sagte die Mutter, die am Herde stand.
Aber nun mischte sich auch Tor hinein.
Was faselt ihr da? sagte er. Glaubt ihr denn etwa, der König trinkt solchen gewöhnlichen Schnaps? Der König trinkt etwas, was Schampanertrunk heißt, will ich euch

sagen. Davon kostet eine einzige Flasche fünf bis sechs Kronen, je nachdem, wie die Preise in England sind. Und den trinkt der König von früh morgens bis spät am Abend, nichts als Schampanertrunk. Und jedesmal, wenn er ein Glas ausgetrunken hat, stößt er es so hart auf das Tablett, daß es zersplittert, und sagt zur Prinzessin: Nimm es fort! sagt er!

Aber in Jesu Namen, warum zersplittert er denn die Gläser? fragt Kirsti.

He, solch eine Frage! Glaubst du, daß er sich herabläßt, die ganze Zeit aus ein und demselben Glase zu trinken, so ein Mann, wie der ist?

Pause.

Ich begreife nicht, Tor, woher du immer alles weißt, sagt die Frau ganz still.

Ach, erwidert Tor, bei mir hapert's auch manchmal; es war zwar nicht so leicht zu meiner Zeit, vor dem Pfarrer zu bestehen. Damals mußte man seine Dinge können.

Dann erhob sich Tor, legte die Pfeife fort und fragte nach dem Pulver. Er wußte wohl, wo es versteckt war, denn er hatte es selbst am Fußende des Bettes vergraben, als er das letzte Mal vom Krämer kam; aber er fragte doch danach und rief dadurch eine feierliche Stimmung in der Stube hervor.

Als das Pulver hervorgeholt war, teilte er es in drei gleiche Teile und packte es in dreieckige Papierstücke ein. Dann setzte er die Mütze auf. Die Kinder versammelten sich neugierig um ihn und baten, mit ihm gehen zu dürfen, denn sie wußten, was bevorstand. Und bald saß Kirsti allein in der Stube.

Tor und die Kinder arbeiteten sich bis zum Kuhstall durch, sie wollten das Pulver verbrennen. Der Schnee fegte wild um sie herum. Tor machte das Zeichen des Kreuzes, dann öffnete er die Stalltüre und machte abermals das Zeichen des Kreuzes, nachdem er eingetreten war. Der Stall lag im Halbdunkel, alles war still, man hörte das Wiederkauen der Kuh. Tor zündete ein Lichtstümpfchen an und steckte dann die Pulverpäckchen an, eins für die Kuh, eins für das Schwein und eins für das Lamm; die Kinder sahen mit heimlichem Beben zu, keines von ihnen sagte ein Wort. Dann machte Tor wieder das Zeichen des Kreuzes und ging. Er rief nach Lena, die zurückgeblieben war, um das Lamm zu streicheln, daß sie sich sputen möchte und kommen. Und Tor und die Kinder kehrten wieder in die Stube zurück.
Das ist ein richtiges Wetter draußen, sagte er, der ganze Berg steht wie in Rauch.
Er legte sich wieder aufs Bett, bis der Kaffee fertig war, während die Kinder mit Kleinigkeiten sich am Tisch zu beschäftigen begannen. Sie wurden immer lauter und lachten dazu bisweilen über die geringfügigsten Dinge. Tor sprach durch das Zimmer hin zu seiner Frau.
Ja, ich möchte wirklich wissen, was … Nein, Kinder, ihr lärmt so, daß man sein eigenes Wort nicht versteht … ich möchte wirklich wissen, wo ich hin soll und mich wieder nach ein bißchen Arbeit umsehen, sagte er.
Die Frau goß Kaffee ein.
Ach, da findet sich schon Rat mit Gottes Hilfe, erwiderte sie. Vielleicht gibt es unten im Dorf ein wenig Drescharbeit.

Ach ja, da findet sich schon was … Komm, trink nun Kaffee.
Als Tor seinen Kaffee getrunken hatte, zündete er wieder seine Pfeife an. Er zog die Frau zur Türe hin und flüsterte dort ein Weilchen mit ihr, so daß die Kinder sich fast verrückt lauschten, um zu hören, was da gesagt wurde. Als aber die kleine Lena ihren naseweisen Kopf zwischen die Eltern stecken wollte, wurde sie schnell fortgeschoben, und die Brüder riefen ihr schadenfroh zu:
Siehst du, da hast du's!
Aber Klein-Lena war doch so nett und lieb, daß niemand das Herz hatte, sich über sie lustig zu machen. Darum gab Rinaldus ihr auch gleich darauf einen großen, blanken Knopf und erfreute sie mit dem wenigen, was er hatte.
Der Vater ging zum Schrank hin und nahm dort ein Paket herab. Dieses Paket enthielt eine Sendung von Timian in Amerika, eine Boa aus weichem, schwarzem Fell und mit Quasten. Timian hatte wohl daran gedacht, wie kalt es dort oben in den Bergen im Winter war, und dann hatte er diese Boa heimgesandt, die die wärmste Halsbinde war, die er je gesehen hatte. Sie war wohl auch nicht so billig gewesen.
Aber wer sollte nun die Boa haben? Tor wie auch seine Frau hatten über die Frage des langen und breiten nachgedacht, und endlich bestimmt, daß Rinaldus sie haben sollte; denn Rinaldus wäre der Ältere, außerdem hatte er oft Gänge ins Dorf zu machen, so daß er wohl etwas Warmes brauchen konnte.
Rinaldus, komm her! sagte Tor. Hier ist eine Halsbinde von Bruder Timian für dich. Und das ist eine gehörige

Halsbinde! Aber du mußt vorsichtig damit sein, damit du noch etwas Feines um den Hals hast, wenn du vor dem Pfarrer stehst. Da, verbrauch sie mit Gesundheit!

Nun entstand eine Verwunderung und Freude, an der alle teilnahmen. Die weiche Boa wurde eine halbe Stunde lang beschaut und befühlt, und die kleine Lena ward nicht müde, mit ihren kleinen blauen Händchen darüber hin zu streichen. Aber sie durfte sie nicht fest umlegen, nein, ja nicht umlegen, sie wäre noch zu klein dazu. Dagegen bekam Lena ein kleines Licht, und dieses Licht zündete sie fortwährend an und löschte es wieder aus, denn sie konnte es sich nicht leisten, es brennen zu lassen. Didrik war der einzige, der nichts bekam; aber der Vater versprach ihm eine ganz neue biblische Geschichte, sobald er mit Drescharbeit im Dorfe unten ein wenig Geld verdienen könnte.

Der Schnee trieb immer dichter gegen die Scheiben, und bisweilen fiel sogar Schnee durch den Schornstein herab, bis ins Feuer auf dem Herde. Es war schon spät und Zeit, zu Bett zu gehen; morgen gab es wohl wieder dieselbe Arbeit mit dem Schneeschaufeln.

Ja, geht nun auf den Hängeboden hinauf und legt euch zu Bett, Kinder! sagte Tor. Betet zu Jesus, bevor ihr einschlaft, und macht das Zeichen des Kreuzes über Gesicht und Brust.

Und die Kinder krochen dann, eines nach dem andern, die Leiter hinauf. Rinaldus durfte seine Boa, in Papier eingewickelt, mitnehmen, und Lena kam mit ihrem Lichte in der Hand nach … Um zwölf Uhr, als alle schliefen, hörte die Mutter in der Stube oben etwas rascheln.

Sie rief hinauf, ob jemand oben wach wäre. Keine Antwort. Alles blieb still. Ein Weilchen später trippelten kleine Füße über den Boden, die vorsichtigsten Schritte, die man kaum noch hören konnte – das war die kleine Lena, die sich doch im Dunkeln zu der Boa hingeschlichen hatte, um sie umzulegen, und nun schreckliche Angst hatte, dabei ertappt zu werden.

Die feine Boa! Es war der weichste Gegenstand, der je in der Berghütte gewesen war, und Rinaldus benutzte sie nur zweimal mit größter Vorsicht beim Kirchgang. Aber trotzdem begannen im Sommer jämmerlich die Haare auszufallen, und in die Quasten kamen wahrhaftig die Motten.

Johannes Treu

Einer unserer Kameraden erzählt:
Um fünf Uhr am Weihnachtsabend schloß ich meine Tür ab und ging zu Quisling hinüber. Es war kalt draußen, und ich wußte, daß Quisling eingeheizt hatte; vielleicht gab es bei ihm auch etwas zu essen. Quisling hatte freilich nichts, wovon er leben konnte; aber er lebte doch und ließ jedem Tage seine Sorge. Er war niemals völlig ohne Mittel, vor einer Woche ging er sogar aus und kaufte sich ein Paar neue Gummischuhe, obschon die Kasse sehr mager war.
Ich trete ein und sehe Quisling im Halbdunkel am Tisch.
Setz dich! sagte er kurz.
Das war so seine Art. Er sagte nicht: Bitte sehr, setz dich!, sondern kurz und bündig: Setz dich! Fröhliche Weihnachten! sagte ich. Bei dir ist es aber schön warm, ich habe heute bei mir nicht geheizt, mein Ofen hat auch keinen rechten Zug, so daß es doch nichts hilft.
Darauf erwiderte Quisling nichts. Er erhob sich und holte ein Stückchen Schlackwurst und ein großes Stück Brot vor. Ich saß da und sah nach der anderen Wand hin, während er damit beschäftigt war, und als Quisling mich einlud, zuzugreifen, und mir am Tisch sogar einen Stuhl

zurechtschob, stellte ich mich ordentlich überrascht: Nein, mein Lieber, was du auch alles für Einfälle hast! So, etwas zu essen hast du auch? Na, besten Dank, es lohnt sich ja schon, ein wenig zu essen, besonders wenn es so etwas Gutes ist.

Dann begann ich also ein ganz klein wenig zu essen.

Ach, mach dich doch nicht zum Narren! Iß das doch auf, sagte Quisling.

Und ich aß die Wurst und das Brot auf, weil er es wünschte.

Ein Weilchen saß Quisling in Gedanken da, dann erhob er sich, zauste sich an den Haaren und murmelte:

Du solltest auch einen Schnaps haben, aber ich besitze keinen ... Was meinst du dazu, wenn wir zu Johannes Treu hinübergingen?

Ach, erwiderte ich gesättigt, was sollen wir denn bei ihm? Aber wenn du meinst.

Ja, Quisling wollte zu Johannes Treu hinüber, und er zog seine Gummischuhe an.

Johannes Treu war ein sehr merkwürdiger Mensch, ein Bauernsohn, Student der Theologie und praktisch wie ein Schmied. Er war so genau und geizig, daß er kaum je pünktlich seine Miete bezahlte; er wohnte auch so schlecht, wie ein Mensch nur wohnen kann, in einer Kammer, in der es weder anständige Stühle noch etwas an den Fenstern gab. Aber niemand hätte von Johannes, wenn er ihn auf der Straße sah, den Eindruck bekommen, daß er schlechter wohnte als andere; nach meiner Meinung war er immer sehr fein gekleidet und ging im Regenwetter sogar mit einem Regenschirm.

Er wird jetzt doch wohl zu Hause sein, sagte Quisling und klopfte an.

Ja, er war zu Hause.

Fröhliche Weihnachten!

Wir setzten uns, so gut es ging, und begannen zu schwatzen. Ich sehe mich um. Die Dielen fallen gegen die Tür hin stark ab, das Dach ist schräg, mit einem Fensterchen darin. An der Wand hängen ein Zylinder und ein Strohhut, sonst war alles kahl an allen vier Wänden, nur diese beiden Hüte. Und in dem Bett waren fast gar keine Decken.

Da sagte Quisling plötzlich:

Du bist eigentlich ein merkwürdiger Mensch, Johannes Treu. Es wäre vielleicht nicht unmöglich, daß du mir sogar fünf Kronen borgen könntest, wenn ich dich darum bäte?

Hm! Nein, das kann ich nicht recht, erwiderte Johannes darauf. Das ist mir jetzt nicht möglich. Ich sollte etwas Geld von zu Hause bekommen; aber es ist noch nicht da.

Ja, denn in den nächsten Tagen bekomme ich ja auch Geld, fuhr Quisling fort, ja, ich habe Nachricht erhalten, daß etwas für mich ankommt, so daß du es also nicht etwa verlierst.

Ja, das weiß ich ja, aber ... Nein, leider, im Augenblick tut es mir leid. Ich konnte heute, am Heiligen Abend, nicht einmal ein reines Hemd anziehen, nur weil ich meine Wäsche nicht einlösen konnte, sagt Johannes. Und er zeigt uns obendrein, daß sein Hemd schmutzig ist.

Pause.
So, bei dir geht es also auch schmal zu? wirft Quisling hin, und wir beide hatten auf dich unsere Hoffnung gesetzt.
Johannes schüttelt nur den Kopf und lächelt. Ich sagte nichts, ich war satt und brauchte nichts mehr. Aber ich lachte ein wenig bei mir im stillen, daß Quisling an einem der nächsten Tage Geld erwarten sollte: Von wo in aller Welt sollte das wohl herkommen?
Ja, es ist ja nur einmal im Jahr Weihnachten, Johannes, du mußt uns, hol mich der Teufel, doch etwas für heute abend vorstrecken, sagt Quisling geradezu. Da hilft alles nichts!
Nein, ich? erwidert Johannes ganz erschreckt; was kann ich euch vorstrecken?
Da zeigt Quisling nach der Wand hin, auf die zwei Hüte, und sagt:
Ja, wenn du kein Geld hast, dann mußt du uns den Zylinder versetzen lassen.
Den Zylinder? Johannes springt auf. Nein, ich bin doch nicht verrückt.
Hast du schon so einen Schweinehund gehört? ruft Quisling mir zu und sieht äußerst erstaunt aus. Er hat zwei Hüte und will uns nicht einmal einen leihen zum Versetzen!
Doch, du kannst den Strohhut nehmen.
Ja, den Strohhut, danke bestens. Wieviel glaubst du wohl, daß man um diese Jahreszeit für einen Strohhut bekommt?
Nein – nein!

Pause.
Quisling wiederholt sein Verlangen.
So etwas Verrücktes habe ich doch noch nicht gehört! schreit Johannes Treu. Vielleicht willst du haben, daß ich hier um Weihnachten mit einem Strohhut auf die Straße gehen soll?
Ich sage noch immer nichts, denn ich sitze da so satt und behaglich. Aber mir schwebt der Gedanke vor, vielleicht Ohrenklappen an diesen Strohhut anzunähen, um ihn benutzbar zu machen, und ich dachte mir so etwas wie rote Flanell-Ohrenklappen, weil ich kurz vorher an recht warme Flanellhemden gedacht hatte.
Indessen fuhren die beiden in ihrer Debatte fort.
Wenn wir *darüber* reden wollen: Du sitzest da ja mit einem Paar funkelnagelneuen Gummischuhen, sagt Johannes Treu, warum versetzt du die denn nicht?
Da zieht Quisling den einen Gummischuh ab und streckt den Fuß in die Höhe. Seine Schuhe zeigten klaffende Löcher, es war das reine Elend, das sahen wir alle drei.
Findest du etwa, daß ich die Gummischuhe entbehren kann? fragte er.
Nein, nein. Aber in Jesu Namen, was geht das mich an?
Quisling steht auf und greift nach dem Zylinder an der Wand. Das vollzog sich in einer Sekunde. Aber Johannes kam ihm doch zuvor, er riß den Hut an sich und hielt ihn vorsichtig weit von sich ab, um nirgends damit anzustoßen.
Steh auf! schrie mir Quisling zu. Zum Teufel, nehmen wir ihm doch den Hut!

Ich stand auf. Johannas rief drohend: Ihr macht mir nicht meinen Hut kaputt, das sage ich euch! Aber dann mußte er ihn doch hergeben. Es war eine Kleinigkeit für uns, ihn zu überwältigen. Johannes' Bauerninstinkt sagte ihm außerdem klar, daß der Hut weder für ihn noch für andere etwas wert war, wenn er eingedrückt würde, darum ließ er ihn schnell los.

Nun wollte Quisling ihn versetzen und für das Geld Eßwaren kaufen. Wenn nur die Leihgeschäfte nicht schon geschlossen waren! Als er zur Tür hinausging, murmelte er noch: Hat man schon je einen solchen Schweinehund gesehen! Ich habe sozusagen Geld auf der Post liegen, und doch will er mir nicht ...

Selbst Schweinehund! äffte ihn Johannes nach. Und er öffnete die Tür und schrie ihm die Treppen hinunter nach. Du, verlier nicht den Schein, das sag ich dir!

Johannes Treu war recht wütend. Eigentlich sollte er jetzt fortgehen, sagte er. Aber dann fiel ihm ein, daß er doch einen Anteil an der Mahlzeit haben und vom Zylinder retten wollte, was gerettet werden konnte. Er setzte sich und begann zu überlegen, wieviel Quisling auf den Hut bekommen würde, er wurde dabei wieder ruhig, sein Zorn schwand, und er fragte mich sogar, ob ich glaubte, daß man wohl sechs Kronen für den Hut geben würde.

Ich hatte mich wieder auf den Boden gesetzt und den Rücken gegen die Wand gelehnt; es fehlte nicht viel, so schlief ich ein.

Johannes wurde wieder unruhig. Warum kam Quisling nicht, wo blieb er nur? Er drückte sich doch wohl nicht mit dem Gelde? Und Johannes öffnete sein Dachfenster, trotz der Kälte, um den Kopf hinauszustecken und ein wenig auf die Gasse hinunterzublicken. Wenn er nur auch so verständig ist und ein wenig Schlackwurst mitbringt! murmelte er.

Endlich kam Quisling. Nein, er hatte keine Schlackwurst, er hatte für den Zylinder nur zwei Kronen bekommen, und die waren für Kognak draufgegangen. Quisling stellte die Flasche hart auf den Tisch.

Was ist das für eine Art Zylinder, die du trägst? zeterte er. Zwei Kronen! He, he, zwei Kronen!

Wo hast du den Schein? rief Johannes wieder aufgebracht. Und als er den Schein bekommen hatte, zündete er ein Licht an und untersuchte ihn mißtrauisch, ob er auch nicht mehr Geld auf den Zylinder bekommen hätte.

Ein Weilchen später waren wir jeder am Tisch gewesen und hatten ein Gläschen getrunken. Ich trank ziemlich viel und war sehr gierig, auch Johannes trank viel; es war, als wollte er seinen Anteil ordentlich bergen. Nur Quisling war so vorsichtig, sein Glas jedesmal nur halbvoll zu gießen.

Es ist unverschämt, wie ihr sauft, sagte er.

Der Kognak hatte auch mich wieder belebt, ich wollte diese Zurechtweisung nicht hingehen lassen, ich kam mir so stark und energisch vor, daß ich antwortete: Mißgönnst du es uns? Höre, Johannes, wir sollen nicht so unverschämt saufen!

Quisling sah mich an. Was fehlt denn *dir*? sagte er.

Johannes war recht vergnügt geworden. Er trank noch ein Glas, indem er geltend machte, daß der Kognak eigentlich ihm gehöre, und wurde immer lustiger und fing an zu jubilieren. Ein Weilchen später fragte er wieder nach der Schlackwurst. Quisling füllte auch mein Glas und brachte es mir hinüber, weil ich am Boden saß; ich nahm es nicht an.

Du bist doch wohl nicht beleidigt? fragte Quisling und sah mich wieder aufmerksam an.

Ich erwiderte, er solle sich um mich keine Sorge machen, ich würde ihm seinen Kognak nicht austrinken. Wenn er nichts dagegen hätte, könnte ich ja hier sitzen bleiben, wo ich säße. Aber ich könnte auch ebensogut gehen.

Pause. Quisling starrte mich unbeweglich an.

Wenn du zurechnungsfähig wärest, würde ich dir eins hinter die Ohren geben, verstehst du. Aber du armer Mensch bist ja nicht zurechnungsfähig, sagte er und ging von mir fort.

Du glaubst vielleicht, ich bin betrunken? rief ich.

Nein, betrunken? Aber du bist wenigstens einmal satt.

Ich blieb sitzen, um darüber nachzudenken, und währenddessen machte sich Johannes beim Kognak zu schaffen. Nun war es mit ihm schon ziemlich weit gekommen, er summte und schwatzte mit sich selbst.

Beleidigt? sagte er, wer ist beleidigt? Ich meine, ihr sprecht von jemand, der beleidigt wäre? Er konnte auch die Schlackwurst nicht vergessen und sagte geradezu, er hätte noch nie von Weihnachten ohne Schlackwurst gehört. Plötzlich schlug er vor, wir sollten etwas singen.

Johannes und Quisling intonierten: Wenn die Abendsonne lächelt.

Mehrstimmig! rief Johannes.

Und sie sangen es noch einmal, mehrstimmig. Ich hörte zu, aber sie waren noch nicht über den ersten Vers hinaus, so erhob ich mich und trat hervor, tiefe Rührung hatte mich ergriffen; ich erfaßte Quislings Hand und stammelte etwas.
Es ist schon gut, sagte Quisling. Und als er gesagt hatte, es wäre gut, setzte ich mich wieder hin.
Johannes stimmte ein neues Lied an, ein schwedisches Lied von Bianca. Hört, geht und besorgt etwas Schlackwurst, sagte er dann abermals.
Ja, gib nur Geld, erwiderte Quisling. Ich weiß, du hast Geld, mich hältst du nicht zum Narren!
Johannes Treus Miene veränderte sich plötzlich, er setzte sich auf den Bettrand und unterdrückte seinen Rausch, so gut er konnte. Der Bauer erwachte wieder in ihm, vorsichtig faßte er nach der Brusttasche und sagte mit der schlauen Dummheit eines betrunkenen Menschen:
So, du weißt, daß ich Geld habe? Wer hat dir das erzählt? Du kannst mich ganz durchsuchen – ich konnte heute ja nicht einmal meine Wäsche einlösen.
Nein, natürlich, sagte Quisling, es war ja auch nur Scherz. Dir geht es gerade so elend wie uns.
Ja, du hast ja so recht!
Kein Mensch wird einen Kerl, der in solch einem Loche wohnt, im Verdacht haben, Geldmann zu sein, fuhr Quisling fort.
Ach, was das anbelangt, so …
Nein, da ist nichts zu reden. Ein Mann, bei dem nicht einmal ein Schwein logieren möchte, ist natürlich ein armer Teufel, gerade wie wir, ein reiner Lump. Selbstre-

dend ist es keine Schande, einen Zwei-Kronen-Zylinder zu tragen, wenn man dazu genötigt ist.

Dazu genötigt? rief Johannes. Oh, das ist noch nicht gesagt, daß ich ...

Das ist wahr und beschworen! Du willst uns doch wohl nicht etwas weismachen?

Johannes sprang vom Stuhl auf, all seine Vorsicht verließ ihn, er gab seiner Empörung nach, schlug auf den Tisch und nannte sich den Sohn des reichen Treu, den Treuerjungen. Er riß seine Brieftasche aus der Rocktasche hervor, hielt sie Quisling dicht unter die Nase und rief: Siehst du das hier? Ich frage, ob du es siehst?

Quisling sah sehr verwundert aus und wich zurück.

Ja, das ist der Sohn des reichen Treu! sagte Johannes. Aber man hätte es doch nicht glauben sollen, was? Du hast mich nicht dafür angesehen?

Nein, sagte Quisling und schüttelte, wie geschlagen, den Kopf.

Johannes bekam immer mehr Geschmack an der Sache, er genoß mit Entzücken die Verblüfftheit Quislings und ging weiter und weiter in seiner Prahlerei. Er blies sich geradezu auf, stellte sich auf die Zehenspitzen und schrie, und er kam her und hielt auch mir die Brieftasche unter die Nase.

Aber eine leere Brieftasche imponiert mir nun auch nicht, sagte Quisling herausfordernd.

Eine leere –? He, du Dackel! Johannes begann Geldscheine hervorzuziehen und fächelte mit all seinem Geld in der Faust und verfolgte Quisling in alle Ecken der Kammer, indem er ihm mit den Scheinen zu Leibe

rückte. Ob er das eine leere Brieftasche nennen wolle? He – he – he! Ja, er müßte ihn schon fragen, da er ja so einfältig sei. Er sei nur Johannes Treu, der arme Treuerjunge. Nicht einen Heller hätte er in seiner Tasche! He – he – he!
Seine Prahlerei wollte gar kein Ende nehmen, er setzte sich, leerte die Flasche bis zur Neige und fuhr fort, groß zu tun.
Quisling sagte endlich: Ja, das habe ich ja die ganze Zeit gesagt, daß du ein merkwürdiger Kerl bist, Johannes Treu! Na, wie steht es denn nun mit den fünf Kronen? Nun ist die Mahlzeit zu Ende, und es ist doch noch immer Weihnachtsabend.
Aber, sagte Johannes, als wenn er ununterbrochen seine Rede fortsetzte und Quislings Worte nicht gehört hätte, – aber – mein Geld habe ich euch jetzt nicht gezeigt, um es euch zu leihen. Da täuscht ihr euch gründlich.
Und als Quisling wieder begann, ihn mit den schlimmsten Schimpfworten, die ihm einfielen, zu überhäufen, sah Johannes ein, daß er etwas tun müsse, er unterbrach Quisling also und fuhr fort: Denn solange ihr meine Gäste seid, braucht ihr euch kein Geld zu borgen, um etwas für dieses Haus zu kaufen. Das wird der Treuerjunge selbst besorgen, die Zeche bezahle ich!
Bravo! rief Quisling vergnügt.
Und durch dieses Bravo wurde Johannes Treu noch mehr aufgestachelt, er erhob sich, griff in die Westentasche und zog ein Halbkronenstück hervor, das er für Quisling auf den Tisch warf, so daß es klirrte, und sagte:
Für Schlackwurst!

Quisling war überwältigt, das war allzuviel.
Für Schlackwurst? Das alles? Mensch, bist du toll? rief er.
Und Johannes stand steif in seinem Stolz und sann, wie er noch etwas für uns tun könnte und wurde feierlich, er änderte sogar seine Rede und faßte Quisling beim Knopfloch:
Ich ermächtige dich hiermit, eine lange Schlackwurst zu kaufen, auf meine Rechnung! Halt, keinen Schritt! Hier sind fünf Kronen, gib mir das Halbkronenstück zurück! Ich ermächtige dich, die beiden längsten Schlackwürste zu kaufen, die du bekommen kannst, und eine neue Flasche Kognak auf meine Rechnung! Da sind fünf Kronen, hast du nicht Geld genug, so sag's, hier auf meiner Brust gibt's mehr! Denn hier siehst du den Sohn des reichen Treu in höchsteigener Person, wenn du ihn noch nicht gesehen haben solltest!
Quisling riß sich schließlich los und eilte davon. Johannes rief ihm noch nach:
Sieh zu, daß man dir richtig auf den Fünfer herausgibt. Denn du bekommst viel zurück.
Einige Minuten vergingen, ganze zehn Minuten vergingen, Johannes redete unaufhörlich, und ich wurde so schläfrig davon. Viermal setzte er sich neben mich auf den Boden und sprach; aber er hatte keine Ruhe und stand immer wieder auf. Er sang auch.
Wir hörten Schritte auf der Treppe, langsame Schritte. Johannes lächelte.
Hörst du, er hat schwer zu tragen, sagte er und streckte grinsend die Zunge heraus.

Aber Quisling hatte nicht schwer zu tragen, er trug gar nichts, die Läden waren geschlossen gewesen, als er hinunterkam. Quisling fluchte wütend auf alle Händler der Stadt.

Johannes war der einzige, der dennoch ganz vergnügt war; es war kein Zweifel, er freute sich im stillen und fragte sogleich nach dem Gelde. Auch er schalt heftig auf die Händler; aber konnte man ihm einen Vorwurf machen? Hatte er uns nicht freihalten wollen? Ja, er hätte sogar daran gedacht, Quisling mit noch einem Fünfkronenstück nachzulaufen, das nur zur Bewirtung für uns hätte dienen sollen. Denn es käme ihm nicht auf ein paar Heller an …

Das Licht war herabgebrannt, es war spät am Abend. Johannes begann zu gähnen und wollte zu Bett gehen. Quisling saß ganz still, er dachte über etwas nach. Er wußte immer so viele Auswege. Dann müssen wir wohl gehen, sagte er zu mir, nach Hause gehen und uns zu Bett legen, dann vergessen wir vielleicht, daß heute Weihnachten war.

Und er drehte sich nach Johannes Treu herum und sagte ihm gute Nacht. Wir hätten an einem solchen Abend richtig zusammenhalten sollen, wir drei! sagte er. Ja, aber Johannes könnte doch wohl nicht mitgehen!

Er könnte nicht … ?

Nein, könnte er denn mit dem Strohhut auf die Straße hinaus?

Ach ja, das könnte der Sohn des reichen Treu schon.

Und Johannes setzte seinen Strohhut auf und schwankte voran die Treppe hinab.

Als wir auf die Straße hinuntergekommen waren, schlug Quisling den Weg zur Kaffeehausgegend ein, Johannes' Strohhut leuchtete wie ein Glorienschein auf seinem wackelnden Kopfe, und er mußte ihn dann und wann wegen des Windes festhalten. Quisling ging voran, bis wir zu den Katakomben gekommen waren. Hier blieb er stehen.

Nein, das geht nicht, Johannes Treu, sagte er. Die Leute glotzen dich an und sagen, du wärest ein Narr, der im Strohhut den Weihnachtsmann macht. Das kannst du dir nicht gefallen lassen. Johannes fuhr wieder zusammen.

Wer sagt, daß ich ein Narr bin? schrie er und war bereit, auf den ersten besten loszugehen. Wieder flammte er auf, er ging unnötig nahe zur Türlaterne der Katakomben hin, damit die Leute recht seinen Strohhut sehen sollten, er nahm ihn ab, um ihn herumzuschwingen, setzte ihn in den Nacken zurück und sagte, er schwitze, es wäre so warm, und er möchte überhaupt denjenigen sehen, der es wage, den Sohn des reichen Treu anzuglotzen.

Als Quisling ihn so weit gebracht hatte, war es nicht schwer, ihn auch in die Katakomben hineinzubekommen, wo dann Johannes Treu doch seine fünf Kronen springen ließ.

Und es zeigte sich, daß Quisling den ganzen Tag gar nichts gegessen hatte, obschon er mir eine reichliche Mahlzeit vorgesetzt hatte ...

Dann begann ein anderer Kamerad zu erzählen.

Weihnachtsschmaus

Ein Geschehnis aus dem Bävertal

Ein großer Schlitten fährt in schneller Fahrt auf der Straße dahin, und die Schellen klingeln. Es ist Frostwetter, Schnee und sternenklarer Himmel.
Es sitzt ein junges Paar in dem Schlitten. Sie reden nicht miteinander. Alles, was er sagt, läßt sie unbeantwortet. Bei der Brücke, wo der Wind heftig bläst, fragt er, ob sie friere. Sie antwortet verdrießlich, ja, ihr sei kalt.
Bei dem großen Ackerfelde sagt er:
Ja, nun sind wir gleich da!
Bald leuchteten ihnen die Lichter eines großen Bauernhofes entgegen. Auf dem Hofplatz stand der Oberknecht.
Guten Abend, Brede, grüßen die Fremden.
Guten Abend, erwidert der Knecht und will die Zügel nehmen.
Die junge Frau steigt aus dem Schlitten aus, zieht ihren Fausthandschuh ab und reicht dem Knechte die Hand. Sie kannten einander. Ihre Hand war kalt, die seinige heiß. Sie sprachen weiter nichts, er sagte nur:
Das ist Martha, wie ich sehe!

Sie geht sogleich mit ihrem Mann ins Haus, und Brede führt die Pferde in den Stall.
Einige Minuten später geht Brede in die Küche hinein und setzt sich auf die lange Bank. Er ist ein junger, kräftiger Bursche und hoch von Wuchs. Der Lärm und das Lachen in den Stuben dringt bis in die Küche hinaus, wo die Mädchen emsig mit der Abendmahlzeit beschäftigt sind. Man hört, es gibt ein Fest auf dem Hof.
Die Tür geht auf, und Martha kommt heraus. Sie begrüßt die Leute und streichelt den Hund. Darauf wendet sie sich an Brede und bittet ihn, nach ihrem einen Fausthandschuh zu suchen, den sie unten im Schlitten verloren haben müsse. Während sie spricht, fällt das Licht der Lampe auf ihr Gesicht. Sie ist eine junge, blonde, üppige Frau.
Brede sieht sie einen Augenblick an und geht stumm hinaus.
Kurz darauf geht auch Martha hinaus. Sie trifft Brede beim Schlitten.
Findest du den Handschuh nicht? fragt sie.
Nein! erwidert er.
Sie suchen beide eine Weile. Dann sagt sie:
Du hast dich im letzten Jahr nicht sehr verändert!
O doch, erwidert er, das war ein langes Jahr!
Ja, sagt auch sie, das war ein langes Jahr. Und du bist niemals in unserer Gegend gewesen.
Sie finden den Handschuh nicht. Sie bleiben an der Treppe stehen. Er sagt:
Du frierst ja, Martha, du hast so wenig an!
Das ist ja gleichgültig, erwidert sie leise.

Ihr Mann kommt heraus. Sein Gesicht sieht munter und komisch aus. Er hat mehrere Schnäpse getrunken. Martha blickt ihn unwillig an und geht sogleich hinein. Komm und nimm auch ein Glas, Brede, sagt der Mann gutmütig.

Sie gehen beide in die Küche hinein, und die Flasche wird geholt. Bei dem dritten Glase weigert sich Brede, mehr zu trinken; aber der Mann fährt fort, ihn zu nötigen. Da trinkt er noch ein viertes Glas, steht plötzlich auf und geht aus der Küche hinaus.

Er geht zur Gesindestube hin. Dort sitzen noch zwei andere Knechte und spielen beim Schein eines Lichtes Karten. Es ist gegen acht Uhr.

Brede setzt sich für sich allein hin. Er lauscht ein wenig auf nahende Schritte im Schuppen. Man kommt, uns zum Essen zu rufen, denkt er. Aber es war Martha, die kam.

Spielst du nicht Karten? fragte sie Brede.

Nein, erwidert er.

Willst du mir dann draußen bei etwas helfen? sagt sie.

Brede folgt ihr hinaus.

Was willst du? fragt er.

Sie antwortet nicht. Es ist dunkel im Schuppen. Sie hat seine Hand ergriffen, und er hört ihr Herz klopfen.

Wie seltsam es ist, dich wiederzusehen! sagt sie.

Darauf antwortet Brede nichts. Sie fragt:

Du machst dir vielleicht nichts mehr aus mir?

Nein, erwidert er. Geh wieder hinein, Martha!

Eine Minute verfließt, sie läßt plötzlich seine Hand los, stößt sie von sich und sagt, ganz außer sich:

Ja, fort mit dir, laß mich vorbei!
Er blieb verwirrt und verlegen stehen. Er blickte auf den Hof hinaus; sie war schon verschwunden.
Dann wurde zum Essen gerufen. Brede ging in die Küche hinein und setzte sich mit den anderen Knechten an den langen Tisch. Mitten während der Mahlzeit kommt Marthas Mann wieder mit der Flasche heraus. Sein Gesicht ist heißer geworden und lustiger, er spendiert allen, besonders aber Brede. Martha kommt auch heraus, sie lacht und scherzt mit ihrem Mann.
Schenk nun Brede ein! sagt sie.
Der Mann schenkt ein. Brede trinkt einmal ums andere; aber plötzlich sagte er:
Warum soll ich so viel kriegen?
Trink! erwidert der Mann.
Brede steht zornig vom Tisch auf, ergreift seine Mütze und eilt hinaus.
Ihm nach! ruft Martha.
Alle lachen. Martha verfolgt ihn, ihr Mann läuft ihm mit der Flasche lachend und schreiend nach. Immer mehr Leute kommen aus dem Hause heraus, um zuzusehen, darunter auch Marthas Vater, der Hofbesitzer. Er lacht, daß er sich schüttelt, und hält sich seinen Bauch. Brede eilt im Sprung auf die Scheune zu, merkt, daß er verfolgt wird, und läuft schnell entschlossen die hohe Leiter hinauf, höher und höher, ganz bis zur Spitze. Dann steigt er auf das Scheunendach hinüber. Hier setzt er sich in den Schnee.
Der Mond ist aufgegangen, der Abend ist klar und hell.
Paß auf, da oben ist es gefährlich! ruft Martha.

Brede antwortet nicht.
Ist es da nicht gefährlich? ruft sie wieder. Ihr Gesicht hat einen ängstlichen Ausdruck.
Brede antwortet wieder nicht. Der Mond beleuchtet seinen mächtigen Körper, der einen Schatten über das Dach hin wirft.
Ihm nach, Paul! sagt Martha leise und wütend.
Ihr Mann beginnt die Leiter emporzuklettern. Er lacht und spricht herab, klettert, erreicht die oberste Sprosse, steckt den Kopf über den Dachrand empor und nickt Brede zu.
Brede! sagt er.
Was willst du von mir? fragt Brede. Ich werfe dich kopfüber hinunter auf sie!
Paul steigt auf's Dach.
Ja, wirf mich nur kopfüber auf sie hinab, dazu bist du der rechte Kerl, sagte er.
Er spricht Brede gut zu, gibt ihm recht, klopft ihm auf die Schulter. Er bietet ihm einen Schluck aus der Flasche an, und Brede nimmt ihn an, nur um ihm zu Willen zu sein.
Sie bleiben dort oben sitzen. Die Gäste von der Gesellschaft gehen wieder zum Essen hinein. Brede bekommt mehr und mehr aus der Flasche, Paul umarmt ihn, sie trinken auf gute Freundschaft.
Du hast Martha vor mir gekannt, sagt Paul und blinzelt ihm zu und lacht. Ihr seid fast zusammen aufgewachsen.
Brede fragt mißtrauisch:
Was willst du, daß ich dir erzähle? Frage sie selbst!
Trink, Brede! ruft Martha hinauf.

Willst du mich zugrunde richten, ja? fragt Brede zurück.
Die Flasche wird geleert. Brede sitzt auf dem Dach und schlenkert mit den Beinen. Unten steht Martha und beobachtet alles.
Es ist ja nur einmal im Jahre Weihnachten, sagt Paul mit seiner einfältigen Miene und beginnt die Leiter hinabzukriechen.
Warte ein wenig! ruft Brede ihm nach. War nichts mehr in der Flasche? Er breitet die Arme aus und blickt mit starren Augen in den Hof hinab. Er nimmt Schnee vom Dach und wirft ihn auf Paul herab, schreiend aus vollem Halse lachend.
Als Paul unten angekommen ist, sagt seine Frau:
Nimm jetzt die Leiter weg!
Brede hört es oben vom Dach und erwidert:
Ja, nimm nur die Leiter weg; ich springe hinunter.
Er steht auf und bereitet sich zum Sprung, gleitet aber rückwärts hin und fällt auf das Dach. Schlaff und betrunken, wie er ist, bleibt er da liegen und sieht zu, wie die Leiter fortgenommen wird.
Auf dem Hof wird es still, er sieht hinunter, entdeckt niemand und glaubt sich allein. Die Leiter wird wieder angelegt und an ihren Platz gestellt, er merkt es aber nicht. Er hat seine Augen geschlossen.
Setz wieder die Leiter an! brummt er vor sich hin. Die Kälte beginnt auf ihn zu wirken, er fängt an zu schlafen, erhebt sich aber plötzlich mit einem Ruck. Setz wieder die Leiter an, sagt er in die Luft hinaus, ich habe etwas, was ich dir geben kann! Ganz wirr und furchtbar be-

trunken stemmt er die Hände gegen das Dach und läßt sich auf den Hof hinabgleiten.
Man vernimmt einen Schrei, Stimmen rufen durcheinander, man umringt ihn.
Ja, aber die Leiter stand ja da, sagt Martha entsetzt. Ich setzte sie ja wieder an, da steht sie ja.
Brede wälzt sich ein paarmal im Schnee herum und richtet sich dann auf. Er hat sich die Stirne zerschlagen, er blutet; aber der Fall hat die Benebelung wie fortgeblasen, er beginnt selbst verwundert zu lachen und wischt sich mit lustiger Miene das Blut ab. Es fällt ihm schwer, aufrecht zu stehen, er taumelt hin und her, und einer der älteren Knechte ergreift ihn am Arm, um ihn zu stützen. Seine Jacke geht auf, und aus seiner Brusttasche fällt ein Fausthandschuh heraus.
Martha reißt die Augen weit auf, über ihr Gesicht zuckt ein Ausdruck wilder Freude, sie tritt näher, hebt den Fausthandschuh auf und steckt ihn in die Tasche.
Er hat meinen Handschuh, sagt sie leise, er hatte ihn doch!
Sie folgt den andern und verbindet Brede. Sein Rausch geht nach und nach vorüber, dieser starke Kopf kommt schnell wieder in Ordnung. Er taumelt indes noch immer, man untersucht seine Beine und findet, daß das eine gebrochen ist. Martha wirft sich auf den Boden und löst schnell seine Schuhriemen auf.

Zwei Jahre später wurde Martha Witwe, und ein Jahr darauf ward der steifbeinige Brede ihr Mann.

Die Dame vom Tivoli

Es war Sommer, in Kristiania, während des Konzerts des Pariser Sängerchors im ›Tivoli‹.

Ich war ein Stück im Schloßpark spazierengegangen, oben auf der Höhe kehrte ich um und wandte meine Schritte abwärts zum ›Tivoli‹.

Eine große Menschenmenge hatte sich draußen versammelt, um dem Gesang zu lauschen, ich stellte mich zu den andern.

Ich traf dabei einen Kameraden, mit dem ich mich leise unterhielt; indessen begann der Gesang drinnen und wurde vom Winde in leisen Tönen stoßweise herausgetragen. Plötzlich fühlte ich mich beunruhigt, ein nervöses Unbehagen ergriff mich, ich trat unwillkürlich etwas zur Seite und antwortete ins Blaue hinein, was mir gerade einfiel.

Dann war ich ein paar Minuten wieder ruhig, worauf sich jedoch abermals dasselbe unerklärliche Unbehagen einstellte. Im selben Augenblick sagte mein Kamerad:

Was ist das für eine Dame, die dich so ansieht? Ich drehte mich schnell herum. Eine Dame stand dicht hinter mir, ich sah in ein paar Augen der wunderbarsten Art, blaue, verschleierte Augen, die nicht blinken.

Kenne sie nicht! erwiderte ich und wandte das Gesicht fort.
Ich war sehr erregt. Diese Augen ruhten noch immer auf mir, ich fühlte sie unaufhörlich auf meinem Nacken brennen; sie machten einen metallartigen Eindruck und trafen mich von hinten wie zwei kalte Nadeln.
Es war mir bei meiner Nervosität nicht länger möglich, diesen Blick auszuhalten. Nachdem ich mich noch einmal umgedreht und mich darüber vergewissert hatte, daß ich die Dame wirklich nicht kannte, verließ ich meinen Platz und ging meines Weges.
Einige Tage später saß ich mit einem Bekannten, einem jungen Leutnant, zusammen auf einer Bank gerade gegenüber der Universitätsuhr. Wir saßen da und betrachteten die Menschen, die um diese Promenadenzeit auf und ab gingen. Da sehe ich mitten in dem Schwarm zwei Augen, kalte, verschleierte Augen, die auf uns gerichtet sind, und ich erkenne sogleich die junge Dame vom Tivoli wieder. Sie fixiert uns im Vorbeigehen anhaltend, und der Leutnant fragt neugierig, ob ich wüßte, wer es wäre.
Keine Ahnung! erwiderte ich.
Ja, einen von uns muß sie doch kennen, sagte er und erhob sich, vielleicht bin ich es!
Indessen hatte sich die Dame auf die nächste Bank gesetzt. Wir gingen auf sie zu, ich faßte aber den Leutnant beim Rock und zog ihn an ihr vorbei.
Mach keinen Unsinn, sagte er, es ist doch selbstverständlich, daß wir sie grüßen.
Ach so! sagte ich nur und ging mit ihm zurück.

Er grüßte und nannte seinen Namen. Ob er sich vielleicht zu ihr setzen dürfe? Und er setzte sich ohne weitere Umstände neben sie.
Er sprach mit ihr, und sie antwortete ihm freundlich, aber zerstreut; es dauerte nicht lange, so hielt er ihren Sonnenschirm in der Hand und saß da und spielte damit. Ich stand die ganze Zeit und sah zu, ich war ein wenig verlegen und wußte nicht recht, was ich tun sollte.
Da kam ein kleiner Junge mit Blumen in einem Korbe vorbei. Der Leutnant, der sich auf solche Situationen verstand, rief ihn sogleich an und kaufte ihm einige Rosen ab. Ob er nicht eine davon der Dame an die Brust stecken dürfe? Nach einer halben Ablehnung willigte sie endlich ein. Der Leutnant war ein hübscherMensch; es war mir nicht im geringsten auffallend, daß sie ihm diese Annäherungen gestattete.
Aber die ist ja verdorben! sagt sie plötzlich; sie reißt die Rose aus ihrem Knopfloch und starrt einen Augenblick entsetzt darauf hin, wirft sie weit auf die Straße hinaus und fügt mit leiser Stimme hinzu: *Sie gemahnt mich an Kinderleichen!*
Ich achtete nicht sonderlich auf das letzte Wort; aber mir fiel die Erregung der Dame auf.
Auf den Vorschlag des Leutnants hin machten wir einen kleinen Spaziergang hinauf in den Schloßpark.
Auf dem Wege dorthin begann die Dame ganz unmotiviert von einem kleinen Kinde zu reden, das sie gesehen hätte und das nun begraben wäre. Hierauf sagten wir nichts. Ein Weilchen später begann sie von Gaustad, dem Irrenhaus, zu reden, wie schlimm es sein müsse,

dort eingesperrt zu werden, wenn man nicht verrückt wäre.
Ja aber, sagte der Leutnant, das kommt heutzutage doch nicht mehr vor.
Doch, es widerfuhr gerade der Mutter des Kindes, erwiderte die Dame.
Da fing der Leutnant an zu lachen.
Das ist ja eine verteufelte Geschichte! sagte er. Ihre Stimme klang sehr sympathisch, und ihre Sprache war die einer gebildeten Frau; ich dachte, sie könnte vielleicht ein wenig überspannt sein, vielleicht sogar ein bißchen hysterisch, worauf auch der etwas krankhafte Glanz in ihren Augen hinzudeuten schien. Sonst glaubte ich nicht, daß ihr etwas fehle. Aber es fiel mir schwer, ihr in ihren vielen schnellen Überlegungen von einem zum andern zu folgen, das machte mich verwirrt, sie langweilte mich, und darum blieb ich stehen und verabschiedete mich! Als ich mich entfernte, sah ich, daß die beiden tiefer in den Park hineinschritten; aber ich weiß nicht, wohin sie gingen, denn ich sah mich nicht um.
Es verfloß eine Woche. Eines Abends, als ich in der Karl-Johan-Straße promenierte, traf ich wieder die Dame vom Tivoli. Ehe wir uns gegenüberstanden, verlangsamten wir beide unwillkürlich unsern Schritt, und ehe ich mich recht bedacht hatte, ging ich bereits neben ihr.
Wir sprachen von einer Menge gleichgültiger Dinge und schritten ganz langsam auf dem Gehsteig dahin. Sie sagte mir ihren Namen – einen bekannten Familiennamen – und fragte nach dem meinigen. Bevor ich aber noch ant-

worten konnte, legte sie ihre Hand auf meinen Arm und sagte:
Ach nein; ich kenne ihn ja!
So, sagte ich, ja, mein Freund, der Leutnant, ist immer so dienstwillig. Darf ich fragen, wie er mich genannt hat?
Aber ihre Gedanken weilten bereits anderwärts, sie zeigte zum Tivoli hinüber und sagte: Sehen Sie!
Ein Mann fuhr mit einem Fahrrad hoch in der Luft in einem Meer brennender Fackeln auf und nieder. Es war der Mann auf dem Korkenzieher.
Sollen wir dorthin gehen? fragte ich.
Suchen wir uns eine Bank, erwiderte die Dame.
Sie führte an, wir gingen über den Drammensweg und in den Park hinein, in dem sie die dunkelste Stelle wählte, die zu finden war. Dann setzten wir uns.
Ich versuchte sogleich ein Gespräch anzuknüpfen, aber es glückte mir nicht. Sie unterbrach mich mit einer kleinen bittenden Geste: Ob ich nicht so freundlich sein wolle, ein Weilchen ganz mäuschenstill zu sein?
Sehr gern! sagte ich und schwieg. Ich schwieg wohl eine halbe Stunde lang, ohne ein Wort zu sagen. Die Dame saß da, ohne sich zu rühren; trotz der Dunkelheit konnte ich das Weiße in ihren Augen sehen und beobachten, daß sie die ganze Zeit nach mir hin schielte. Schließlich wurde mir ganz bang vor diesem bohrenden, krankhaften Blick, ich wollte aufstehen, bezwang mich aber und holte nur meine Uhr hervor.
Es ist zehn Uhr! sagte ich.
Keine Antwort. Ihre Augen ruhten starr auf mir. Plötzlich sagte sie, ohne eine einzige Bewegung zu machen:

Hätten Sie den Mut, eine Kinderleiche auszugraben?
Mir ward wirklich ganz unheimlich zumut. Es wurde mir immer klarer, daß ich es mit einer Verrückten zu tun hatte; gleichzeitig aber bohrte auch die Neugier in mir, und ich wollte sie nicht verlassen. Daher sagte ich und sah sie dabei an:
Eine Kinderleiche – ja, warum nicht? Ich kann Ihnen ja gut dabei helfen.
Es wurde nämlich lebendig begraben, sagte sie, und ich muß es wiedersehen.
Ja, natürlich, erwiderte ich, müssen wir Ihr Kind wieder ausgraben.
Ich beobachtete sie scharf. Sie wurde sogleich aufmerksam.
Warum sagen Sie, daß es *mein* Kind war? fragte sie. Das habe ich nicht gesagt, ich sagte nur, daß ich die Mutter kenne. Und nun werde ich Ihnen das Ganze erzählen.
Und diese Dame, die sonst kein vernünftiges, zusammenhängendes Gespräch zu führen vermochte, begann nun eine lange Geschichte von diesem Kinde zu erzählen, eine merkwürdige Geschichte, die auf mich den tiefsten Eindruck machte. Sie erzählte ganz natürlich und treuherzig und sehr eindringlich. Es waren keine Lücken in ihrer Darstellung und keine Fehler in ihrer Sprache; in jedem Falle fiel mir nicht mehr auf, daß ihr Verstand gelitten habe.
Eine junge Dame – sie sagte durchaus nicht, daß sie die junge Dame wäre – hätte vor einiger Zeit einen Herrn kennengelernt, in den sie sich bald sehr verliebte und mit dem sie sich schließlich verlobte. Sie waren viel beisam-

men, offen auf der Straße, aber auch im geheimen in allerhand Winkeln; sie besuchten einander zu einer bestimmten Stunde, er sie auf ihrem, sie ihn auf seinem Zimmer, oder sie trafen sich im Dunkeln auf eben dieser Bank, auf der wir nun saßen. ja, dann ging es natürlich schief, und eines schönen Tages wurde daheim entdeckt, in welchem Zustand sich das Mädchen befand. Da wurde der Hausarzt geholt – die Dame nannte seinen Namen, den eines unserer ersten Ärzte –, und auf seinen Rat wurde dann das Mädchen in eine kleine Stadt geschickt und bei der Hebamme des Ortes untergebracht. Die Zeit verging, das Kind wurde geboren, der Hausarzt von Kristiania kam merkwürdigerweise auch dort in die kleine Stadt hinaus, und die junge Mutter lag noch krank, als man kam und ihr meldete, ihr Kind wäre gestorben. Tot geboren? Nein, es lebte einige Tage.

Aber die Sache war nun die, daß das Kind gar nicht starb. Die ganze Zeit wollte man die Mutter ihr Kind nicht sehen lassen; endlich am Begräbnistage brachte man es in einem Sarge zu ihr herein. Und da war es nicht tot, sage ich Ihnen, es lebte, hatte Blut in den Wangen und bewegte ein paarmal die Finger der linken Hand. Trotz des Jammerns der Mutter nahm man aber das Kind und begrub es. Der Hausarzt und die Hebamme besorgten das Ganze.

Die Zeit verging, die Mutter kam wieder auf und reiste – obwohl noch krank – heim nach der Hauptstadt. Hier erzählte sie offen ein paar Freundinnen, was mit ihr in einer kleinen Stadt geschehen wäre; und da sie nur an ihr Kind dachte, verbarg sie ihnen auch nicht, daß sie be-

fürchtete, es wäre lebendig begraben. Und das Mädchen trauerte und litt, daheim blickte man auf sie herab, selbst ihr Verlobter war verschwunden, er war nirgends zu finden.
Eines Tages hält ein Wagen vor dem Hause ihrer Eltern; sie soll eine Spazierfahrt machen. Sie setzt sich hinein, und davon geht es, der Kutscher fährt sie nach – Gaustad. Wieder erscheint der Hausarzt. Warum brachte man sie in eine Irrenanstalt? War sie wirklich verrückt geworden? Oder fürchtete man, sie könnte zu laut von dem Kinde reden?
Die Zeit verging; man gebrauchte sie in Gaustad dazu, den Verrückten auf dem Klavier vorzuspielen. Indessen hatte man dort keinen anderen geistigen Fehler an ihr gefunden als möglicherweise einen hohen Grad von Kraftlosigkeit und Willensschwäche. Haha, man bat sie, zu versuchen, ihren Willen zu gebrauchen, sich hart zu machen. Nicht wahr, das war komisch, daß man sie dazu aufstachelte, das Verbrechen gegen ihr Kind zu entschleiern!
Dann wurde sie wieder entlassen. Nun trauerte sie und litt sie; denn sie hatte bisher keinen Menschen dazu bewegen können, ihr in dieser Sache zu helfen – wenn Sie es nicht tun wollen? schloß sie.
Die Erzählung der Dame erschien mir stark romanhaft; dennoch hatte ich die bestimmte Empfindung, daß sie selbst daran glaubte. Das Ganze war zu gut und zu warm erzählt, um gelogen zu sein, und ich dachte, es könnte an der Geschichte vielleicht etwas Wahres sein, zum Beispiel, daß sie wirklich ein Kind gehabt habe. Während

der Krankheit war sie vielleicht zu schwach gewesen, um sich klarzumachen, daß das Kind gestorben war, und in einem Augenblick der Fieberphantasien war der Gedanke bei ihr entstanden, daß es umgebracht worden sei. Ich sagte daher:

Ist das Kind hier begraben?

Nein, es wurde dort begraben, wo ich krank lag, erwiderte sie.

Also war es doch Ihr Kind? sagte ich schnell.

Darauf erwiderte sie nichts; sie sah mich nur von der Seite an, ihr Blick wurde scheu und mißtrauisch.

Es versteht sich von selbst, daß ich Ihnen helfen will, so gut ich es vermag; sagte ich ruhig. Wann sollen wir fort?

Morgen! erwiderte sie lebhaft, am liebsten morgen!

Gut! sagte ich.

Und wir verabredeten, uns am nächsten Abend um sieben Uhr zu treffen; um diese Stunde sollte der Zug abgehen.

Ich wartete vor dem Bahnhof um die festgesetzte Zeit, fest entschlossen, zu halten, was ich ihr versprochen hatte. Es wurde sieben Uhr, sie kam nicht. Der Zug ging ab, ich stand da und wartete, ich wartete bis acht Uhr, die Dame war noch immer nicht zu sehen. Endlich, als ich gerade im Begriff war, nach Hause zu gehen, kam sie mehr gelaufen als gegangen und geradewegs auf mich zu. Und obwohl es alle Umstehenden hören konnten, sagte sie, ohne zu grüßen, laut und deutlich:

Sie können sich wohl denken, daß ich Sie gestern abend belog. Sie verstehen wohl, daß das alles nur ein Scherz war.

Natürlich, erwiderte ich, indem ich mich gleichsam ein wenig für sie schämte, natürlich verstehe ich das!
Ja, nicht wahr? sagte sie. Aber Sie hätten es ja auch für Ernst nehmen können, und Gott sei mir dann gnädig!
Warum soll Gott Ihnen dann gnädig sein?
Nein, kommen Sie nun! sagte sie und zog mich am Arm weiter. Und dann reden wir kein Wort mehr davon, seien Sie so gut! fügte sie hinzu.
Wie Sie wollen! erwiderte ich, ich bin bei allem dabei.
Wir gingen die Rosenkranzstraße hinauf, auf Tivoli zu, den Drammensweg hinaus und bogen wieder in den Park ein. Sie war die Führende. Wir setzten uns auf unsere alte Bank und sprachen wieder von allerhand gleichgültigen Dingen. Sie war, wie gewöhnlich, sehr unstet in ihrem Gedankengang, aber sonst recht munter. Sie lachte sogar ein paarmal und summte ein Liedchen.
Um zehn Uhr stand sie auf und bat mich, sie zu begleiten. Ich bot ihr, mehr im Scherz als im Ernst, meinen Arm. Sie sah mich an.
Das wage ich nicht! sagte sie ernst.
Wir gingen auf Tivoli zu und lauschten draußen auf den Lärm. Da fuhr der Mann wieder auf dem Korkenzieher hinauf. Meine Dame wurde zuerst ängstlich und packte mich heftig am Arm, als wenn sie selbst in Gefahr schwebte, hinunterzustürzen. Dann aber verfiel sie in Lustigkeit. Wenn er nun herunterfiele, wenn er herabstürzte und bis an die Knie in einem Bierseidel unten auf einem der Tische stehen würde! Und sie lachte über diesen Gedanken, so daß ihr die Tränen an den Wangen herabliefen.

Immer in bester Stimmung, gingen wir nach Hause. Sie summte wieder eine Melodie. In einer dunklen Gasse, vor einem Hause, das außen eine kleine, schwarze Eisentreppe hatte, blieb sie plötzlich stehen und starrte voll Entsetzen vor sich hin. Ich blieb daher auch verwundert stehen. Sie zeigte auf die unterste Stufe der Treppe hin und sagte heiser.

Gerade so groß war der kleine Sarg.

Nun wurde ich aber wirklich ärgerlich. Ich zuckte die Achseln und sagte:

So, fangen wir nun wieder von vorn an!

Sie sah mich an. Und langsam, ganz langsam füllten sich ihre Augen mit Tränen; in dem Lichte der unteren Fenster des Hauses sah ich, daß ihre Lippen zitterten. Sie faltete ganz verzagt die Hände. Einen Augenblick später trat sie einen Schritt vor und flüsterte:

Liebster, Bester, haben Sie Nachsicht mit mir!

Natürlich! antwortete ich wieder. Und wir gingen weiter. Draußen vor ihrer Türe drückte sie nochmals meine Hand, als sie gute Nacht sagte.

Es vergingen mehrere Wochen, in denen ich nichts von der seltsamen Dame sah. Ich war ärgerlich auf mich selbst wegen meiner Leichtgläubigkeit und wurde immer mehr überzeugt, daß sie nur Scherz mit mir getrieben hatte. Gut! dachte ich, hol' sie jedenfalls nun der Teufel!

Dann sitze ich aber eines Abends im Theater und sehe mir Ibsens ›Bund der Jugend‹ an. Im zweiten Akt werde ich plötzlich von einer Unruhe ergriffen, irgend etwas

außer mir wirkt auf meine Nerven. Ich fühle dasselbe Unbehagen wie jenes Mal draußen vor Tivoli während des Konzerts des Pariser Sängerchors. Ich drehe mich schnell um – ganz richtig, da sitzt meine Dame wieder und starrt mich mit ihrem entzündeten Blick an.
Ich duckte mich, wand mich förmlich auf meinem Sitz, starrte angestrengt auf die Bühne; aber den ganzen Abend hatte ich das unbehagliche Gefühl, von hinten von metallischen Augen, die niemals blinzelten, durchbohrt zu werden. Schließlich stand ich auf und ging, ehe noch das Stück zu Ende war.

Ich war für einige Monate von der Stadt fortgewesen. Als ich zurückkam, hatte ich die Dame vom Tivoli ganz vergessen. Ich hatte nicht ein einziges Mal an sie gedacht. Sie war meinem Bewußtsein gerade so plötzlich entschwunden, wie sie vor mir aufgetaucht war.
An einem der letzten nebeligen Abende spazierte ich in der Torvstraße, zwischen der Dampfküche und der Elefantenapotheke, auf und ab. Ich ging dahin und beobachtete, wie die Leute im Nebel aneinanderrannten. Ich war wohl eine Viertelstunde an dieser Stelle hin und her gegangen, als ich im stillen dachte: Nun gehe ich noch einmal bis zur Apotheke und dann nach Hause.
Es war bereits elf Uhr.
Ich wandere also noch einmal bis zur Apotheke hinauf. Im Lichte der nächsten Laterne sehe ich eine Person mir entgegenkommen. Ich trete ein wenig zur Seite, aber die Person kommt mir nach. Ich biege schnell nach der entgegengesetzten Seite aus, nach links hinüber, um einen

Zusammenstoß zu vermeiden – und sehe nun zwei Augen, die durch den Nebel mich anstarren.
Die Dame vom Tivoli! flüsterte ich versteinert. Sie kam gerade auf mich zu mit ihrem starren Blick, ihr Gesicht war seltsam verzogen; in einer Hand trug sie ihren Muff. Sie sah mich einen Augenblick an.
Es war *mein* Kind! sagte sie nachdrücklich, kehrte dann um und verschwand im Nebel.

Auf der Straße

Tagebuchblatt

Ich bin in meiner Stube hier auf und ab gegangen und habe nur an das Erlebnis mit dem Zeitungsjungen gedacht. Es geht mich eigentlich nichts an, ich habe mich gegen ihn gar nicht so schlecht aufgeführt, er war auch im ganzen zufrieden. Aber nun habe ich doch zwei Stunden vertrödelt, um nach ihm zu suchen und alles wiedergutzumachen.
Das ging so zu. Ich kam die Karl-Johan-Straße heraufgegangen. Es war kalt und dunkel, aber besonders war es dunkel, und die Uhr war vielleicht sieben. Ich gehe und blicke die Straße entlang.
Da steht der Zeitungsjunge, an der Ecke bei Günters Konditorei, und ruft den ›Viking‹ aus. Er sagt immer nur die Worte:
Kaufen Sie den ›Viking‹, Sie!
Ich beachtete es nicht gleich, erst als ich ein paar Schritte vorbeigegangen war, fielen mir seine Worte auf. Ich blickte nach ihm zurück und dachte: Du könntest ihm wohl einen Zehner geben, dadurch wirst du nicht ärmer. Und ich griff wirklich in die Tasche nach dem Geldstück.

Ich bemerke, daß mein erster Einfall wirklich der war, dem Jungen einen Zehner zu geben. Während ich aber die Hände in der Tasche habe, sticht mich die alte Lebensklugheit, und ich sage zu mir: Es hilft nicht, einem Menschen zehn Öre zu schenken; nicht einmal zehn Kronen würden ordentlich helfen, das macht die Sache nur schlimmer, es demoralisiert ihn und so weiter. Ich ging meines Weges und ließ den Jungen stehen.
Ich ging bis zur Universität und dann denselben Weg wieder zurück. Vor den Fenstern der Cammermeyerschen Buchhandlung bleibe ich stehen und sehe mir die Bücher an, und während ich da so stehe und der Straße den Rücken zukehre, höre ich wieder die Stimme des Zeitungsjungen. Es war dicht hinter mir. Er streitet sich mit ein paar betrunkenen Seeleuten mit Mützen auf dem Kopf um eine Nummer des ›Viking‹, die sie ihm zerrissen hatten, und die Matrosen wollten die zerrissene Nummer nicht bezahlen. Da begann der Junge zu weinen oder tat so, als weine er.
Ich gehe zu ihnen hin und höre, wie es zusammenhängt; darauf sage ich bestimmt zu den Matrosen, daß es natürlich ihre Pflicht wäre, zu bezahlen. Aber das half nichts, sie lachten mich aus und sagten: Hört doch den!
Das ärgerte mich gründlich, und ich biß die Zähne zusammen.
Nun habe ich einmal eine große, runde Schlipsnadel bekommen, die nach allem möglichen aussieht; sie ist so groß, daß sie sogar beinahe für ein Polizeischild oder ein geheimes Zeichen irgendeiner Art gehalten werden kann, und diese Nadel trage ich ständig auf der linken

Brust unter dem Rock. Als nun diese beiden betrunkenen Matrosen sich mit der zerrissenen Vikingnummer belustigen und sich weigern, zu zahlen, kommt mir plötzlich der Einfall, dreist zu sein; ich wende mich den Taugenichtsen zu, öffne den Rock und zeige stumm auf meine merkwürdige Schlipsnadel. Wir sehen einander einen Augenblick an; dann sage ich kalt und bestimmt: Wollt Ihr nun bezahlen, oder wollt Ihr mir folgen?

Das half. Der ›Viking‹ wurde bezahlt, und wir vier Menschen, die sich um das Blatt gestritten hatten, gingen jeder seines Weges, der Junge trocknete seine Augen und ging straßauf, während ich die Karl-Johan-Straße hinabging. Die Matrosen taumelten in der Richtung zum ›Tivoli‹ davon.

Am Posthause kehre ich wieder um und gehe noch einmal die Straße hinauf. Meine Gedanken beschäftigten sich noch immer mit dem Zeitungsjungen. Ich dachte: du hast dem kleinen Kerl zu seinem Geld verholfen, er ist dir natürlich dankbar dafür und wird dich nicht mehr anrufen, wenn du vorbeikommst; er hat doch sicher Taktgefühl, er hat vielleicht eine ganz gute Erziehung genossen.

Oben beim Grandhotel erblicke ich ihn wieder. Er steht dicht bei der Laterne, so daß ich ihn deutlich sehen kann, und ich sage zu mir selbst, indem ich mich ihm nähere: Sobald er mich nur erblicken wird, wird er ganz stillschweigen, bis ich vorbeigegangen bin. Ich gehe so dicht wie möglich an der Laterne vorbei, um ihm Gelegenheit zu geben, mich wiederzuerkennen. Ich hatte mich verrechnet. Er machte keinen Unterschied zwi-

schen mir und irgendeinem anderen, er hielt mir die Zeitung hin und sagte, ich möchte den ›Viking‹ kaufen.
Ich ging stumm und gekränkt an ihm vorbei. Ich hatte mich bitter in ihm getäuscht; es war natürlich nur ein Vika*-Junge, ein richtiger elender Straßenbengel, der schon Tabak rauchte und sein Schulzeugnis ›verlor‹, wenn er eine schlechte Zensur darin hatte. Kurz und gut, es war ein echter kleiner Spitzbube, mit dem ich es zu tun bekommen hatte. Ich war recht ärgerlich auf ihn, als ich weiterging, und fühlte bei mir im stillen, daß ich ihn nach Verdienst behandelt hatte, wenn ich ihm den Zehner nicht gab.
Nun fehlte nur, daß er mich noch zum drittenmal anrief. Er war dazu imstande, denn ich hatte es mit einem frechen kleinen Bengel zu tun. Das fehlte wirklich nur noch!
Bei der Universität kehrte ich wieder um. Nun begann ich zu berechnen, wo ich möglicherweise den Jungen treffen würde. Ich wollte es so einrichten, daß ich ihm an einer stark beleuchteten Stelle der Straße begegnete, um ihn mich noch einmal wiedererkennen zu lassen. Er hatte mich vielleicht vor dem Grand nicht so ganz deutlich gesehen, ich konnte das nicht bestimmt wissen. Ich denke so lange über diese Frage nach, daß ich, wie ich zu meiner Schande melden muß, ganz nervös werde, und ich rege mich nicht mit den dümmsten Vorstellungen auf. Gesetzt nun, dachte ich, daß der Junge einfach nach Hause gegangen wäre. Da hatte ich meinen Kopf ganz

* Ein verrufenes Stadtviertel in Kristiania

unnütz mit all den Berechnungen angestrengt. Weiß Gott, ob er nicht umgekehrt war und vielleicht vor mir die ganze Straße entlangging, anstatt mir entgegenzukommen.
Und kann man sich denken, daß ich alter Mensch begann, lange Schritte zu machen, förmlich eilig zu werden, einzig und allein, um einem armen Zeitungsjungen Gelegenheit zu geben, mir noch einmal den ›Viking‹ anzubieten, wenn er sich das unterstand.
Aber bei Blomquist treffe ich ihn ganz ruhig auf dem Rost vor dem Fenster, frierend, mit hinaufgezogenen Schultern und mit den Händen in den Hosentaschen. Dann und wann ruft er die Vorbeigehenden wegen des ›Viking‹ an.
Er zieht nicht mehr die Hände heraus und streckt auch nicht die Zeitungen vor.
Nun komme ich. Ich gehe so nahe wie möglich an ihm vorbei, es sind keine zwei Ellen zwischen mir und ihm, und er sieht mich ganz deutlich im Licht der Laterne des Dioramas.
Und hebt sein Zeitungspack in die Höhe und sagt, als wenn zwischen uns nichts vorgefallen wäre:
Kaufen Sie doch den ›Viking‹, Sie!
Ich blieb stehen. Ich war so gespannt auf den Ausfall dieser Probe gewesen, daß mein Herz stark klopfte, als er diese Worte sagte.
Nun gab ich einem überaus dummen Einfall nach. Der Junge hatte mich kalten Blutes zum Narren gemacht und mir den ›Viking‹ dreimal hintereinander angeboten. Ich war verblüfft und zornig und machte ihm in den härte-

sten Worten, die ich finden konnte, Vorwürfe, daß er die Leute nicht in Ruhe ließe. Er antwortete nicht, sondern starrte mich wie vorhin an; das sah geradezu nach Verstocktheit aus. Da kam mir ein Einfall; ich zog einen Fünfziger aus der Tasche, hielt ihn dem Jungen dicht unter die Nase und ließ ihn zwischen die Sprossen des Eisenrostes hinabfallen, auf dem er stand. Ich hatte dies kaum getan, so nahm ich einen zweiten Fünfziger aus der Tasche, zeigte ihm auch diesen und ließ ihn denselben Weg nehmen.

Bitte sehr, sagte ich schadenfroh, hol sie dir nun da unten, du kleiner Teufel, und laß mich in Ruhe!

Der Rost war festgefroren, und es bereitete mir eine Befriedigung, zu sehen, wie mein Plagegeist an den Sprossen zerren und sich plagen mußte, um zu den Geldstücken gelangen zu können. Seine Finger blieben hier und da an dem kalten Eisen hängen. Ich sah auch, daß er an dem einen Handgelenk eine Wunde bekam; aber er arbeitete mit gleichem Eifer fort, um zu den zwei Fünfzigern zu gelangen. Er läßt nicht nach, er entblößt den einen Arm und zwängt seine Hand zwischen dem Rost und der Mauer hinunter. Sein Arm sah kränklich und dünn aus.

Endlich kann er den einen Silberling unten fassen.

Nun hab ich den einen! sagt er glücklich.

Indem er die Hand heraufzieht, reißt er sich an der Mauer auf den Knöcheln die Haut ab. Er sieht mich an, ob es mein Ernst ist, daß er dieses Geld behalten darf, all dieses Geld! Und da ich nichts sage, behält er es und trifft Anstalten, auch den anderen Fünfziger heraufzuholen.

Er preßt abermals die Hand in den Spalt hinunter und beginnt seine Finger nach dem großen Schatz auszurecken. Sein Eifer ist großartig, er versucht sich hier und da längs der Öffnung, er streckt in seiner Hilflosigkeit sogar die Zunge aus, als wenn das etwas helfen könnte.
Hätte ich nur einen Span, da könnte ich ihn zu mir herschieben! sagt er. Und er hebt gleichzeitig den Kopf ein wenig empor und sieht mich an.
Erwartete er Hilfe von mir? Meinte dieser kleine durchtriebene Bengel, ich sollte ihm einen Span zu dem Zweck herbeiholen?
Ich werde dir einen Span holen! sagte ich. Aber nicht um dir zu helfen, daß du es weißt. Ich werde dir einen zu kurzen Span bringen, mit dem du doch nichts anfangen kannst. Warte nur ein wenig, ich bring ihn gleich!
Nein, das brauchts nicht! antwortete er mit einemmal.
Er faßt in seine Tasche hinein und bringt ein verrostetes Federmesser zum Vorschein, mit dem er zu stochern beginnt. Er hält es zwischen zwei Fingern und streckt es nach dem Fünfziger hinunter. Langsam und vorsichtig führt er die Münze weiter und weiter nach der Mauer und der Öffnung zu.
Er war sicher imstande, den Fünfziger auf diese Weise zu fassen, der kleine Bengel gab nicht eher Ruhe. Ich sah voll Unwillen, daß es ihm wirklich gelang, die Münze in Reichweite zu bringen, und hörte ihn sagen:
Jetzt dauert's nicht mehr lang!
Ich sah mich um. Eine ganze Menge Menschen stand umher und beobachtete den Jungen und mich.

Da drehte ich mich jählings auf dem Absatz herum und ging meines Weges.
Aber eine Stunde später ging ich wieder die Karl-Johan-Straße hinauf und suchte nach dem Jungen. Er war nirgends mehr zu sehen. Ich hielt ein dänisches Zweikronenstück in der Hand und suchte eine ganze Weile nach ihm, ich wollte mich mit ihm versöhnen und ihm einen kleinen Schilling zu einem Paar Fäustlingen geben. Na – er würde sich vielleicht auch für das Geld Tabak gekauft haben oder, wenn er von der richtigen Sorte war, es vielleicht sogar vertrunken haben; es war Sünde, ihm etwas zu geben. Mit diesen Gedanken ging ich nach Hause.
Das war gestern abend.
Aber nun heute habe ich wie gesagt wieder an den Zeitungsjungen denken müssen. Ich erinnere mich seines kläglichen Armes und der paar Blutstropfen auf seinen Knöcheln. Und ich sehe seine ganze kleine Spitzbubengestalt vor mir, als er mit dem Bauche auf dem Eisenrost lag und die Zunge und die Finger nach den beiden Silberlingen ausstreckte.

Schiffer Reiersen vom ›Südstern‹

1

Eine alte geteerte Stockfischjacht gleitet die Wiek herein und schleppt eine Jolle hinter sich her. Die Jacht heißt: ›Der Südstern‹ und ihr Schiffer Reiersen. Sie sind alt und gut bekannt in der Bucht, sowohl die Jacht als der Fischer, sie sind dort viele gesegnete Jahre gewesen, haben im Salten-Fjord Fische gedörrt, Stockfische für die Spanier: ›Bachalaos‹.

Auf den Höhen ringsum waren keine Menschen zu sehen, nur tief drinnen in der Bucht, wo die Bootsschuppen standen, spielten einige kleine Kinder.

Früher, vor zwanzig Jahren, als der ›Südstern‹ zum erstenmal draußen vor dem Trockenplatz ankerte, da war es anders, da standen Frauen und Kinder bewundernd ringsum auf allen erhöhten Stellen, und ein Fischer nach dem andern ruderte zum ›Südstern‹ hinaus, um ihn zu empfangen und nach Neuigkeiten zu fragen.

Es sind vier Mann auf Deck; aber Reiersen steht selbst am Steuer, das tut er bei wichtigen Anlässen stets. Er steuert noch wie in alten Tagen seine kleine Fischjacht mit einer Feierlichkeit, als wäre sie ein ungeheures Dampfschiff. Seine Haare und sein Bart sind grau, aber einst hatte er schwarze Haare und schwarzen Bart, das war vor zwanzig Jahren, als er die ersten Male nach dem Salten-Fjord kam und noch ein junger Mann war. Seine Jacke ist abgenutzt und geflickt, es ist zurückgegangen mit Schiffer Reiersens Ansehen; aber beim Einsegeln ist er der Admiral seines Schiffes und erteilt mit Löwenstimme seine Befehle. Fallen lassen! ertönt das Kommando.

Und der Anker fällt.

Der mächtige Laut der Kette rollt mit der Stimme des großen Mannes um die Wette. Aber die Zeiten haben sich geändert. Die Postschiffe haben angefangen den Handelsplatz anzulaufen, und die Leute haben nun vor den alten, ehrlichen Fischjachten keine sonderliche Hochachtung mehr.

Als die spielenden Kinder bei den Bootsschuppen hörten, daß ein Anker ausgeworfen wurde, blickten sie einmal nach der Bucht hinaus und spielten dann weiter, gerade als wenn eines zum andern gesagt hätte, daß es nur Reiersen mit seiner Jacht sei.

Als die Tagesarbeit beendet war, die Jacht verankert und die Leute in die Kojen gegangen, saß der Schiffer auf Deck und blickte über die Bucht hinüber. Die Nacht war licht und mild, die Sonne vergoldete das Wasser. Er kannte jeden Stein, und an alles knüpften sich Erinnerungen, er hatte ja so ziemlich seine froheste Jugend hier verbracht, jedes Jahr drei Sommermonate, wenn er hier lag und Fische trocknete. Er war der erste Mann am Platze, schaffte sich überall, wohin er kam, freie Bahn und setzte alles durch, was er nur wollte. Er ging am

Sonntag zur Kirche, um auch mit dabeizusein, wo Leute waren, und immer sah man viele Mädchen in seinem Gefolge auf dem Heimwege. Wenn die Fischerjugend in den Sommernächten tanzte, dann sah man sogleich auch Reiersen, wie er in seinem Heckboot über die Bucht daher kam, indem er achtern aufrecht dastand, mit blankgeputzten Schuhen, und der Koch oder ein anderer von seiner Mannschaft ruderte ihn an Land. Er tanzte wie ein Held, und der Kajütenduft seiner feinen, blauen Kleider erhitzte die Mädchen.

Ja, Reiersen hatte viele Gaben; dazu war er mit allen gut Freund. Die Burschen aus der Bucht räumten auch stillschweigend den Platz, wenn er in Sicht war. Er stach sie doch stets aus, aber sie ballten nicht die Fäuste darüber, sie gingen lieber in einen Winkel und vergossen Tränen. Nun hatte Reiersen eine Frau und fünf Kinder in Ofoten.

2

Und blank liegt die See, und die Nacht kommt; aber noch sitzt der Schiffer Reiersen da und denkt an alte Tage. Was hatte er nicht für Mädchen gekannt. Die ansehnlichsten in der ganzen Bucht. Im ersten Jahr war da besonders ein junges Mädchen mit dunklem Haar und dunklen Augen, das er so gern hatte. Man sah ihn mit dieser nun gerade konfirmierten kleinen Dirne zu den unmöglichsten Zeiten beisammen, nachts und am frühen Morgen, wenn anständige Leute meinten, jeder wäre für sich daheim. Als dann aber die Zeit herannahte, da er fortsegeln sollte, war alles vorbei, Reiersen tanzte nicht mehr mit ihr, sondern hielt sich an ein sehr dickes Fischermädchen aus Außerwiek. Sie hatte tiefe Grübchen und weiße Zähne und hieß Ellen Helene. Ja, die Ellen Helene!

Mit ihr dauerte es ein Jahr. Sonst pflegte es bei Reiersen nicht ein ganzes Jahr zu dauern, und darum sagten die Leute, *nun* wäre er gefangen. Reiersen gefangen! Hoho, da kannte man den Reiersen schlecht. Aber jedenfalls bewirkte er die Aufhebung von Ellen Helenes Verlobung mit dem Schmied der Bucht, und es ging so weit, daß er sie in aller Anwesenheit seine Liebste nannte.

Aber im Jahr darauf kam Reiersen zum Trockenplatz, die Kajüte mit Kramwaren angefüllt, Mehl und Kaffee, Wollstoff und Leinwand, bis hin zu Fingerringen und köstlich gestickten Pulswärmern. Niemals würde er den schönen Anblick vergessen, es war gleichsam ein ganzer Laden auf dem ›Südstern‹, und Reiersen wurde dadurch noch mächtiger. Er bezahlte Platzmiete und Trockenlohn mit diesen Waren, und manche Latzschürze und manche strahlende Busennadel mit Steinen darin schenkte er den Mädchen. Ellen Helene fand sich darein, es half nichts, mit Reiersen zu streiten.

Und dennoch konnte auch Ellen Helene ihrem Schicksal nicht entgehen, wie fügsam sie auch war, sie wurde von Jacobine entthront, diesem feurigen, frohen Fohlen, das dort so still und mit inniger Zufriedenheit umherging und Reiersens Fische umdrehte. Warum denn ewig und immer nur Ellen Helene, sollte damit für einen Mann wie

Reiersen vom ›Südstern‹ alles aus sein? Als im Herbst die Fische geschichtet werden sollten, war Jacobine allein bei ihm zur Hand und bekam viele Geschenke vom Fischer, und als sie die Jacht verließ, befahl er zwei Männern von der Besatzung, sie an Land zu bringen.
Die Lossage von Ellen Helene war dadurch vollzogen. Jens Olsen, ihr Vater, rückte wegen dieses Streichs dem mächtigen Schiffer zu Leibe, zeigte ihm die Faust und stellte grobe Fragen an ihn. Reiersen war damals aber keiner, der sich etwas gefallen ließ, er zeigte auch seine Fäuste und sagte: Wenn du dich getraust, mir zu nahe zu kommen, mein guter Jens Olsen, dann sollst du Reiersen vom ›Südstern‹ kennenlernen.
Aber auch Jacobine konnte Schiffer Reiersens flüchtiges Herz nicht auf die Dauer fesseln. Es war eine Nacht wie diese, ebenso still und licht, da ging er auf Deck seines Schiffes auf und ab und hörte ferne Ruderschläge. Ein Mädchen, das beim Eierlesen draußen gewesen war, kam angerudert.
Boot hallo! rief Reiersen.
Sie hielt die Ruder in die Höhe und lauschte.
Leg hier an, Kleine, sagte er.
Es ist nicht Euer Schatz, mit dem Ihr redet, antwortete es vom Boot.
Ich kenne dich aber! sagte Reiersen. Hast du Eier im Boot?
Da kam das Boot näher.
Ja, wenn Ihr Eier haben wollt, so könnt Ihr schon ein paar Stück bekommen, sagte das Mädchen.
Aber da sprach Reiersen kein Wort mehr, sondern

schwang sich in sein Heckboot hinab und von da hinüber zu dem Mädchen.
Guter Bekannter, ich, Reiersen, bin es! rief er dann.
Er nahm ihr die Ruder fort und ruderte sie zu den Bootsschuppen hin. Niemand zu sehen, die Nacht war warm und geheimnisvoll.
Wir können gut das Boot gleich in den Schuppen bringen, sagte Reiersen, als sie ans Land gekommen waren.
Und das Mädchen erwiderte:
Ihr seid allzu dienstwillig!
Aber dies, daß sie das Boot hineinbringen sollten, sagte er in einer ganz bestimmten Absicht, und er hatte seine eigenen Gedanken dabei. Hoho, du böser Reiersen, du dachtest dir so mancherlei dabei, und das Mädchen war noch ein recht dummes Kind, das sich nicht vor dem dunkeln Schuppen zur Nachtzeit fürchtete.
Als sie aber schieden, sagte sie nur:
Wie sollt Ihr wieder an Bord kommen?
Ich schwimme hinüber, erwiderte Reiersen.
Und damit sprang er in die See.
Dies Mädchen hieß Pauline ...
Ach, nun waren alle seine Freundinnen überallhin zerstreut, eine tot, eine andere in Amerika, eine dritte verheiratet. Und von Reiersen selbst war sozusagen nur noch ein Erinnerungszeichen übrig. Pauline ging noch ledig, wie früher, hier an der Bucht umher; als sie aber vor einigen Jahren ein Auge verlor, wurde sie ›fromm‹, und nun konnten ihr weltliche Dinge nichts mehr anhaben. So endete alles auf der Welt. Und Reiersen hatte mit Frau und fünf Kindern in Ofoten geendet ...

Es wurde ein Uhr. Über eine Weile würden die Seevögel erwachen. Reiersen gähnte laut und schaute nach dem Wetter aus. Ja, es war wohl am besten, in die Koje zu gehen, er war ja zu allem zu alt, verbraucht und verarbeitet. Morgen sollte er mit dem Auswaschen der Fische an fangen, dann kamen Leute an Bord, Männer und Frauen in Seestiefeln und Fellkleidern, unter ihnen junge Mädchen mit sommersprossigen und lachenden Gesichtern, wahre Evastöchter. Reiersen kannte sie.
Und der ergrauende Familienvater spiegelte sich in der Stille einen Augenblick verstohlen im Kompaßglas, bevor er in sein kleines, stinkendes Kajütenloch hineinkroch und sich in die Koje legte.

3

Am frühen Morgen kommen Boote an Bord, Reiersen wandert auf dem Deck auf und ab, als Herr auf seinem Gebiet, in seinen besten Kleidern, mit einer kunstvollen Uhrkette aus Haaren, die ihm auf der Brust herabhängt. Ob er Wäscher haben wollte? Ja, Wäscher müßte er haben. Man sprach vom Lohn, stellte Forderungen. Die Fischer hatten die schlechte Gewohnheit angenommen, mit einem Mann wie Reiersen zu feilschen, sie verlangten sechs Schilling mehr, als er bot. Was war das für eine neumodische Erfindung? Ach, man schätzte Reiersen vom ›Südstern‹ nicht mehr nach Verdienst, die Zeiten hatten sich mit jedem Jahr verändert, und die goldbeknöpften Kapitäne der Postschiffe hatten ihn ausgestochen. Er schenkte den Leuten einen Schnaps und gab ihnen Kringel. Sie dankten und tranken. Er kniff die Mädchen in die Seite, sie schüttelten ihn ab und lachten ihn aus, sie guckten naseweis durch das Oberlichtfenster hinab und benahmen sich sehr frei. Na, wie es nun damit wäre, ob er sich bedacht hätte, wollte er die sechs Schilling mehr geben?

Da fühlte sich der Schiffer tief gekränkt und machte kurzen Prozeß. Er ging achterwärts, dort beim Steuer wollte er stehen, da war sein Platz, er hatte ja das Kommando. Es sollte wie in alten Tagen sein, gerade wie in alten Tagen. Liebe Leute, wollt ihr Wascharbeit haben? Die Fischer bejahten verwundert. Gut! sagte Reiersen, soundso viel fürs Schock! Und damit punktum! Aber es wurde doch nicht wie in alten Tagen, die Fischer machten kurzen Prozeß und stiegen in die Boote. Als sie von Bord abstießen und heimzurudern begannen, mußte der Schiffer nachgeben und auf ihre Forderung eingehen:

Ich gebe euch die sechs Schillinge, und im übrigen fahrt zum Teufel!

Die Boote legten wieder an, die großen Luken des ›Südsterns‹ wurden geöffnet und die von Lake tropfenden Fische ausgeladen. So ging es Tag für Tag, nur durch die Mahlzeiten und den Schlaf unterbrochen. Die Trockenstellen wimmelten von Leuten, einige wuschen, andere trugen Fische auf Tragen aus Faßdauben, und wieder andere breiteten die Fische auf den Felsplatten in der Sonne aus zum Trocknen. Im Laufe der Zeit ward die Jacht geleert und hob sich im Meere, zuletzt lag ihr ganzer Bug frei, nur das Kielschwein war noch in See. Der ›Südstern‹ wurde abgespült, als er leer war.

Der Schiffer Reiersen hatte nun bequeme Tage. Während er den Leuten an Bord auftrug, die Jacht von oben bis unten abzukratzen und zu malen, war er selbst an Land, ging unter den Trockenleuten mit den Händen in den Taschen umher und scherzte mit den Mädchen. Nur mit Pauline ließ er sich nicht ein, sie war nun auch fast vierzig Jahre alt und sprach aus Frömmigkeit so wenig wie möglich. Wenn aber Reiersens Verhalten ihr zu leichtfertig wurde, warf sie ihm mit dem einen Auge, das sie noch übrigbehalten hatte, einen stummen, vorwurfsvollen Blick zu.

So verging Woche um Woche, Reiersen erreichte bei keiner etwas, sein Alter war daran schuld; die Burschen aus der Bucht waren die Sieger.

Etsch! sagten die Mädchen, wenn er ihnen zu nahe kam. Und dieses Etsch! bedeutete: Laß uns in Ruh!

Aber Reiersen sann auf etwas. Sein Alter drückte ihn nicht, und er wußte wohl, daß er noch immer derselbe vortreffliche Schiffer Reiersen wie ehemals war. Er hatte den ›Südstern‹ von Küste zu Küste geführt und war niemals aufgesegelt, er hatte Fische gekauft und Fische getrocknet, Rechnungen aufgesetzt, so lang wie die Schiffsreling, und sein Journal sorgsam geführt, das wußte der Teufel; aber die Leute bezeugten ihm nicht mehr den ihm schuldigen Respekt.

Wisch die Kajüte auf! sagte er zum Koch, denn nun hatte er sich etwas ausgedacht. Reiersen setzte ans Land und machte unter den Trockenleuten bekannt, daß er zwei

Mädchen an Bord brauche, um etwas für ihn zu flicken, unter anderm einige Risse in der Flagge des ›Südsterns‹. Aber keines von den Mädchen war geneigt, mit an Bord zu kommen. Reiersen strandete wieder. Er verhandelte darüber zwei ganze Tage, aber immer vergebens. Endlich vernimmt er eine Frauenstimme, die sagt:
Wenn Euch mit mir geholfen ist, will ich Euch gern zu Diensten sein!
Es war Pauline, die so barmherzig war.
Reiersen bedachte sich einen Augenblick, Paulines Auge ruhte auf ihm. Was sollte er mit ihr? Endlich bedankt er sich und nimmt ihr Angebot an. Pauline steigt ins Boot. Und die Mädchen, die am Lande zurückbleiben, kichern.
Eigentlich war es nicht Reiersens Absicht gewesen, seine Kajüte mit langweiliger Gottesfurcht vollzupfropfen, er hatte gedacht, sich einen lustigen Tag zu machen, mit frohen Mädchen bei Schnäpsen und Kringeln, wie in den Zeiten seines Ansehens. Was aber war nun zu machen?
Er holt aus den Kisten und dem Verschlage seine zerrissenen Kleider hervor und legt ihr die Flagge hin, und Pauline macht sich an die Arbeit. Sie spricht so wenig, Reiersen schenkt ihr ein Glas ein, sie trinkt es aus, bleibt aber stumm und fleißig. Du, Pauline, sagt er, um ihr nach dem Munde zu reden, du hast es gut, du hast Gott gefunden.
Das könnt Ihr wohl sagen, erwidert sie. Es wäre an der Zeit, daß auch Ihr ihn findet.
Reiersen entgegnet:

Es könnte wohl sein, daß ich ihm gar nicht mehr so fern bin, wie ich es früher war.
Meint Ihr das wirklich? fragt sie.
Mir scheint, es ist in letzter Zeit etwas besser damit geworden.
Gott sei gelobt! sagt sie.
Aber nun war ihre Zunge gelöst, und das alte Mädchen redete weiter von Gott. Reiersen bereute, daß er von diesem Kapitel angefangen hatte, es langweilte ihn, und dem grauen Sünder gingen die glaubhaften Gründe dafür, daß er wirklich begonnen hätte, Gott näherzukommen, aus. Er meinte nur, er hätte so etwas empfunden, sagte er.
Schafft Ihm Raum im Herzen, bat sie, schafft Ihm Raum im Herzen.
Reiersen goß einen neuen Schnaps ein und bot ihr noch mehr Kringel an.
Die Mädchen am Land standen und lachten, sagte er. Nun kannst du ihnen erzählen, daß du bei Reiersen keine Not littest.
Sie tranken alle beide. Als er aber dem Gespräch eine mehr weltliche Richtung geben wollte, nähte sie nur um so eifriger und ließ sich nicht mit ihm ein. Er wagte sie nicht an die alten, frohen Zeiten vor zwanzig Jahren zu erinnern; er hatte es auf den Lippen, unterließ es aber.
Es wurde immer langweiliger, die Stunden vergingen, und die Flagge wurde fertig; aber ein munteres Lachen hatte Reiersen bei ihr nicht gesehen.
Nun mag es für diesmal genug sein, sagte er, als er es nicht länger ertragen konnte. Er warf seine alten Kleider

in den Kasten und den Verschlag zurück und ließ Pauline ans Land setzen.
Der Tag war verloren, seine Spekulation fehlgeschlagen.

4

Und wieder vergehen ein paar Wochen. Es ging gegen den Herbst, die Fische waren trocken, und der Tag nahte heran, da man sie wieder an Bord nehmen sollte. Er wählte einen warmen Morgen dazu, zehn- und achtrudrige Boote wurden gedrückt voll bis an den Rand mit Fischen belastet, und Männer in Hemdsärmeln ruderten sie zum ›Südstern‹ hinüber. Nun war es ein alter Brauch, daß das Schichten durch vier Mädchen besorgt wurde. Wer sollte nun heuer das Schichten übernehmen? Alle lehnten es ab. Die Frage ging in erster Reihe den Leiter der Fischtrockenarbeit an, Endre Polden, und der Schiffer kümmerte sich nicht darum; aber er ärgerte sich über diese neue Respektwidrigkeit und biß sich voll Grimm in die Lippen. Pauline war wieder barmherzig und bot sich zum Schichten an, wenn drei andere mitgehen wollten. Reiersen drehte sich auf dem Absatz herum und ruderte an Bord.
Er stieg in die Kajüte hinab und begann ganz allein sich an einer Flasche gütlich zu tun. Was sollte er unter solchen Umständen auch anderes anfangen? Seine Rolle war ausgespielt. Nun gut. Es sollte auch das letzte Jahr sein, daß er mit dem ›Südstern‹ in diesen Winkel hin-

einsegelte. Es gab noch andere Trockenplätze im Salten-Fjord. Er zu alt? Das wollte er doch noch einmal sehen! Prosit!

Er trank. Er trank gründlich für sich allein und hetzte sich auf. Nach Verlauf einer halben Stunde war er in eine Stimmung gekommen, daß er keck einem goldknöpfigen Postschiffskapitän die Spitze bieten konnte. Er hört Getrampel auf Deck, gießt noch ein Glas hinunter und steigt aus der Kajüte hinauf. Waren Schichter im Raum? Er guckt hinunter, vier Mädchen sind in voller Arbeit; Endre Polden hatte endlich seine Autorität geltend gemacht und sie mit Gewalt an Bord getrieben. Gut! Aber nun wollte Schiffer Reiersen etwas in der Sache machen, gebt nur acht, er weiß schon, was! Er hört, wie das Lachen und Schwatzen der Mädchen in dem leeren Fahrzeug widerhallt, und denkt: O bitte sehr, seid nur guten Mutes! Nur Pauline schwatzte nicht.

Es war eine ebenso alte Sitte, daß die Schichterinnen an den Tagen, da die Fischverladung vor sich ging, gratis traktiert wurden. Gratistraktierung? Ha, ha! Ja, Reiersen wollte wohl daran denken! Ja, das war es gerade, was er sich ausgedacht hatte, daß heuer nichts aus der Gratistraktierung werden sollte. Das hing doch von ihm ab.

Pauline! rief er, ich wünsche mit dir in der Kajüte zu reden. Pauline stieg aus dem Schiffsraum hinauf und folgte dem Schiffer in die Kajüte hinab.

Du warst die einzige, die sich nicht weigerte, an Bord zu kommen, sagte der Schiffer. Ich will mich dir erkenntlich zeigen.

Ihr sollt Euch nicht in Unkosten stürzen, erwiderte sie. Aber Reiersen *wollte* sich in Unkosten stürzen. Es fände sich nichts in seinem Besitz, was er nicht hätte hergeben mögen. Koch, mach Feuer und koch Kaffee!

Der Schiffer setzte ihr selbst Branntwein und Kringel vor, und Pauline bekam ein wahres Festessen.

Wenn du in den Schiffsraum zurückkommst, erzähle den Mädchen, daß Schiffer Reiersen dir nichts zuleide tat, sagte er. Sie tranken und taten sich gütlich, Reiersen klopfte dem alten Mädchen auf die Schulter. Sie stand auf und wollte an ihre Arbeit gehen.

Bleib noch sitzen, sagte er, plaudern wir noch ein Weilchen. Es ist das letzte Mal, daß ich hierher komme, um Fische zu trocknen.

Ach, sagt das nicht.

Reiersen nickte:

Doch, das letzte Mal!

Es rührte sich etwas in dem alten Mädchenherzen, sie schlug die Augen nieder und fragte: Wann segelt Ihr denn ab?

Wenn die Fische an Bord sind, erwiderte er. Morgen nacht oder übermorgen nacht!

Sie setzte sich wieder.

Gott sei mit Euch! sagte sie wie zu sich selbst. Trinken wir eins darauf, antwortete er. Vor allem sollte nicht wieder eine Predigt daraus werden. Er fragte sie geradezu: Na, Pauline, wann wirst du dich denn verheiraten?

Sie sah ihn gekränkt an und sagte:

Macht Ihr Euch über mich lustig?

Ich mich über dich lustig machen? fragte er. Warum denn?

Kann ich heiraten, ich, die nur ein Auge hat? fragte sie.

Reiersen stieß verächtlich die Luft aus.

Warum nicht? Das ist nur ein kleiner Körperfehler.

Sie war ihm dankbar für diese Worte und gab ihm recht. Sie hatte ein Auge verloren, aber sie war darum noch ebenso gut, sie hatte Unglück gehabt, ein Kind hatte ihr mit einer Stricknadel das Auge ausgestochen. Dann waren Jahre vergangen, und sie hatte niemand sonst gehabt, an den sie sich halten konnte, als Gott. Sie weinte bisweilen um ihr Auge. Aber sie hatte kräftige Glieder und eine starke Gesundheit, ein Gut, das ihr noch nicht genommen war.

Reiersen schenkt in die Gläser ein. Er lehnt sich zu ihr hinüber und will nichts davon hören, daß sie nicht mehr trinken könne. Es wäre das letzte Mal, daß er hier in der Bucht läge, und sie wäre das einzige Wesen, das sich zu ihm gewagt hätte, dies würde er ihr gedenken. Sie werden beide gerührt während dieses Gesprächs, Reiersen ergreift die Hand des alten Mädchens, sie saß da so sicher und kräftig, wie ein Fohlen. Plötzlich umarmt er sie und sagt:

Besinnst du dich noch auf damals im Bootsschuppen? Jene Nacht vor zwanzig Jahren?

Ja, erwidert sie ganz leise. Sie leistet keinen Widerstand, er hält sie noch immer umfaßt. Ich habe Euer die ganze Zeit gedacht. Gott vergebe mir meine Sünde, sagt sie.

Nun wollte er aber feststellen, ob er etwa schon so ein abgedankter Alter wäre, der zu nichts mehr taugte.

Was wollt Ihr? fragt sie verwundert. Seid Ihr verrückt? Ein verheirateter Mann!
Als aber ihre Vorwürfe nichts helfen, schlägt sie ihm mit derber Faust auf den Kopf, so daß er betäubt gegen das gelbe Paneel zurücktaumelt.
Hätte ich gewußt, daß Ihr an so was denkt, hätte ich meinen Fuß nicht hergesetzt, sagt sie ärgerlich. Hat man schon je so einen Kerl gesehen! Ein verheirateter Mann!
Sie geht zur Tür hinaus, die Treppe hinauf und steigt zu ihrer Arbeit in den Schiffsraum hinunter. Ihr Traum von Reiersen war zerstört, sie würde gewiß nicht mehr an ihn denken und sich seines schwarzhaarigen Kopfes aus den Tagen der Jugend erinnern, wenn er so einer war. Er hatte weder vor sich noch vor Gottes Gebot Achtung. Im Bootsschuppen vor zwanzig Jahren! Ja, war das nicht ganz etwas anderes? Da war keines von ihnen verheiratet und handelte Gott zuwider! Aber Reiersen war von diesem Augenblick an ein abgetaner Mann. Nicht einmal eine einäugige Hexe von vierzig Jahren wollte mehr etwas von ihm wissen, von ihm, der alle Mädchen an der Bucht zu seinen Füßen gesehen hatte. Das Alter war gekommen, seine Rechnung abgeschlossen.
Es blieb ihm wohl auch nichts anderes übrig, er mußte ernster und gottesfürchtiger auf seine alten Tage werden; wenn ihm alles andere fehlschlug, konnte er sich dann wenigstens daran halten. Er entsann sich dieses Beschlusses auch, als er ganz nüchtern geworden war, und sagte zu sich selbst: Du fängst an, jeden Tag ein wenig besser zu werden, tue kleine Schritte und schreite stän-

dig vorwärts; die Pauline kann recht haben, daß es dazu an der Zeit ist.
Als Endre Polden am Abend an Bord kam und meldete, daß die Fische morgen abend verladen sein könnten, erwiderte der Schiffer ernst:
Gott sei gelobt!
Endre Polden sah ihn verständnislos an. Er fragte:
Wann lichtet Ihr die Anker?
Und der Schiffer antwortete wiederum unfaßbar:
Wenn Gott will, morgen nacht!
Und Gott wollte es. Reiersen lichtete die Anker und richtete den Bug hinaus. Tausend Gedanken zogen durch seinen Sinn. Er kannte jeden Holm; hier hatte er in seiner Jugendzeit, seiner Glanzzeit, dieses und dort jenes erlebt. Ach, nun war das alles vorbei ...
Reiersen steht am Steuer. Er spiegelt sich im Kompaßglase. Plötzlich richtet er sich wie ein Admiral in die Höhe und sagt leise vor sich hin:
Nächstes Jahr versuche ich es anderwärts! Da müßte doch der Teufel dreinfahren, wenn ich schon ganz und gar abgetan sein sollte!

Geheimes Weh

1

Ich habe nun denselben Menschen zum viertenmal wieder getroffen. Er verfolgt mich überall, ich bin niemals vor ihm sicher, denn er taucht auf und begegnet mir an den verschiedenartigsten Orten. Einmal traf ich ihn sogar in Kristiania in meinem eigenen Zimmer an; er war vor mir gekommen und stand da drinnen …

Aber ich will lieber von Anfang an erzählen.

Das erste Mal begegnete ich ihm in Kopenhagen um Weihnachten 1879; ich wohnte irgendwo in Klareboden. Eines Tages saß ich allein in meinem Zimmer – ich besinne mich genau darauf, daß ich dasaß und einige Noten abschreiben sollte und daß mir dies viel Kopfzerbrechen machte, da ich Noten gar nicht lesen kann –, da klopfte es an meine Tür, leicht, gedämpft, wie von einer Frauenhand. Ich rufe: Herein! und ein Mann tritt ein.

Ein Mann von etwa dreißig Jahren, bleich, mit düsterem Blick, schmalen Schultern, auffallend schmalen Schultern; er trug nur an einer Hand einen Handschuh. – In dem Augenblicke, da er hereintrat, nahm er den Hut ab,

und seine schwarzen Augen ruhten unausgesetzt auf mir, während er auf mich zuging; ich saß noch und schrieb. Er entschuldigte sich, daß er bei mir eingedrungen sei; er hätte mich ein paarmal in der Pension ein- und ausgehen gesehen, und es wäre ihm so vorgekommen, als seien wir alte Bekannte. Ob ich mich seiner nicht von Helsingör, vom Polizeiamt in Helsingör erinnerte?
Ich sei niemals in Helsingör gewesen, das müsse ein Irrtum sein ... Nicht? Sollte es in Malmö gewesen sein? Je mehr er darüber nachdachte, desto deutlicher erinnerte er sich daran, daß es Malmö gewesen war, wo er mich getroffen hatte ...
Aber ich war auch nicht in Malmö gewesen.
Er nannte noch einige Orte, und jedesmal, wenn ich verneinte, sagte er: Warten Sie ein wenig. Ich bin ganz sicher, Ihnen begegnet zu sein, ich kann mich nur nicht entsinnen, wo. Schließlich nannte er Kristiania, und ich gab halbwegs zu, daß wir uns dort vielleicht getroffen haben könnten. Er machte mich ganz unsicher, und ich konnte nicht dafür einstehen, daß ich ihm nicht wirklich einmal in Kristiania begegnet war.
Übrigens habe ich Ihnen nichts Besonderes zu sagen, meinte er, es fiel mir nur so ein, Sie als Landsmann und alten Bekannten zu begrüßen. Wir sprachen noch eine Weile von ganz gleichgültigen Dingen, die mir nun aus dem Gedächtnis entschwunden sind. Ich entsinne mich nur: seine Worte waren oft so geartet, daß man sie in verschiedener Weise auffassen konnte, es lag stets etwas dahinter, wie überhaupt der Mann auf mich einen geheimnisvollen Eindruck machte.

Als er sich erhob, um zu gehen, bat er noch einmal um Entschuldigung, daß er gekommen sei, und dann sagte er unter anderem:

Ich langweile mich sehr, ich habe nichts mehr zu tun. Ich bin sogar schon auf die Idee gekommen, dann und wann zum Zeitvertreib die Polizei zum besten zu halten; aber das ist allzu leicht, das beschäftigt mich nicht hinlänglich.

Er sah ganz ernst aus, als er das sagte; aber ich nahm es doch für Scherz.

An der Tür drehte er sich um, als sei ihm plötzlich etwas eingefallen, und lud mich für den Abend zu einer Spazierfahrt ein, ›der alten Bekanntschaft halber‹. Zuerst lehnte ich ab, ich weiß selbst nicht, warum; doch einen Augenblick später beschloß ich, mit ihm zu gehen. Das letzte, was er zu mir sagte, war, daß ich kein Geld mitnehmen solle. Man könne niemals vorsichtig genug sein, ich solle mein Geld bei dem Wirt hinterlegen, meinte er. Ich verstand ihn nicht recht, sagte aber ja darauf und versprach, ihn um fünf Uhr beim ›Pferd‹* zu erwarten.

Nachdem er mich verlassen hatte, dachte ich ein wenig über den Mann und seine Worte nach. Ich fand es sonderbar, daß er zu mir gekommen war. Und warum hatte er das von dem Geld gesagt? Ich wunderte mich anfangs ein wenig; schlug es mir dann aber bald aus dem Sinn; auf Reisen schließt man sich ja so leicht an, ein Fremder

* So nennt man in Kopenhagen das Denkmal Christians V. auf Kongens Nytow.

wird zum Kameraden und Freund in weniger als einer Stunde. – Um die festgesetzte Zeit war ich beim ›Pferd‹. Das Wetter war mild, und die Wege waren so aufgeweicht, daß wir fahren mußten; wir hatten das Wagendeck hochgeschlagen und die Fenster geschlossen. Wir fuhren westwärts hinaus, am Ladegaard vorbei, den Rolighedsweg entlang und am Wasserwerk vorüber. Auf dieser ganzen langen Strecke hatten wir fast nicht miteinander gesprochen; der Wagen rasselte auch so fürchterlich. Als wir die Gröndalsbrücke passiert hatten und uns dem Utterslevfelde näherten, zog der Fremde ein Stück Tau aus der Tasche und begann damit zu spielen, indem er mich dabei unverwandt anstarrte. Es war ziemlich dunkel bei uns drinnen, aber ich sah ihn doch gut und sah auch, was er trieb. Wir saßen auf demselben Sitz im Wagen und beobachteten einander. Plötzlich sagte er: Sie fürchten sich doch wohl nicht? Gleichzeitig hielt er mir das Tau gerade vors Gesicht.

Ich lachte und sagte mit zitternder Stimme: Nein, wovor soll ich mich fürchten?

Aber ich bebte vor Furcht und dachte daran, an der Glockenschnur zu ziehen, um den Kutscher zu rufen. Es irritierte mich auch, daß er mir das Tauende gerade vor die Augen hielt; ich erhob mich daher und setzte mich auf den Vordersitz.

So fuhren wir eine Strecke weiter. Einige Zeit später schlug er die Augen nieder und steckte das Tau langsam wieder in die Tasche. Es schien, als besänne er sich. Dann plötzlich richtete er sich auf, zeigte erregt durchs Wagenfenster und rief:

Sehen Sie – sehen Sie – dort!
Ich drehte unwillkürlich den Kopf herum – und fühlte im selben Augenblick einen kalten Griff an meinem Halse. Der Kerl stand halb aufgerichtet mir gegenüber und drückte mit seinen kalten Fingern meinen Hals zusammen. Ich weiß nicht, ob ich aufschrie, ich glaube es nicht; in diesem Augenblick ging nämlich eine Wandlung in mir vor. Es durchfuhr mich plötzlich der Gedanke, daß dieser Mensch mich nur erschrecken oder sich nur einen Scherz mit mir machen wollte; ich war mir ganz klar darüber, daß er mich nicht erdrosseln wollte. Ich wurde plötzlich wütend und stieß nach ihm. Er hielt aber fest. Ich griff tastend hinter mir nach der Glockenschnur, fand sie endlich und zog daran. Er hielt mich noch immer fest; er hörte gut, daß die Glocke klingelte, aber er ließ mich nicht los. Wir rangen eine Weile miteinander; er fand Zeit, mir die Wunde am Hals beizubringen, dicht beim rechten Ohr, seine Unverschämtheit überstieg alle Grenzen. Er brachte mir diese Wunde mit einem Nagel oder einem Korkenzieher bei, einem Gegenstand, mit dem er bohrte, und das tat ein wenig weh. Endlich konnte ich mich von ihm frei machen, indem ich ihn brutal mit Faustschlägen von mir stieß, wieder und wieder, wo ich nur hintraf. Da öffnete der Kutscher die Tür, und nun merkte ich erst, daß der Wagen stillstand.
Sollen wir umkehren? fragte der Kutscher. Verwirrt stieg ich aus dem Wagen aus. Mein Gefährte blieb ruhig, wie früher, drinnen sitzen.
Ja, wir wollen umkehren! erwiderte er.

Und ich werde *zurückgehen,* sagte ich; fahren Sie, wenn Sie wollen, zur Hölle mit dem Menschen!
Sie wollen zu Fuß gehen? sagte der Kutscher. Der Fremde sagte nichts und sah mich auch nicht an. Da wurde ich ernstlich zornig, rief energisch dem Kutscher zu, weiterzufahren, sprang wieder in den Wagen und schlug wütend die Türe zu. Ich war sehr erregt und fühlte mich sehr stark, ganz außerordentlich stark.
Ich drängte mich unnötig nahe an meinen Gefährten heran, machte mich breit, um viel Platz einzunehmen und ihn in die Ecke zu drücken; ich stieß auch grob nach ihm mit dem Ellbogen, als ich mich zurechtsetzte. Er ließ mich ruhig gewähren. Erst als wir wieder in die Stadt gekommen waren, sagte er lächelnd:
Werden Sie mich deshalb anzeigen?
Ich antwortete nicht.
Er legte seine beiden Füße auf meinen Hut, den ich abgenommen und auf den Vordersitz hingeworfen hatte, um aufrecht im Wagen sitzen zu können; er drückte seine Hacken fest auf den Hutkopf, und ich hörte es knacken. Ich war immer mehr überzeugt, daß er mir nur hatte Furcht einflößen wollen, und ich kam mir sehr gedemütigt vor.
Aber wenn Sie mich anzeigen wollen, fuhr er fort, müssen Sie es sogleich tun. Ach, ich bin ja längst fort, ehe man mich faßt! Ich versichere Sie, ich werde, vielleicht schon ehe der Tag graut, drüben in Schonen sein. Es hilft niemals etwas! Er sprach noch mehr davon, wie er in sehr kurzer Zeit fort sein würde; aber schließlich sagte er: Vielleicht rühre ich mich auch nicht von der Stelle; viel-

leicht werde ich sogar die Ehre haben, Sie morgen in der Östergarde zu grüßen.
Er sagte das nicht auf irgendeine prahlerische Weise, sondern mit leiser, ganz trauriger Stimme.
Ich antwortete, ich würde die Ehre haben, ihn vollständig zu übersehen, an ihm vorbeizugehen, als wäre er Luft, wenn ich ihn träfe, und ihn zu Boden zu treten, wenn er jemals wieder in meine Nähe käme. Ich möchte nicht meinen Mund auftun, um Sie gehängt zu sehen, sagte ich, ich verachte Sie und will mich nicht damit beschmutzen, Sie zum Wagenfenster hinauszuwerfen! Das hätte ich ja übrigens nicht tun können, aber ich sagte es trotzdem, wie man solche Sachen zu sagen pflegt. Und er duldete es.
Beim ›Pferd‹ stiegen wir aus. Ich ging meines Weges, während er stehenblieb und den Kutscher bezahlte. Ich ging ohne Hut nach Hause ...
Das war das erste Mal, daß ich ihn traf. Die Narbe der Wunde, die er mir damals beigebracht hat, ist noch heutigentags an meinem Halse zu sehen.

2

Drei oder vier Jahre später machte ich eine kleine Reise durch Deutschland; ich wollte damals von Hamburg nach Bremerhaven. Der Zug sollte in zehn Minuten abgehen, als ich zum Bahnhofe kam, so daß ich noch einige Zeit übrig hatte. Ich ging am Zug entlang, um einen guten Platz zu suchen, und kam fast bis zur Lokomotive.

Da sehe ich einen Mann, der mir durch ein Wagenfenster winkt, und bemerke zu meinem großen Erstaunen, daß es mein ›alter Bekannter‹ von der Spazierfahrt in Kopenhagen ist, der Mann mit den schwarzen Augen. Ich erkannte ihn sogleich wieder.

Da durchfährt mich unwillkürlich ein Ruck, ich fühle mich äußerst unbehaglich berührt und gehe an seinem Abteil vorüber. Aber während ich weitergehe, fällt mir plötzlich ein, daß er vielleicht glauben könnte, ich hätte vor ihm Furcht. Da ich überdies um mehrere Jahre älter geworden war, wollte ich diesem interessanten Menschen nicht aus dem Wege gehen. Ich kehre daher um, so, als ob ich noch immer nach einem Platz im Zuge suche, und bleibe gleichgültig und wie zufällig vor seinem Abteil stehen. Ich öffne die Tür und steige ein …

Das Abteil war leer. Außer ihm war niemand darin …

Ich drängte mich an ihm vorbei, als ich einstieg, und er zog die Knie an sich, um mich vorüber zu lassen; dabei blickte er auf, als hätte er mich noch nie gesehen, und ich war doch davon überzeugt, daß er mir vor einigen Minuten gewinkt hatte. Ich nahm sogar unwillkürlich den Hut ab und nickte ihm leicht zu, er erwiderte aber nicht meinen Gruß.

Ich setzte mich in die Ecke. Ich war ärgerlich auf mich wegen dieses Nickens und stachelte mich auf, ihm gegenüber die auffälligste Gleichgültigkeit zur Schau zu tragen. Er schien seit damals nicht im geringsten gealtert, aber seine Kleidung war völlig verändert. Damals war er hübsch, fast elegant gekleidet gewesen, jetzt dagegen trug er einen gewöhnlichen, hellen, groben Reiseanzug.

Ein Lederkoffer stand gerade vor ihm auf dem gegenüber befindlichen Sitz.
Die Glocke läutet, und der Zug geht ab.
Ich setzte mich bequem zurecht und legte die Füße auf den Sitz. So saß ich vielleicht eine Viertelstunde. Ich tat, als sähe ich ihn gar nicht. Er schien in Gedanken versunken.
Dann zog er aus der Brusttasche ein Wachstuchfutteral heraus, entnahm demselben einige verrostete Eiseninstrumente, die er zu untersuchen begann. Es waren wunderlich gekrümmte Gegenstände, einzelne flach, andere rund, feine und grobe durcheinander. Ich sah, daß es eine Sammlung Dietriche war. Er verheimlichte auch nicht, was es war, im Gegenteil, er drehte die Instrumente in der Hand herum, als habe er bereits Schlösser vor sich; er versuchte auch, seinen eigenen Koffer mit einigen von ihnen zu öffnen. Es war, als hätte er mir absichtlich zeigen wollen, wozu die Haken gebraucht würden. Ich saß da und sah zu.
Aufgepaßt! dachte ich bei mir selbst, er verhöhnt dich offenbar; es steckt etwas dahinter, er will dich nur zu etwas verlocken! Es vergingen einige Minuten. Dann zog er aus der Brusttasche eine kleine, blanke Feile, mit der er die Dietriche putzte. Nachdem er sie blank gefeilt hatte, legte er sie auf den Sitz neben sich hin. Man beachte genau, wie ich saß: mit den Beinen gegen ihn ausgestreckt auf seiner Bank; meine Schuhe berührten fast seinen Rock. Er saß immer noch da und feilte. Nach einer Weile legte er wie in Gedanken einen Dietrich, mit dem er gerade fertig geworden, auf meine Beine hin und

nahm einen zweiten vor. Der Mensch legte seine Dietriche auf mich, und ich sitze da und sehe selbst zu! Ich rührte mich nicht und wartete, ob er es noch einmal tun würde. Und richtig, er legte einen zweiten und dritten Dietrich auf meine Beine, nachdem er sie gereinigt hatte; er behandelte mich ganz wie ein Kissen, das zum Abteil gehörte. Schließlich lagen vier oder sechs von diesen gebogenen Dingern in einer Reihe auf meinen Beinen.
Endlich stand ich auf, nicht plötzlich, aber gerade rasch genug, daß sie alle auf den Boden fielen, bevor er es hindern konnte. Ich war nur von dem einen Gedanken erfüllt: ihm seine Geringschätzung mit Gleichem zu vergelten.
Er sagte auch nichts, als die Dietriche zu Boden fielen; er sammelte sie schweigend, einen nach dem andern, wieder auf.
Im selben Augenblick kam der Schaffner. Ich beobachtete mit großem Erstaunen, daß mein Reisegefährte auch jetzt nicht einmal seine Sachen zu verbergen suchte; er ließ alles offen liegen, solange der Schaffner zugegen war, und erst als dieser gegangen war, schob er das Futteral mit seinem Inhalt in die Brusttasche zurück. Es war gerade, als hätte er auf diese Gelegenheit gewartet, um seine verdächtigen Instrumente recht offenkundig zeigen zu können. Nun fahren wir vielleicht eine halbe Stunde, wir passieren Stationen, halten an und fahren wieder weiter, mein Reisegefährte sitzt noch immer ganz stumm da. Ich benahm mich absichtlich so, als wenn ich ganz allein im Abteil gewesen wäre, ich streckte meine Beine wieder auf dem Sitz aus, gähnte laut und sang von Zeit zu Zeit, al-

les nur, um ihm meine furchtbare Gleichgültigkeit zu beweisen; aber er schien all das nicht zu bemerken. Ich zündete eine Zigarre an und warf das brennende Streichholz auf seine Hand. Ich warf es so rücksichtslos nach ihm hin, als säße niemand in seiner Ecke, und ich sah, daß es seine Hand traf, aber er machte nichts weiter als eine kleine Bewegung mit dem Munde; er verzog ein wenig die Lippen, als wollte er lächeln, sonst blieb er ruhig sitzen.

Als wir noch eine Weile so gefahren waren, blickte er plötzlich zum Wagenfenster hinaus, als wäre er in der Gegend bekannt, erhob sich schnell und faßte seinen Koffer bei dem einen Griff; so stand er einige Minuten, bis der Zug an einer kleinen Station anhielt. Dann verneigte er sich ironisch tief vor mir, ungeheuer tief, ohne mich anzusehen und ohne etwas zu sagen, trat einen oder zwei Schritte zurück, verneigte sich wieder mit einem breiten Lächeln auf dem Munde und stieg aus. Er fand sogleich einen Träger für sein Gepäck und ging fort. Er hatte während der ganzen Fahrt nicht mit mir gesprochen und mir nicht ins Gesicht gesehen.

3

Und wieder vergingen einige Jahre, drei Jahre, und ich traf ihn wieder in einer abgelegenen Gegend von Neu York, in einer Spielhölle.

Ich war vor ihm hingekommen und saß am Roulette, als er eintrat. Als der Diener kam, um ihm Hut und Mantel

abzunehmen, schüttelte er ablehnend den Kopf. Bald darauf nahm er aber doch den Hut ab und behielt ihn in der Hand. Er ging geradewegs auf den Roulettetisch zu. Man machte ihm Platz an dem Roulette, und er begann sogleich zu spielen. Mir schien es, als verfolge er meine Einsätze mit mehr Interesse als seine eigenen. Ich verlor die ganze Zeit. Ich spielte auf Schwarz und auf einer Doppelnummer, auf Schwarz und einer Doppelnummer, immerfort, ohne Unterbrechung. Und ich verlor jedesmal. Vielleicht war es dies, was ihn so interessierte.
Plötzlich rief er mir auf norwegisch quer über den Tisch zu:
Sehen Sie denn nicht, daß man Sie beschwindelt? Er riskierte, daß diese Worte auch von anderen als von mir verstanden würden, und in diesem Falle wäre es ihm sicherlich übel ergangen. Aber dennoch sagte er es, und zwar mit lauter Stimme, indem er mich dabei scharf ansah.
Ich tat, als hätte ich ihn nicht gehört, und spielte unverändert weiter, auf dieselbe Nummer und Farbe. Und ich verlor ebenso regelmäßig wie vorher. Mir war heiß geworden vor Zorn. Ich nahm mir vor, mich an den Croupier um Schutz zu wenden, falls er sich noch einmal in mein Spiel mischen würde. Ich war unmutig und erregt, denn daß ich wirklich betrogen wurde, sah ich selbst: Der Croupier hielt einen Schlüssel in der Hand, mit dem er heimlich der Kugel folgte, wenn sie im Begriff war, stehenzubleiben, und es war mir bereits vor einiger Zeit der Gedanke gekommen, daß der Schlüssel ein Magnet sei. Und trotzdem spielte ich weiter und verlor.

Da sagte mein Fremder, zum Croupier gewandt: Wollen Sie nicht den Schlüssel in die Tasche stecken?
Er sprach kalt und bestimmt, und der Croupier gehorchte sofort; er erwiderte nur: Es ist der Kassenschlüssel, ich habe ihn nur der Bequemlichkeit wegen in der Hand.
Aber er gehorchte doch augenblicklich. Ich wurde wütend. Es ärgerte mich, daß er ihm gehorcht hatte; ich schob meine zehn letzten Marken auf Schwarz hin und ging wütend fort, ohne den Ausfall des Satzes abzuwarten.

4

Dann traf ich meinen Mann erst wieder im vorigen Winter in Kristiania. Ich wohnte damals bei St. Hanshaugen in einem Zimmer hoch oben im dritten Stock. Als ich eines Tages nach dem Mittagessen aus dem Speisezimmer hereinkomme, steht mein geheimnisvoller Bekannter mitten in meinem Zimmer; der Schlüssel zur Tür steckte von außen, und daher war er ohne weiteres hineingegangen. Er hält mir die flache Hand hin und bittet mich um sechzehn Kronen – sechzehn Kronen –, dankt, dankt zweimal tief und geht zur Tür. Hier bleibt er stehen und sagt:
Du lieber Gott, wie dumm Sie sind!
Das sagte er, der Tür zugewandt, in äußerst verächtlichem Tone.
Nun erfaßt mich meine alte Erbitterung, und ich mache ein paar Schritte auf ihn zu. Eben als er im Begriffe ist,

die Tür zu öffnen und zu verschwinden, kann ich mich nicht enthalten, zu sagen:
Halt! Sie haben bei mir doch wohl nichts gestohlen?
Ich sagte das in der Absicht, ihn zu verletzen; ich glaubte selbst gar nicht, daß er etwas genommen hatte, aber ich wollte ihn demütigen.
Meine Worte übten auf ihn keine peinliche Wirkung aus, er wurde auch nicht zornig, was ich sagte, berührte ihn nicht sehr, er drehte sich nur nach mir um und sagte erstaunt: Gestohlen?
Dann setzte er sich ohne weiteres auf einen Stuhl, öffnete den Rock und zog aus der Brusttasche zuerst einige Papiere, darunter einen Fahrplan, hervor, dann ein kleines rotes Notizbuch voller Geld, ganz mit Papiergeld vollgestopft, es waren vielleicht mehrere hundert Kronen, und er hielt mir das Geld hin.
Was könnte ich bei Ihnen wohl stehlen? sagte er und lächelte.
Ich war wieder überwunden. Dieser Mensch war mir in allem überlegen und beschämte mich bei jeder Gelegenheit. Als er aufstand und ging, tat ich nichts dawider, ich machte nicht einmal den Mund auf, um ihn zurückzuhalten. Ich ließ ihn gehen. Erst als ich seine Tritte weit unten auf der Treppe hörte, ein paar Stockwerke tiefer, fiel mir ein, irgend etwas zu tun. Ich öffnete heftig die Tür hinter ihm und schlug sie wütend wieder zu, so daß es durch das ganze Haus dröhnte. Das war alles, was ich unternahm. Meine sechzehn Kronen hatte er in seiner Verachtung für mich einfach liegenlassen. Ich fand sie auf dem Stuhl, auf dem er gesessen hatte. Und empört

und gedemütigt, wie ich war, ließ ich sie mehrere Tage liegen, weil ich hoffte, daß er wiederkommen würde; er sollte dann sehen, daß ich sie nicht eingesteckt hatte. Nachträglich hörte ich, daß er auch bei meinen Wirtsleuten gewesen sei und sich dort sehr seltsam benommen habe. Mein Wirt, der Schutzmann war, erklärte, er habe nichts mit ihm zu tun haben wollen und hätte von ihm den Eindruck empfangen, daß er ein wenig verrückt sei. Unter anderem hatte der aufdringliche Fremde eine antike holländische Kaffeekanne aus Messing kaufen wollen, die auf dem Herde stand, und er hatte sich damit nicht zufriedengeben wollen, daß man die Erfüllung seines Wunsches ablehnte.

Das sind die zerstreuten Züge aus der Geschichte meines Zusammentreffens mit einem eigentümlichen Menschen. In letzter Zeit habe ich gelernt, ohne Groll an ihn zu denken; er interessiert mich sehr; ich bin darauf gefaßt, ihm noch einmal zu begegnen. Mir ist ein Licht aufgegangen, ich glaube, sein Wesen ein wenig zu verstehen und auch sein törichtes Benehmen. Ich bin nämlich vor wenigen Monaten einer anderen Person begegnet, einer dreißigjährigen Frau, die mir einiges von sich erzählte, was mich auf die Spur brachte. Sie hatte sich einmal ein Vergehen zuschulden kommen lassen, das ihr eine Gefängnisstrafe von einigen Tagen eingebracht haben würde, und dieser Umstand hatte ihren Geist ganz verwirrt. Nicht aus Gewissensbissen, nicht aus Reue über die kleine Schuld, sondern infolge eines unerklärlichen Verlangens, dafür gefaßt zu werden. Sie hatte eine Zeitlang sogar den Verdacht, die Tat begangen zu haben, selbst auf sich gelenkt, ohne daß dies zur Entdeckung des Sachverhaltes geführt hätte. Ihr Glück machte sie unvorsichtig und waghalsig; es verdroß sie, niemals erwischt zu werden, obgleich sie selbst alles dazu tat. Sie ließ nichts unversucht, um die Leute auf die richtige Spur zu lenken. Aber all das half nichts; es fiel niemand ein, sie anzuzeigen.

Die näheren Umstände ihrer Erzählung veranlaßten mich, an meinen geheimnisvollen Bekannten zu denken, den Mann mit den schwarzen Augen. Er hatte unzweifelhaft wieder und wieder gehofft, daß er durch sein Benehmen mich dazu bringen würde, ihn bei der Polizei anzuzeigen. Und er hatte es nicht erreicht.

Eine überlegene Persönlichkeit, aber eine gezeichnete und seltsam verwirrte Seele. Ein Mensch in psychischer Qual, der vielleicht darunter leidet, daß ein Geheimnis, das ihn ins Verderben bringen könnte, niemals offenbart wird.

320 Seiten, ISBN 3-7844-2995-5
LangenMüller